岩波文庫
31-181-1

江戸川乱歩短篇集

千葉俊二編

岩波書店

目　次

二銭銅貨

上

「あの泥棒が羨《うらや》ましい。」二人の間にこんな言葉が交されるほど、その頃は窮迫していた。場末の貧弱な下駄屋《げたや》の二階の、ただ一間《ひとま》しかない六畳に、一貫張《いっかんば》りの破れ机を二つ並べて、松村武《まつむらたけし》とこの私とが、変な空想ばかり逞《たくま》しゅうして、ゴロゴロしていた頃のお話である。もう何もかも行詰《ゆきづま》ってしまって、動きの取れなかった二人は、ちょうどその頃世間を騒がせた大泥棒の、巧みなやり口を羨むような、さもしい心持《こころもち》になっていた。

その泥棒事件というのが、このお話の本筋に大関係を持っているので、ここにザッとそれをお話しておくことにする。

芝区のさる大きな電気工場の職工給料日当日の出来事であった。十数名の賃銀計算係が、一万に近い職工のタイム・カードから、それぞれ一カ月の賃銀を計算して、山と積まれた給料袋の中へ、当日銀行から引出された、一番の支那鞄《しなかばん》に一杯もあろうという、二十円、十円、五円などの紙幣《さつ》を汗だくになって詰込《つめこ》んでいる最中に、事務所の玄関へ、一人の紳士が訪れた。

受付の女が来意を尋ねると、私は朝日新聞の記者であるが、支配人にちょっとお眼《め》にかかりたいという。そこで女が、東京朝日新聞社会部記者と肩書のある名刺を持って、支配人にこの事を通じた。幸《さいわい》なことには、この支配人は、新聞記者操縦法がうまいことを、一つの自慢にしている男であった。のみならず、新聞記者を相手に、法螺《ほら》を吹いたり、自分の話が何々氏談などとして、新聞に載せられたりすることは、大人気《おとなげ》ないとは思いながら、誰しも悪い気持はしないものである。社会部記者と称する男は、むしろ快く支配人の部屋へ招じられた。

大きな鼈甲縁《べっこうぶち》の眼鏡をかけ、美しい口髭《くちひげ》をはやし、気の利いた黒のモーニングに、流行の折鞄《おりかばん》という扮装《いでたち》のその男は、如何《いか》にも物慣れた調子で、支配人の前の椅子に腰を下《おろ》した。そしてシガレット・ケースから、高価な埃及《エジプト》の紙巻煙草《かみまきタバコ》を取出して、卓上の灰皿に添えられた燐寸《マッチ》を手際よく擦《こす》ると、青味がかった煙を、支配人の鼻先へフッと吹出した。

「貴下《あなた》の職工待遇問題に関する御意見を」とか、何とか、新聞記者特有の、相手を呑《の》んでかかったような、それでいて、どこか無邪気な、人懐《ひとなつか》しいところのある調子で、その男はこう切出《きりだ》した。そこで支配人は、労働問題について、多分は労資協調、温情主義というようなことを、大いに論じた訳《わけ》であるが、それはこの話に関係がないから略するとして、約三十分ばかり支配人の室におったところの、その新聞記者が、支配人が一席弁じ終ったところで「ちょっと失敬」といって便所に立った間に、姿を消してしまったのである。

支配人は、無作法な奴だぐらいで、別に気にもとめないで、ちょうど昼食《ちゅうじき》の時間だったので、食堂へと出掛けて行ったが、暫《しばら》くすると近所の洋食屋から取ったビフテキか何かを頰張《ほおば》っていたところの支配人の前へ、会計主任の男が、顔色を変えて、飛んで来て、報告することには、

「賃銀支払の金がなくなりました。とられました。」

というのだ。驚いた支配人が、食事などはそのままにして、金のなくなったという現場《げんじょう》へ来て調べてみると、この突然の盗難の仔細《しさい》は、大体次のように想像することが出来たのである。

ちょうどその当時、その工場の事務室が改築中であったので、いつもなれば、厳重に戸締りの出来る特別の部屋で行われるはずの賃銀計算の仕事が、その日は、仮に支配人室の隣の応接間で行われたのであるが、昼食の休憩時間に、どうした物の間違《まちがい》か、その

応接間が空《から》になってしまったのである。事務員たちは、お互《たがい》に誰か残ってくれるだろうというような考《かんがえ》で、一人残らず食堂へ行ってしまって、後には支那鞄に充満した札束が、ドアには鍵もかからないその部屋に、約半時間ほども、抛《ほう》り出されてあったのだ。その隙に、何者かが忍入《しのびい》って、大金を持去ったものに相違ない。それも、既に給料袋に入れられた分や、細《こまか》い紙幣《さつ》には手もつけないで、支那鞄の中の二十円札と十円札の束だけを持去ったのである。損害高は約五万円であった。

色々調べてみたが、結局、どうも先ほどの新聞記者が怪しいということになった。新聞社へ電話をかけてみると、案の定、そういう男は本社員の中《うち》にはないという返事だ。そこで、警察へ電話をかけるやら、賃銀支払を延《の》ばす訳には行かぬので、銀行へ改めて二十円札と十円札の準備を頼むやら、大変な騒ぎになったのである。

かの新聞記者と自称して、お人よしの支配人に無駄な議論をさせた男は、実は、当時新聞が、紳士盗賊という尊称を以て書き立てたところの大泥棒であったのだ。

さて、管轄警察署の司法主任その他が臨検して調べてみると、手懸りというものが一つもない。新聞社の名刺まで用意して来るほどの賊だから、なかなか一筋縄で行く奴ではない。遺留品などあろうはずもない。ただ一つ分っていたことは、支配人の記憶に残っているその男の容貌風采であるが、それが甚《はなは》だ手頼《たよ》りないのである。というのは、服装などは無論取替えることが出来るし、支配人がこれこそ手懸りだと申出たところの、鼈甲縁の眼鏡にしろ、口髭にしろ、考えてみれば、変装には最もよく使われる手段なのだから、これも当てにはならぬ。そこで、仕方がないので、盲目探しに、近所の車夫だとか、煙草屋のお神《かみ》さんだとか、露店商人などいう連中に、かくかくの風采の男を見かけなかったか、もし見かけたらどの方角へ行ったかと、一々尋ね回る。無論市内の各巡査派出所へも、この人相書きが回る。つまり非常線が張られた訳であるが、何の手ごたえもない。一日、二日、三日、あらゆる手段が尽された。各停車場には見張りがつけられた。各府県の警察署へ依頼の電報が発せられた。かようにして、一週間は過ぎたけれども賊は上がらない。もう絶望かと思われた。かの泥棒が、何か他の罪をでも犯して上げられるのを待つより外《ほか》はないかと思われた。工場の事務所からは、その筋の怠慢を責めるように、毎日毎日警察署へ電話がかかった。署長は自分の罪ででもあるように頭を悩《なや》ました。

そうした絶望状態の中《うち》に、一人の、同じ署に属する刑事が、市内の煙草屋の店を、一軒ずつ、丹念に歩き回っていた。

市内には、舶来の煙草を一通り備付《そなえつ》けていようという煙草屋が、各区に、多いのは数十軒、少い所でも十軒内外はあった。刑事は殆《ほと》んどそれを回り尽して、今は、山の手の牛込《うしごめ》と四谷《よつや》の区内が残っているばかりであった。今日はこの両区を回って、それで目的を果さなかったら、もういよいよ絶望だと思った刑事は、富籤《とみくじ》の当り番号を読む時のような、楽しみとも恐れともつかぬ感情を以て、テクテク歩いていた。時々交番の前で立止っては、巡査に煙草店の所在を聞訊《ききただ》しながら、テクテクと歩いていた。刑事の頭の中はFIGARO, FIGARO, FIGAROと埃及《エジプト》煙草の名前で一杯になっていた。ところが、牛込の神楽坂《かぐらざか》に一軒ある煙草店を尋ねるつもりで、飯田橋の電車停留所から神楽坂下へ向って、あの大通りを歩いている時であった。刑事は、一軒の旅館の前で、フと立止ったのである。というのは、その旅館の前の、下水の蓋を兼ねた、御影石の敷石の上に、よほど注意深い人でなければ、眼にとまらないような、一つの煙草の吸殻が落ちていた。そして、なんと、それが刑事の探し回っていたところの埃及《エジプト》煙草と同じものであったのである。

さて、この一つの煙草の吸殻から足がついて、さしもの紳士盗賊も遂に獄裡《ごくり》の人となったのであるが、その煙草の吸殻から盗賊逮捕までの径路にちょっと探偵小説じみた興味があるので、当時のある新聞には、続き物になって、その時の何某《なにがし》刑事の手柄話が載せられたほどであるが――この私の記述も、実はその新聞記事に拠《よ》ったものである――私はここには、先を急ぐために、極《ご》く簡単に結論だけしかお話している暇がないことを遺憾《いかん》に思う。

　読者も想像されたであろうように、この感心な刑事は、盗賊が工場の支配人の部屋に、残して行ったところの、珍らしい煙草の吸殻から探偵の歩を進めたのである。そして、各区の大きな煙草屋を殆んど回り尽したが、たとえ同じ煙草を備えてあっても埃及《エジプト》の中でも比較的売行きのよくない、そのFIGAROを最近に売ったという店は極く僅《わず》かで、それが悉《ことごと》く、どこの誰それと疑うまでもないような買手に、売られていたのである。ところがいよいよ最終という日になって、今もお話したように、偶然にも、飯田橋附近の一軒の旅館の前で、同じ吸殻を発見して、実は、あてずっぽうに、その旅館に探りを入れてみたのであるが、それがなんと僥倖《ぎょうこう》にも、犯人逮捕の端緒《たんしょ》となったのである。

　そこで、色々、苦心の末、例えば、その旅館に投宿しておった、その煙草の持主が、工場の支配人から聞いた人相とはまるで違っていたり、なにかして、大分苦心したのであるが、結局、その男の部屋の火鉢の底から、犯行に用いたモーニングその他の服装だとか、鼈甲縁の眼鏡だとか、つけ髭だとかを発見して、逃れぬ証拠によって、いわゆる紳士泥棒を逮捕することが出来たのである。

　で、その泥棒が取調べを受けて白状したところによると、犯行の当日――勿論、その日は職工の給料日と知って訪問したのだが――支配人の留守の間に、隣の計算室に這入《はい》って例の金を取ると、折鞄の中にただそれだけを入れておったところの、レーンコートとハンチングを取出して、その代りに、鞄の中へは、盗んだ紙幣《さつ》の一部分を入れて、眼鏡をはずし、口髭をとり、レーンコートでモーニング姿を包み、中折の代りにハンチングを冠《かぶ》って、来た時とは別の出口から、何食わぬ顔をして逃げ出したのであった。あの五万円という沢山の紙幣を、どうして、誰にも疑われぬように、持出すことが出来たかという訊問に対して、紳士泥棒が、ニヤリと得意らしい笑いを浮べて答えたことには、

「私どもは、からだ中が袋で出来上っています。その証拠には、押収されたモーニングを調べて御覧なさい。ちょっと見ると普通のモーニングだが、実は手品使いの服のように、附けられるだけの隠し袋が附いているんです。五万円ぐらいの金を隠すのは訳はありません。支那人の手品使いは、大きな、水の這入った丼鉢《どんぶりばち》でさえ、からだの中へ隠すではありませんか。」

さて、この泥棒事件がこれだけでおしまいなら、別段の興味もないのであるが、ここに一つ普通の泥棒と違った、妙な点があった。そして、それが私のお話の本筋に、大いに関係がある訳なのである。というのは、この紳士泥棒は、盗んだ五万円の隠し場所について、一言も白状しなかったのである。警察と、検事廷と、公判廷と、この三つの関所で、手を換え品を換えて責め問われても、彼はただ知らないの一点張りで通した。そ

して、おしまいには、その僅か一週間ばかりの間に、使い果してしまったのだというような、出鱈目《でたらめ》をさえいい出したのである。その筋としては、探偵の力によって、その金のありかを探し出す外《ほか》はなかった。そして、随分探したらしいのであるが、一向見つからなかった。そこで、その紳士泥棒は、五万円隠匿《いんとく》の廉《かど》によって、窃盗犯としては、かなり重い懲役に処せられたのである。

困ったのは被害者の工場である。工場としては、犯人よりは五万円が発見して欲しかったのである。勿論、警察の方でもその金の捜索を止《や》めた訳ではないが、どうも手ぬるいような気がする。そこで、工場の当の責任者たる支配人は、その金を発見したものには、発見額の一割の賞を懸けるということを発表した。つまり五千円の懸賞である。

これからお話しようとする、松村武と私自身とに関する、ちょっと興味のある物語は、この泥棒事件がこういう風に発展している時に起ったことなのである。

中

この話の冒頭にもちょっと述べたように、その頃、松村武と私とは、場末の下駄屋の二階の六畳に、もうどうにもこうにも動きがとれなくなって、窮乏のドン底に、のたうち回っていたのである。でも、あらゆるみじめさの中にも、まだしも幸運《しあわせ》であったのは、ちょうど時候が春であったことだ。これは貧乏人だけにしか分らない一つの秘密であるが、冬の終《おわり》から夏の始《はじめ》にかけて、貧乏人は、大分儲《もう》けるのである。いや、儲けたと感じるのである。というのは、寒い時だけ必要であった、羽織だとか、下着だとか、ひどいのになると、夜具、火鉢の類に至るまで、質屋の蔵へ運ぶことが出来るからである。私どもも、そうした気候の恩恵に浴して、明日はどうなることか、月末の間代の支払はどこから捻出するか、というような先の心配を除いては、先《ま》ずちょっといきをついたのである。そして、暫く遠慮しておった銭湯へも行けば、床屋へも行く、飯屋ではいつもの味噌汁と香の物の代りに、さしみで一合かなんかを奮発するといった塩梅《あんばい》であった。

ある日のこと、いい心持《こころもち》に煠《ゆだ》って、銭湯から帰って来た私が、傷だらけの、毀《こわ》れかかった一貫張の机の前に、ドッカと座った時に、一人残っていた松村武が、妙な、一種の昂奮《こうふん》したような顔付を以て、私にこんなことを聞いたのである。

「君、この、僕の机の上に二銭銅貨をのせておいたのは君だろう。あれは、どこから持って来たのだ。」

「アア、俺だよ。さっき煙草を買ったおつりさ。」

「どこの煙草屋だ。」

「飯屋の隣の、あの婆さんのいる不景気なうちさ。」

「フーム、そうか。」

と、どういう訳《わけ》か、松村はひどく考え込んだのである。そして、なおも執拗にその二銭銅貨について尋ねるのであった。

「君、その時、君が煙草を買った時だ、誰か外《ほか》にお客はいなかったかい。」

「確か、いなかったようだ。そうだ。いるはずがない。その時あの婆さんは居眠りをしていたんだ。」

この答を聞いて、松村は何か安心した様子であった。

「だが、あの煙草屋には、あの婆さんの外に、どんな連中がいるんだろう。君は知らないかい。」

「俺は、あの婆さんとは仲よしなんだ。あの不景気な仏頂面が、俺のアブノーマルな嗜好《しこう》に適したという訳でね。だから、俺は相当あの煙草屋については詳しいんだ。あそこには婆さんの外に、婆さんよりはもっと不景気な爺《じい》さんがいるきりだ。しかし君はそんなことを聞いてどうしようというのだ。どうかしたんじゃないかい。」

「マアいい。ちょっと訳があるんだ。ところで君が詳しいというのなら、も少しあの煙草屋のことを話さないか。」

「ウン、話してもいい。爺さんと婆さんとの間に一人の娘がある。俺は一度か二度その娘を見かけたが、そう悪くない姿色《きりょう》だぜ。それがなんでも、監獄の差入屋《さしいれや》とかへ嫁《かたづ》いているという話だ。その差入屋が相当に暮しているので、その仕送りで、あの不景気な煙草屋も、つぶれないで、どうかこうかやっているのだと、いつか婆さんが話していたっけ。……」

こう、私が煙草屋に関する知識について話し始めた時に、驚いたことには、それを話してくれと頼んでおきながら、もう聞きたくもないといわぬばかりに、松村武が立上《たちあが》ったのである。そして、広くもない座敷を、隅から隅へ、ちょうど動物園の熊のように、ノサリノサリと歩き始めたのである。私どもは、二人とも、日頃から随分気まぐれな方であった。話の間に突然立上るなどは、そう珍しいことでもなかった。けれども、この場合の松村の態度は、私をして沈黙せしめたほども、変っていたのである。松村は、そうして、部屋の中をあっちへ行ったり、こっちへ行ったり、約三十分ぐらい歩き回っていた。私は黙って、一種の興味を以て、それを眺めていた。その光景は、もし傍観者があって、これを見たら、よほど狂気じみたものであったに相違ないのである。

そうこうする内に、私は腹が減って来たのである。ちょうど夕食時分でもあったし、湯に入った私は余計に腹が減ったような気がしたのである。そこで、まだ狂気じみた歩行を続けている松村に、飯屋に行かぬかと勧めてみたところが、「済まないが、君一人で行ってくれ」という返事だ。仕方なく、私はその通りにした。

さて、満腹した私が、飯屋から帰って来ると、なんと珍らしいことには、松村が按摩《あんま》を呼んで、もませていた。以前は私どものお馴染《なじみ》であった、若い盲唖学校の生徒が、松村の肩につかまって、しきりと何か、持前のお喋《しゃべ》りをやっているのであった。

「君、贅沢《ぜいたく》だと思っちゃいけない。これには訳があるんだ。マア、暫く黙って見ていてくれ。その内に分るから。」

松村は、私の機先を制して、非難を予防するようにいった。昨日《きのう》、質屋の番頭を説きつけて、むしろ強奪して、やっと手に入れた二十円なにがしの共有財産の寿命が、按摩賃六十銭だけ縮められることは、この際、確かに贅沢に相違なかったからである。

私は、これらの、ただならぬ松村の態度について、ある、言い知れぬ興味を覚えた。そこで、私は自分の机の前に座って、古本屋で買って来た講談本か何かを、読耽《よみふけ》っている様子をした。そして、実は松村の挙動をソッと盗み見ていたのである。

按摩が帰ってしまうと、松村も彼の机の前に座って、何か紙切れに書いたものを読んでいるようであったが、やがて彼は懐中から、もう一枚の紙切れを取出して机の上に置いた。それは、極《ご》く薄い、二寸四方ほどの、小さいもので、細い文字が一面に認《したた》めてあった。彼は、この二枚の紙片《かみぎ》れを、熱心に比較研究しているようであった。そして、鉛筆を以て、新聞紙の余白に、何か書いては消し、書いては消ししていた。そんなことをしている間に、電燈が点《つ》いたり、表通りを豆腐屋のラッパが通過《とおりす》ぎたり、縁日にでも行くらしい人通りが、暫く続いたり、それが途絶えると、支那蕎麦屋《しなそばや》の哀れげなチャルメラの音《ね》が聞えたりして、いつの間にか夜が更《ふ》けたのである。それでも松村は、食事さえ忘れて、この妙な仕事に没頭していた。私は黙って、自分の床を敷いて、ゴロリと横になると、退屈にも、一度読んだ講談を、更《さ》らに読み返しでもする外はなかったのである。

「君、東京地図はなかったかしら。」

突然、松村がこういって、私の方を振向いた。

「サア、そんなものはないだろう。下のお神さんにでも聞いてみたらどうだ。」

「ウン、そうだね。」

彼は直《す》ぐに立上って、ギシギシいう梯子段《はしごだん》を、下へ降りて行ったが、やがて、一枚の折目から破れそうになった東京地図を借りて来た。そして、また机の前に座ると、熱心な研究を続けるのであった。私は益々募《つの》る好奇心を以て彼の様子を眺めていた。

下の時計が九時を打った。松村は、長い間の研究が一段落を告げたと見えて、机の前から立上って、私の枕頭《まくらもと》へ座った。そして少し言いにくそうに、

「君、ちょっと、十円ばかり出してくれないか。」

といった。私は、松村のこの不思議な挙動については、読者にはまだ明《あか》してないところの、私だけの深い興味を持っていた。それ故、彼に十円という、当時の私どもに取っては、全財産の半分であったところの大金を与えることに、少しも異議を唱えなかった。

松村は、私から十円札を受取ると、古袷《ふるあわせ》一枚に、皺《しわ》くちゃのハンチングという扮装《いでたち》で、何もいわずに、プイとどこかへ出て行った。

一人取残された私は、松村のその後の行動について、色々想像を回《めぐ》らした。そして独《ひと》りほくそ笑んでいる内に、いつか、ついうとうとと夢路に入った。暫くして松村の帰ったのを、夢現《ゆめうつつ》に覚えていたが、それからは、何も知らずに、グッスリと朝まで寝込んでしまったのである。随分朝寝坊の私は、十時頃でもあったろうか、眼を醒《さま》してみると、枕頭《まくらもと》に妙なものが立っているのに驚かされた。というのは、そこには、縞《しま》の着物に角帯を締めて、紺の前垂《まえだ》れをつけた一人の商人風の男が、ちょっとした風呂敷包を背負《しょ》って立っていたのである。

「なにを妙な顔をしているんだ。俺だよ。」

驚いたことには、その男が、松村武の声を以て、こういったのである。よくよく見ると、それは如何《いか》にも松村に相違ないのだが、服装がまるで変っていたので、私は暫くの間、何が何だか、訳が分らなかったのである。

「どうしたんだ。風呂敷包なんか背負って。それに、そのなりはなんだ。俺はどこの番頭さんかと思った。」

「シッ、シッ、大きな声だなあ。」松村は両手で抑えつけるような恰好《かっこう》をして、囁《ささや》くような小声で、「大変なお土産《みやげ》を持って来たよ。」

というのである。

「君はこんなに早く、どっかへ行って来たのかい。」

私も、彼の変な挙動につられて、思わず声を低くして聞いた。すると、松村は、抑えつけても抑えつけても、溢《あふ》れて来るような、ニタニタ笑いを顔一杯に漲《みなぎ》らせながら、彼の口を私の耳の側《そば》まで持って来て、前よりは一層低い、あるかなきかの声で、こういったのである。

「この風呂敷包の中には、君、五万円という金が這入っているのだよ。」

下

読者も既に想像されたであろうように、松村武は、問題の紳士泥棒の隠しておいた五万円を、どこからか持って来たのであった。それは、かの電気工場へ持参すれば、五千円の懸賞金に与《あずか》ることの出来る五万円であった。だが、松村はそうしないつもりだといった。そして、その理由《わけ》を次のように説明した。

彼にいわせると、その金を馬鹿正直に届け出るのは、愚《おろか》なことであるばかりでなく、同時に、非常に危険なことであるというのであった。その筋の専門の刑事たちが、約一カ月もかかって探し回っても、発見されなかったこの金である。たとえこのまま我々が頂戴しておいたところで、誰が疑うものか。我々にしたって、五千円よりは五万円の方が有難いではないか。それよりも恐《おそろ》しいのは、彼奴《やつ》、紳士泥棒の復讐《ふくしゅう》である。こいつが恐しい。刑期の延びるのを犠牲にしてまで隠しておいたこの金を、横取りされたと知ったら、彼奴、あの悪事にかけては天才といってもよいところの彼奴が、見逃しておこうはずはない。——松村はむしろ泥棒を畏敬しているような口調であった——このまま黙っておってさえ危いのに、これを持主に届けて、懸賞金を貰いなどしようものなら、直《す》ぐ松村武の名が新聞に出る。それは、わざわざ彼奴に敵《かたき》のありかを教えるようなものではないか。とこういうのである。

「だが少くとも現在においては、俺は彼奴《やっ》に打勝ったのだ。エ、君、あの天才泥棒に打勝ったのだ。この際、五万円も無論有難いが、それよりも、俺はこの勝利の快感でたまらないんだ。俺の頭はいい。少くとも貴公よりはいいということを認めてくれ。俺をこの大発見に導いてくれたものは、昨日君が俺の机の上にのせておいた、煙草のつり銭の二銭銅貨なんだ。あの二銭銅貨のちょっとした点について、君が気づかないで、俺が気づいたということはだ。そして、たった一枚の二銭銅貨から、五万円という金を、エ、君、二銭の二百五十万倍であるところの五万円という金を探し出したのは、これは何だ。少くとも、君の頭よりは、俺の頭の方が優れているということじゃないかね。」

二人のインテリゲンチャが、一間《ひとま》の内に生活していれば、そこに、頭のよさについての競争が行われるのは、至極あたり前のことであった。松村武と私とは、その日頃、暇にまかせて、よく議論を戦わしたものであった。夢中になって喋《しゃべ》っている内に、いつの間にか夜が明けてしまうようなことも珍しくなかった。そして、松村も私も、互に譲らず、「俺の方が頭がいい」ことを主張していたのである。そこで、松村がこの手柄——それは如何《いか》にも大きな手柄であった——を以て、我々の頭の優劣を証拠立てようとした訳である。

「分った、分った。威張るのは抜きにして、どうしてその金を手に入れたか、その筋《すじ》路《みち》を話してみろ。」

「マア急《せ》くな。俺は、そんなことよりも、五万円の使途《つかいみち》について考えたいと思っているんだ。だが、君の好奇心を充《みた》すために、ちょっと、簡単に苦心談をやるかな。」

しかし、それは決して私の好奇心を充すためばかりではなくて、むしろ彼自身の名誉心を満足させるためであったことはいうまでもない。それはともかく、彼は次のように、いわゆる苦心談を語り出したのである。私は、それを、心安だてに、蒲団の中から、得意そうに動く彼の顎《あご》の辺《あたり》を見上げて、聞いていた。

「俺は、昨日君が湯へ行った後で、あの二銭銅貨を弄《もてあそ》んでいる内に、妙なことには、銅貨のまわりに一本の筋がついているのを発見したんだ。こいつはおかしいと思って、調べていると、なんと驚いたことには、あの銅貨が二つに割れたんだ。見給えこれだ。」

彼は、机の抽斗《ひきだし》から、その二銭銅貨を取出して、ちょうど、宝丹《ほうたん》の容器を開けるように、ネジを回しながら、上下に開いた。

「これ、ね、中が空虚《から》になっている。銅貨で作った何かの容器なんだ。なんと精巧な細工じゃないか。ちょっと見たんじゃ、普通の二銭銅貨とちっとも変りがないからね。これを見て、俺は思当《おもいあた》ったことがあるんだ。俺はいつか、牢破りの名人が用いるという、鋸《のこぎり》の話を聞いたことがある。それは、懐中時計のゼンマイに歯をつけた、小人島《こびとじま》の帯鋸《おびのこぎり》みたようなものを、二枚の銅貨を擦り減らして作った容器の中へ入れたもので、これさえあれば、どんな厳重な牢屋の鉄の棒でも、何なく切破って脱牢するんだそうだ。なんでも元は外国の泥棒から伝《つたわ》ったものだそうだがね。そこで、俺は、この二銭銅貨も、妙なそうした泥棒の手から、どうかして紛れ出したものだろうと想像したんだ。だが、妙なことはそればかりじゃなかった。というのは、俺の好奇心を、二銭銅貨そのものよりも、もっと挑発したところの、一枚の紙片《かみぎ》れがその中から出て来たんだ。それはこれだ。」

　それは、昨夜《ゆうべ》松村が一生懸命に研究していた、あの薄い小さな紙片れであった。その二寸四方ほどの薄葉《うすっぱ》らしい日本紙には、細い字で次のように、訳の分らぬものが書きつけてあった。

陀、無弥仏、南無弥仏、阿陀仏、
南無阿陀、弥、阿弥陀、無陀、
南無陀仏、弥、阿弥陀、無陀、陀、
南無陀仏、南無仏、陀、無阿弥陀、
無陀、南仏、南陀、無弥、
無阿弥陀仏、南無阿陀、弥、阿弥、
無阿弥、南陀仏、南阿弥陀、阿陀、
南弥、南無弥仏、無阿弥陀、
南無弥陀、南弥、南無弥仏、
無阿弥陀、南無陀、南無阿、阿陀仏、
無阿弥、南阿、南阿仏、陀、南阿陀、
南無、無弥仏、南弥仏、阿弥、
南無陀仏、弥、阿弥陀、無陀、
南無阿弥陀、阿陀仏、

「この坊主の寝言みたようなものは、なんだと思う。俺は最初は、いたずら書きだと思った。前非を悔いた泥棒かなんかが、罪亡《つみほろ》ぼしに南無阿弥陀仏を沢山並べて書いたのかと思った。そして、牢破りの道具の代りに銅貨の中へ入れておいたのじゃないかと思った。が、それにしては、南無阿弥陀仏と続けて書いてないのがおかしい。陀、とか無弥仏とか、悉《ことごと》く南無阿弥陀仏の六字の範囲内ではあるが、完全に書いたのは一つもない。一字きりの奴もあれば、四字五字の奴もある。俺は、こいつはただの悪戯書《いたずらが》きではないなと感づいた。ちょうどその時、君が湯屋から帰って来た足音がしたんだ。俺は急いで、二銭銅貨とその紙片《かみぎ》れを隠した。どうして隠したというのか。俺にもはっきり分らない。が、多分この秘密を独占したかったのだろう。そしてすべてが明らかになってから君に見せて、自慢したかったのだろう。ところが、君が梯子段を上っている間に、俺の頭に、ハッとするような、すばらしい考《かんがえ》が閃《ひらめ》いたんだ。

というのは、例の紳士泥棒のことだ。五万円の紙幣《さつ》をどこへ隠したのか知らないが、まさか、刑期が満《みち》るまでそのままでいようとは、彼奴《やつ》だって考えないだろう。そこで、彼奴には、あの金を保管させるところの、手下ないしは相棒といったようなものがあるに相違ない。今仮にだ、彼奴が不意の捕縛のために、五万円の隠し場所を相棒に知らせる暇がなかったとしたらどうだ。彼奴としては、未決監にいる間に、何かの方法でその仲間に通信する外《ほか》はないのだ。このえたいの知れない紙片れが、もしやこの通信文であったら……こういう考が俺の頭に閃いたんだ。無論空想さ。だがちょっと甘い空想だからね。そこで、君に二銭銅貨の出所についてあんな質問をした訳だ。ところが君は、煙草屋の娘が監獄の差入屋へ嫁《かたづ》いているというではないか。未決監にいる泥棒が外部《そと》と通信しようとすれば、差入屋を媒介者にするのが最も容易だ。そして、もしその目論見《もくろみ》が何かの都合で手違いになったとしたら、その通信は差入屋の手に残っているはずだ。それが、その家《や》の女房によって親類の家に運ばれないと、どうしていえよう。さあ、俺は夢中になってしまった。

さて、もしこの紙片《かみぎ》れの無意味な文字が一つの暗号文であるとしたら、それを解くキイは何だろう。俺はこの部屋の中を歩き回って考えた。かなり難しい、全部拾ってみても、南無阿弥陀仏の六字と読点だけしかない。この七つの記号を以て、どういう文句が綴れるだろう。俺は暗号文については、以前にちょっと研究したことがあるんだ。シャーロック・ホームズじゃないが、百六十種ぐらいの暗号の書き方は俺だって知っているんだ。――Dancing Men 参照――で、俺は、俺の知っている限りの暗号記法を、一つ一つ頭に浮べてみた。そして、この紙片れの奴に似ているのを探した。随分手間取った。確か、その時君が飯屋へ行くことを勧めたっけ。俺はそれを断って一生懸命考えた。で、とうとう少しは似た点があると思うのを二つだけ発見した。その一つは Bacon の発明した two letter 暗号法という奴で、それは a と b とのたった二字の色々な組合せで、どんな文句でも綴ることが出来るのだ。例えば fly という言葉を現すためには aabab, aabba, ababa と綴るといった調子のものだ。も一つは、チャールス一世の王朝時代に、政治上の秘密文書に盛んに用いられた奴で、アルファベットの代りに、一組の数字を用いる方法だ。例えば、」

松村は机の隅に紙片《かみぎ》れをのべて、左《さ》のようなものを書いた。

A　B　C　D　……………………

1111　1112　1121　1211　……………………

「つまり、Aの代りには一千百十一を置き、Bの代りには一千百十二を置くといった風のやり方だ。俺は、この暗号も、これらの例と同じように、いろは四十八字を、南無阿弥陀仏を色々に組合せて置換えたものだろうと想像した。さて、こいつを解く方法だが、これが英語か仏蘭西語《フランスご》か独逸語《ドイツご》なら、ポーの Gold bug にあるようにeを探しさえすれば訳はないんだが、困ったことに、こいつは日本語に相違ないんだ。念のためにちょっとポー式のディシファリングを試みてみたが、少しも解けない。俺はここでハタと行詰ってしまった。六字の組合せ、六字の組合せ、俺はそればかり考えてまた座敷を歩き回った。俺は六字という点に、何か暗示がないかと考えた。そして六《むっ》つの数で出来ているものを、思い出せるだけ思い出してみた。

滅多矢鱈《めったやたら》に六という字のつくものを並べている内に、ふと、講談本で覚えたところの

陀仏	南無仏	陀	無阿弥陀	無陀	南仏	南陀	無弥	無阿弥陀仏	南無阿陀	弥	阿弥	無阿弥	南陀仏
ジ	キ	濁音符	ド	ー	カ	ラ	オ	モ	チ	拗音符	ヤ	ノ	サ

	南阿仏	陀	南阿陀	南無	無弥仏	南弥仏	阿弥	南無陀仏	弥	阿弥陀	無陀	南無阿弥陀	阿陀仏
ナ	ハ	濁音符	ダ	イ	コ	ク	ヤ	シ	拗音符	ヨ	ー	テ	ン

真田《さなだ》幸村《ゆきむら》の旗印の六連銭を思い浮べた。そんなものが暗号に何の関係もあるはずはないのだが、どういう訳か、「六連銭」と口の中で呟《つぶや》いた。すると、するとだ。インスピレーションのように、俺の記憶から飛び出したものがある。それは、六連銭をそのまま縮小したような形をしている、盲人の使う点字であった。俺は思わず「うまい」と叫んだよ。だって、なにしろ五万円の問題だからなあ。俺は点字について詳しくは知らなかったが、六つの点の組合せということだけは記憶していた。そこで、早速按摩を呼んで来て伝授に与《あずか》ったという訳だ。これが按摩の教えてくれた点字のいろはだ。」

陀	弥無仏	南弥無仏	陀阿仏	南無陀阿	弥	弥陀阿	無陀	南無陀仏	弥	弥陀阿	無陀	陀	南無
濁音符	ゴ	ケ	ン	チ	拗音符	ヨ	ー	シ	拗音符	ヨ	ー	濁音符	

南弥陀阿	陀阿	南弥	南弥無仏	弥無陀阿	南弥無陀	南弥	南弥無仏	弥無陀阿	南無陀	南無阿	陀阿仏	弥無阿	南阿
ツ	ヲ	ウ	ケ	ト	レ	ウ	ケ	ト	リ	ニ	ン	ノ	

そういって松村は、机の抽斗《ひきだし》から一枚の紙片《かみぎ》れを取出した。それには、点字の五十音、濁音符、半濁音符、拗音符、促音符、長音符、数字などが、ズッと並べて書いてあった。

「今、南無阿弥陀仏を、左から始めて、三字ずつ二行に並べれば、この点字と同じ配列になる。南無阿弥陀仏の一字ずつが、点字の各々の一点に符合する訳だ。そうすれば、点字のアは南《な》、イは南無《なむ》という工合に当嵌《あては》めることが出来る。この調子で解けばいいのだ。そこで、これは、俺が昨夜この暗号を解いた結果だがね。一番上の行が原文の南無阿弥陀仏を点字と同じ配列にしたもの、真中の行がそれに符合する点字、そして一番下の行が、それを翻訳したものだ。」

こういって、松村はまたもや左のような紙片《かみぎ》れを取出したのである。

「ゴケンチョーショージキドーカラオモチャノサツヲウケトレウケトリニンノナハダイコクヤショーテン。つまり、五軒町の正直堂から玩具《おもちゃ》の札を受取れ、受取人の名は大黒屋商店というのだ。意味はよく分る。だが、何のために玩具の紙幣《さつ》なんかを受取るのだろう。そこで、俺はまた考えさせられた。しかし、この謎《なぞ》は割合簡単に解くことが出来た。そして、俺はつくづくあの紳士泥棒の、頭がよくって、敏捷《びんしょう》で、なおその上に小説家のようなウイットを持っていることに感心してしまった。エ、君、玩具の紙幣とはすてきじゃないか。

俺はこう想像したんだ。そして、それが幸《さいわい》にも悉《ことごと》く適中した訳だがね。紳士泥棒は、万一の場合を慮《おもんぱか》って、盗んだ金の最も安全な隠し場所を、予《あらかじ》め用意しておいたに相違ないんだ。さて、世の中に一番安全な隠し方は、隠さないで隠すことだ。衆人の目の前に曝《さら》しておいて、しかも誰もがそれに気づかないというような隠し方が最も安全なんだ。恐るべきあいつは、この点に気づいたんだ。と、想像するのだがね。で、玩具の紙幣という巧妙なトリックを考え出した。俺は、この正直堂というのは、多分玩具の札なんかを印刷する店だと想像した。——これも当っておったがね。——そこへ、彼奴《やつ》は、大黒屋商店という名で、予め玩具の札を註文しておいたんだ。

近頃、本物と寸分違わないような玩具の紙幣《さつ》が、花柳界などで流行しているそうだ。それは誰かから聞いたっけ。アア、そうだ。君がいつか話したんだ。ビックリ函《ばこ》だとか、本物とちっとも違わない、泥で作った菓子や果物だとか、蛇《へび》の玩具だとか、ああしたものと同じように、女の子を吃驚《びっくり》させて喜ぶ粋人の玩具だといってね。だから、彼奴《やつ》が本物と同じ大きさの札を註文したところで、ちっとも疑《うたがい》を受けるはずはないんだ。こうしておいて、彼奴は、本物の紙幣をうまく盗み出すと、多分その印刷屋へ忍び込んで、自分の註文した玩具の札と擦り換えておいたんだ。そうすれば、註文主が受取に行くまでは、五万円という天下通用の紙幣が、玩具の札として、安全に印刷屋の物置に残っている訳だからね。

これは単に俺の想像かもしれない。だが、随分可能性のある想像だ。俺はとにかく当ってみようと決心した。地図で五軒町という町を探すと、神田区内にあることが分った。そこでいよいよ玩具の札を受取に行くのだが、こいつがちょっと難しい。というのは、この俺が受取に行ったという痕跡《こんせき》を、少しだって残してはならないんだ。もしそれが分ろうものなら、あの恐ろしい悪人がどんな復讐をするか、思っただけでも気の弱い俺はゾッとするからね。とにかく、出来るだけ俺でないように見せなければいけない。そういう訳で、あんな変装をしたんだ。俺はあの十円で、頭の先から足の先まで身なりを変えた。これ見給え、これなんかちょっといい思《おも》いつきだろう。」

そういって、松村はそのよく揃った前歯を出してみせた。そこには、私が先ほどから気づいていたところの、一本の金歯が光っていた。彼は得意そうに、指の先でそれをはずして、私の眼の前へつき出した。

「これは夜店で売っている、ブリキに鍍金《めっき》した奴だ。ただ歯の上に冠《かぶ》せておくだけの代物《しろもの》さ。僅《わず》か二十銭のブリキのかけらが大した役に立つからな。金歯という奴はひどく人の注意を惹《ひ》くものだ。だから、後日俺を探す奴があるとしたら、先《ま》ずその金歯を眼印《めじるし》にするだろうじゃないか。

これだけの用意が出来ると、俺は今朝早く五軒町へ出掛けた。一つ心配だったのは、前玩具の札の代金のことだった。泥棒の奴、きっと、転売なんかされることを恐れて、前金で支払っておいただろうとは思ったが、もしまだだったら、少くとも二、三十円は入用だからね。あいにく我々にはそんな金の持合せがない。ナアニ、何とかごまかせばいいと高《たか》を括《くく》って出掛けた。――案の定印刷屋は、金のことなんか一言もいわないで、品物を渡してくれたよ。――かようにして、まんまと首尾よく五万円を横取りした訳さ。……さてその使途《つかいみち》だ。どうだ、何か考はないかね。」

松村が、これほど昂奮して、これほど雄弁に喋《しゃべ》ったことは珍しい。私はつくづく五万円という金の偉力に驚嘆した。私はその都度《つど》形容する煩《はん》を避けたが、松村がこの苦心談をしている間の、嬉しそうな様《さま》というものは、全く見物《みもの》であった。彼ははしたなく喜ぶ顔を見せまいとして、大いに努力しておったようであるが、努めても、努めても、腹の底から込み上げて来る、何ともいえぬ嬉しそうな笑顔は隠すことが出来なかった。話の間々《あいだあいだ》にニヤリと洩らす、その形容のしようもない、狂気のような笑いは、私はむしろ悽《すご》いと思った。しかし、昔千両の富籤《とみくじ》に当って発狂した貧乏人があったという話もあるのだから、松村が五万円に狂喜するのは決して無理ではなかった。

私はこの喜びがいつまでも続けかしと願った。松村のためにそれを願った。だが、私には、どうすることも出来ぬ一つの事実があった。止めようにも止めることの出来ない笑いが爆発した。私は笑うんじゃないと自分自身を叱りつけた。けれども私の中の、小さな悪戯《いたずら》好きの悪魔が、そんなことには閉口《へこ》たれないで私をくすぐった。私は一段と高い声で、最もおかしい笑劇《しょうげき》を見ている人のように笑った。松村はあっけにとられて、笑い転《こ》ける私を見ていた。そして、ちょっと変なものにぶっつかったような顔をしていった。

「君、どうしたんだ。」

私はやっと笑いを嚙み殺してそれに答えた。

「君の想像力は実にすばらしい。よくこれだけの大仕事をやった。俺はきっと今までの数倍も君の頭を尊敬するようになるだろう。なるほど君のいうように、頭のよさでは敵《かな》わない。だが、君は、現実というものがそれほどロマンチックだと信じているのかい。」

松村は返事もしないで、一種異様の表情を以て私を見詰めた。

「言い換えれば、君は、あの紳士泥棒にそれほどのウイットがあると思うのかい。君の想像は、小説としては実に申分がないことを認める。けれども世の中は小説よりはもっと現実的だからね。そして、もし小説について論じるのなら、俺は少し君の注意を惹《ひ》きたい点がある。それは、この暗号文には、もっと外《ほか》の解き方はないかということだ。君の翻訳したものを、もう一度翻訳する可能性はないかということだ。例えばだ、この文句を八字ずつ飛ばして読むというようなことは出来ないことだろうか。」

私はこういって、松村の書いた暗号の翻訳文に左《さ》のような印をつけた。

ゴケンチョーショージキドーカラオモチャノサツヲウケトレウケトリニンノナハダイ
コクヤショーテン

「ゴジャウダン。君、この「御冗談《ごじょうだん》」というのは何だろう。エ、それが偶然だろうか。

誰かの悪戯だという意味ではないだろうか。」

松村は物をもいわず立上った。そして、五万円の札束だと信じ切っているところの、かの風呂敷包を私の前へ持って来た。

「だが、この大事実をどうする。五万円という金は、小説の中からは生れないぞ。」

彼の声には、果し合をする時のような真剣さが籠《こも》っていた。私は恐ろしくなった。そして、私のちょっとしたいたずらの、予想外に大きな効果を、後悔しないではいられなかった。

「俺は、君に対して実に済まぬことをした。どうか許してくれ。君がそんなに大切にして持って来たのは、やはり玩具《おもちゃ》の札なんだ。マア、それを開いてよく調べてみ給え。」

松村は、ちょうど暗《やみ》の中で物を探るような、一種異様の手附《てつき》で――それを見て、私は益々気の毒になった。――長い間かかって風呂敷包を解いた。そこには、新聞紙で叮嚀《ていねい》に包んだ、二つの四角な包みがあった。その内の一つは新聞が破れて中味が現れていた。

「俺は途中でこれを開いて、この眼で見たんだ。」

松村は喉《のど》に閊《つか》えたような声でいって、なおも新聞紙をすっかり取り去った。

それは、如何《いか》にも真にせまった贋物《にせもの》であった。ちょっと見たのでは、すべての点が本物であった。けれども、よく見ると、それらの札の表面には、圓《えん》という字の代りに團《だん》という字が、大きく印刷されてあった。二十圓、十圓ではなくて、二十團、十團であった。松村はそれを信ぜぬように、幾度も幾度も見直していた。そうしている内に、彼の顔からは、あの笑いの影がすっかり消去《きえさ》ってしまった。そして、後には深い深い沈黙が残った。私は済まぬという心持で一杯であった。私は、私の遣《や》り過ぎたいたずらについて説明した。けれども、松村はそれを聞こうともしなかった。その日一日はただ唖者のように黙り込んでいた。

これで、このお話はおしまいである。けれども、読者諸君の好奇心を充《みた》すために、私のいたずらについて、一言説明しておかねばならぬ。正直堂という印刷屋は、実は私の遠い親戚であった。私はある日、せっぱ詰った苦しまぎれに、その平常《ふだん》は不義理を重ねているところの親戚のことを思出《おもいだ》した。そして、いくらでも金の都合がつけばと思って、進まぬながら久振《ひさしぶ》りでそこを訪問した。——無論、このことについて松村は少しも知らなかった。——借金の方は予想通り失敗であったが、その時図らずも、あの本物と少しも違わないような、その時は印刷中であったところの、玩具の札を見たのである。そして、それが、大黒屋という永年の御得意先の註文品だということを聞いたのである。

私はこの発見を、我々の毎日の話柄《わへい》となっていた、あの紳士泥棒の一件と結びつけて、一芝居打ってみようと、下らぬいたずらを思いついたのであった。それは、私も松村と同様に、頭のよさについて、私の優越を示すような材料が摑《つか》みたいと、日頃から熱望しておったからでもあった。

あのぎこちない暗号文は、勿論私の作ったものであった。しかし、私は松村のように、外国の暗号史に通じていた訳ではない。ただちょっとした思いつきに過ぎなかった。第一、煙草屋の娘が、差入屋《さしいれや》へ嫁《かたづ》いているというようなことも、やはり出鱈目《でたらめ》であった。その煙草屋に娘があるかどうかさえ怪《あや》しかった。ただ、このお芝居で、私の最も危《あやぶ》んだのは、これらのドラマチックな方面ではなくて、最も現実的な、しかし全体から見ては極めて些細《ささい》な、少し滑稽味を帯びた、一つの点であった。それは、私が見たところのあの玩具の札が、松村が受取に行くまで、配達されないで、印刷屋に残っているかどうかということであった。

玩具の代金については、私は少しも心配しなかった。私の親戚と大黒屋とは延取引《のべとりひき》であったし、その上もっといい事は、正直堂が極めて原始的な、ルーズな商売のやり方をしておったことで、松村は別段、大黒屋の主人の受取証を持参しないでも失敗するはずはなかったからである。

最後に、かのトリックの出発点となった二銭銅貨については、私はここには詳しい説明を避けねばならぬことを遺憾《いかん》に思う。もし、私がへまなことを書いては、後日、あの品を私にくれたあの人が、とんだ迷惑を蒙《こうむ》るかもしれないからである。読者は、私が偶然それを所持していたと思って下さればよいのである。

D坂の殺人事件

(上) 事　実

それは九月初旬のある蒸し暑い晩のことであった。私は、D坂の大通りの中ほどにある、白梅軒という、行きつけのカフェで、冷《ひや》しコーヒを啜《すす》っていた。当時私は、学校を出たばかりでまだこれという職業もなく、下宿屋にゴロゴロして本でも読んでいるか、それに飽《あき》ると、当てどもなく散歩に出て、あまり費用のかからぬカフェ回りをやるくらいが、毎日の日課だった。この白梅軒というのは、下宿屋から近くもあり、どこへ散歩するにも必ずその前を通るような位置にあったので、随《したが》って一番よく出入した訳《わけ》であったが、私という男は悪い癖で、カフェに入るとどうも長尻《ながっちり》になる。それも、元来食欲の少い方なので、一つは嚢中《のうちゅう》の乏しいせいもあってだが、洋食一皿注文するでなく、安いコーヒを二杯も三杯もお代りして、一時間も二時間もじっとしているのだ。そうかといって、別段、ウエトレスに思召《おぼしめし》があったり、からかったりする訳ではない。まあ、下宿よりは何となく派手で、居心地がいいのだろう。私はその晩も、例によって、一杯の冷しコーヒを十分もかかって飲みながら、いつもの往来に面したテーブルに陣取って、ボンヤリ窓の外を眺めていた。

　さて、この白梅軒のあるD坂というのは、以前菊人形の名所だった所で、狭かった通りが、市区改正で取拡げられ、何間道路《なんげんどうろ》とかいう大通りになって間もなくだから、まだ大通りの両側にところどころ空地などもあって、今よりはずっと淋しかった時分の話だ。大通りを越して白梅軒のちょうど真向うに、一軒の古本屋がある。実は私は、先ほどから、そこの店先を眺めていたのだ。みすぼらしい場末の古本屋で、別段眺めるほどの景色でもないのだが、私にはちょっと特別の興味があった。というのは、私が近頃この白梅軒で知合になった一人の妙な男があって、名前は明智小五郎《あけちこごろう》というのだが、話をしてみると如何《いか》にも変り者で、それで頭がよさそうで、私の惚れ込んだことには、探偵小説好きなのだ。その男の幼馴染《おさななじみ》の女が、今ではこの古本屋の女房になっているということを、この前、彼から聞いていたからだった。二、三度本を買って覚えているところによれば、その古本屋の細君というのが、なかなかの美人で、どこがどうというではないが、何となく官能的に男を引きつけるようなところがあるのだ。彼女は夜はいつでも店番をしているのだから、今晩もいるに違いないと、店中を、といっても二間半間口《まぐち》の手狭な店だけれど、探してみたが、誰《だ》れもいない。いずれそのうちに出て来るのだろうと、私はじっと目で待っていたものだ。

だが、女房はなかなか出て来ない。で、いい加減面倒臭くなって、隣の時計屋へ目を移そうとしている時であった。私はふと店と奥の間との境に閉めてある障子の格子戸がピッシャリ閉《しま》るのを見つけた。――その障子は、専門家の方では無双と称するもので、普通、紙をはるべき中央の部分が、こまかい縦の二重の格子になっていて、それが開閉出来るのだ――ハテ変なこともあるものだ。古本屋などというものは、万引されやすい商売だから、たとい店に番をしていなくても、奥に人がいて、障子のすき間などから、じっと見張っているものなのに、そのすき見の箇所《かしょ》を塞《ふさ》いでしまうとはおかしい。寒い時分ならともかく九月になったばかりのこんな蒸し暑い晩だのに。第一あの障子が閉切ってあるのから変だ。そんな風に色々考えてみると、古本屋の奥の間に何事かありそうで、私は目を移す気になれなかった。

古本屋の細君といえば、ある時、このカフェのウエトレスたちが、妙な噂をしているのを聞いたことがある。何でも、銭湯で出逢うお神《かみ》さんや娘さんたちの棚卸《たなおろ》しの続きらしかったが、「古本屋のお神さんは、あんな綺麗な人だけれど、裸体《はだか》になると、身体中《からだじゅう》傷だらけだ、叩かれたり抓《つね》られたりした痕《あと》に違いないわ。別に夫婦仲が悪くもないようだのに、おかしいわねえ。」すると別の女がそれを受けて喋《しゃべ》る。――「あの並びの蕎麦《そば》屋《や》の旭屋のお神さんだって、よく傷をしてるわ。あれもどうも叩かれた傷に違いないわ。」……で、この噂話が何を意味するか、私は深くも気に止めないで、ただ亭主が邪慳《じゃけん》なのだろうくらいに考えたことだが、読者諸君、それがなかなかそうではなかったのだ。このちょっとした事柄が、この物語全体に大きな関係を持っていたことが、後になって分った。

それはともかく、そうして、私は三十分ほども同じ所を見詰めていた。虫が知らすとでもいうのか、何だかこう、傍見《わきみ》をしているすきに何事か起りそうで、どうも外《ほか》へ目が向けられなかったのだ。その時、先ほどちょっと名前の出た明智小五郎が、いつもの荒い棒縞《ぼうじま》の浴衣《ゆかた》を着て、変に肩を振る歩き方で、窓の外を通りかかった。彼は私に気づくと会釈をして中へ入って来たが、冷しコーヒを命じておいて、私と同じように窓の方を向いて、私の隣に腰かけた。そして、私が一つ所を見詰めているのに気づくと、彼はその私の視線をたどって、同じく向うの古本屋を眺めた。しかも、不思議なことには、彼もまた如何にも興味ありげに、少しも目をそらさないで、その方を凝視し出したのである。

私たちは、そうして、申合せたように同じ場所を眺めながら、色々無駄話を取交《とりかわ》した。

その時私たちの間にどんな話題が話されたか、今ではもう忘れてもいるし、それに、この物語にはあまり関係のないことだから、略するけれど、それが、犯罪や探偵に関したものであったことは確かだ。試みに見本を一つ取出してみると、

「絶対に発見されない犯罪というものは不可能でしょうか。僕は随分可能性があると思うのですがね。例えば、谷崎潤一郎の『途上』ですね。ああした犯罪は先《ま》ず発見されることはありませんよ。もっとも、あの小説では、探偵が発見したことになってますけど、あれは作者のすばらしい想像力が作り出したことですからね。」と明智。

「イヤ、僕はそうは思いませんよ。実際問題としてならともかく、理論的にいって、探偵の出来ない犯罪なんてありませんよ。ただ、現在の警察に『途上』に出て来るような偉い探偵がいないだけですよ。」と私。

ざっとこういった風なのだ。だが、ある瞬間、二人はいい合せたように、ふと黙り込んでしまった。さっきから話しながらも目をそらさないでいた向うの古本屋に、ある面白い事件が発生していたのだ。

「君も気づいているようですね。」

と私が囁《ささや》くと、彼は即座に答えた。

「本泥棒でしょう。どうも変ですね。僕も此処《ここ》へ入って来た時から、見ていたんです

よ。これで四人目ですね。」

「君が来てからまだ三十分にもなりませんが、三十分に四人も、少しおかしいですね。僕は君の来る前からあすこを見ていたんですよ。一時間ほど前にね、あの障子があるでしょう。あれの格子のようになったところが、閉るのを見たんですが、それからずっと注意していたのです。」

「家《うち》の人が出て行ったのじゃないのですか。」

「それが、あの障子は一度も開かないのですよ。出て行ったとすれば裏口からでしょうが、……三十分も人がいないなんて確かに変ですよ。どうです、行ってみようじゃありませんか。」

「そうですね。家の中には別状ないとしても、外で何かあったのかもしれませんからね。」

私はこれが犯罪事件ででもあってくれれば面白いがと思いながらカフェを出た。明智とても同じ思《おもい》に違いなかった。彼も少からず興奮しているのだ。

古本屋は、よくある型で、店は全体土間になっていて、正面と左右に天井まで届くような本棚を取付け、その腰のところが本を並べるための台になっている。土間の中央には、島のように、これも本を並べたり積上《つみあ》げたりするための、長方形の台が置いてある。

そして、正面の本棚の右の方が三尺ばかりあいていて、奥の部屋との通路になり、先にいった一枚の障子が立ててある。いつもは、この障子の前の半畳ほどの畳敷の所に、主人か細君がチョコンと座って番をしているのだ。

明智と私とは、その畳敷の所まで行って、大声に呼んでみたけれど、何の返事もない。果して誰もいないらしい。私は障子を少し開けて、奥の間を覗《のぞ》いてみると、中は電燈が消えて真暗《まっくら》だが、どうやら、人間らしいものが部屋の隅に倒れている様子だ。不審に思ってもう一度声をかけたが、返事をしない。

「構わない、上ってみようじゃありませんか。」

そこで、二人はドカドカ奥の間へ上り込んで行った。明智の手で電燈のスイッチがひねられた。そのとたん、私たちは同時に「アッ」と声を立てた。明るくなった部屋の片隅には、女の死骸が横《よこた》わっていたのだ。

「ここの細君ですね。」やっと私がいった。「首を絞められているようじゃありませんか。」

明智は側《そば》へ寄って、死体を検《しら》べていたが、「とても蘇生の見込はありませんよ。早く警察へ知らせなきゃ。僕、自働電話まで行って来ましょう。君、番をしてて下さい。近所へはまだ知らせない方がいいでしょう。手掛りを消してしまってはいけないから。」

彼はこう命令的にいい残して、半丁ばかりの所にある自働電話へ飛んで行った。

平常《ふだん》から、犯罪だ探偵だと、議論だけはなかなか一人前にやってのける私だが、さて実際に打《ぶ》っつかったのは初めてだ。手のつけようがない。私は、ただ、まじまじと部屋の様子を眺めている外《ほか》はなかった。

部屋は一間《ひとま》きりの六畳で、奥の方は、右一間《いっけん》は幅の狭い縁側をへだてて、二坪ばかりの庭と便所があり、庭の向うは板塀になっている。――夏のことで、開けっぱなしだから、すっかり見通しなのだ――左半間は開き戸で、その奥に二畳敷ほどの板の間があり、裏口に接して狭い流し場が見え、そこの腰高障子は閉っている。向って右側は、四枚の襖《ふすま》が閉っていて中は二階への階段と物入場《ものいれば》になっているらしい。ごくありふれた安長屋の間取だ。

死骸は、左側の壁寄りに、店の間《ま》の方を頭にして倒れている。私は、なるべく凶行当時の模様を乱すまいとして、一つは気味も悪かったので、死骸の側へ近寄らないようにしていた。でも、狭い部屋のことではあり、見まいとしても、自然その方に目が行くのだ。女は荒い中形模様の浴衣を着て、殆《ほとん》ど仰向きに倒れている。しかし、着物が膝の上の方までまくれて、股《もも》がむき出しになっているくらいで、別に抵抗した様子はない。首のところは、よくは分らぬが、どうやら、絞められた痕《きず》が紫色になっているらしい。

表の大通りには往来が絶えない。声高に話し合って、カラカラと日和下駄《ひよりげた》を引きずって行くのや、酒に酔って流行唄《はやりうた》をどなって行くのや、至極《しごく》天下泰平なことだ。そして、障子一重《ひとえ》の家の中には、一人の女が惨殺されて横《よこた》わっている。何という皮肉だ。私は妙にセンティメンタルになって、呆然と佇《たたず》んでいた。

「すぐ来るそうですよ。」

明智が息を切って帰って来た。

「あ、そう。」

私は何だか口を利くのも大儀になっていた。二人は長い間、一言もいわないで顔を見合せていた。

間もなく、一人の正服《せいふく》の警官が背広の男と連立《つれだ》ってやって来た。正服の方は、後で知ったのだが、K警察署の司法主任で、もう一人は、その顔つきや持物でも分るように、同じ署に属する警察医だった。私たちは司法主任に、最初からの事情を大略説明した。そして、私はこう附加えた。

「この明智君がカフェへ入って来た時、偶然時計を見たのですが、ちょうど八時半でしたから、この障子の格子が閉ったのは、恐らく八時頃だったと思います。その時は確か中にも電燈がついてました。ですから、少くとも八時頃には、誰れか生きた人間がこの部屋にいたことは明《あきら》かです。」

司法主任が私たちの陳述を聞取って、手帳に書留めている間に、警察医は一応死体の検診を済ませていた。彼は私たちの言葉のとぎれるのを待っていった。

「絞殺ですね。手でやられたのです。これ御覧なさい。この紫色になっているのが指の痕《あと》です。それから、この出血しているのは爪が当った箇所ですよ。母指《おやゆび》の痕が頸《くび》の右側についているのを見ると、右手でやったものですね。そうですね。恐らく死後一時間以上はたっていないでしょう。しかし、無論もう蘇生の見込はありません。」

「上から押えつけたのですね。」司法主任が考え考えいった。「しかし、それにしては、抵抗した様子がないが……恐らく非常に急激にやったのでしょうね。ひどい力で。」

それから、彼は私たちの方を向いて、この家《や》の主人はどうしたのだと尋ねた。だが、無論私たちが知っているはずはない。そこで、明智は気を利かして、隣家《となり》の時計屋の主人を呼んで来た。

司法主任と時計屋の問答は大体次のようなものであった。

「主人はどこへ行っているのかね。」

「ここの主人は、毎晩古本の夜店を出しに参りますんで、いつも十二時頃でなきゃ帰って参りません。ヘイ。」

「どこへ夜店を出すんだね。」

「よく上野の広小路へ参りますようですが、今晩はどこへ出しましたか、どうも手前には分り兼ねますんで。へイ。」

「一時間ばかり前に、何か物音を聞かなかったかね。」

「物音と申しますと。」

「極《きま》ってるじゃないか。この女が殺される時の叫び声とか、格闘の音とか……。」

「別段これという物音も聞きませんようでございましたが。」

そうこうする内に、近所の人たちが聞伝えて集《あつま》って来たのと、通りがかりの弥次馬で、古本屋の表は一杯の人だかりになった。その中《うち》に、もう一方の隣家の足袋屋《たびや》のお神さんがいて、時計屋に応援した。そして、彼女も何も物音を聞かなかった旨《むね》陳述した。

この間に、近所の人たちは、協議の上、古本屋の主人のところへ使《つかい》を走らせた様子だった。

そこへ、表に自動車の止る音がして、数人の人がドヤドヤと入って来た。それは、警察からの急報で駆けつけた裁判所の連中と、偶然同時に到着したK警察署長、及び当時名探偵という噂の高かった小林刑事などの一行だった。――無論これは後になって分ったことだ。というのは、私の友達に一人の司法記者があって、それがその事件の係りの小林刑事とごく懇意だったので、私は後日彼から色々と聞くことが出来たのだ――先着の司法主任は、この人たちの前で今までの模様を説明した。私たちも先きの陳述をもう一度繰返さねばならなかった。

「表の戸《と》を閉めましょう。」

突然、黒いアルパカの上衣に白ズボンという、下回りの会社員みたいな男が、大声でどなって、さっさと戸を閉め出した。これが小林刑事だった。彼はこうして弥次馬を撃退しておいて、さて探偵にとりかかった。彼のやり方は如何《いか》にも傍若無人《ぼうじゃくぶじん》で、検事や署長などはまるで眼中にない様子だった。彼は始めから終りまで一人で活動した。他の人たちはただ、彼の敏捷《びんしょう》な行動を傍観するためにやって来た見物人に過ぎないように見えた。彼は第一に死体を検《しら》べた。頸《くび》のまわりは殊《こと》に念入りにいじり回していたが、

「この指の痕には別に特徴がありません。つまり普通の人間が、右手で押えつけたという以外に何の手掛りもありません。」

と検事の方を見ていった。次に彼は一度死体を裸体《はだか》にしてみるといい出した。そこで、議会の秘密会みたいに、傍聴者の私たちは、店の間へ追出されねばならなかった。だから、その間にどういう発見があったか、よく分らないが、察するところ、彼らは死人の身体に沢山の生傷のあることに注意したに相違ない。カフェのウエトレスの噂していた

あれだ。

やがて、この秘密会は解かれたけれど、私たちは奥の間へ入って行くのを遠慮して、例の店の間と奥との境の畳敷の所から奥の方を覗き込んでいた。幸《さいわい》なことには、私たちは事件の発見者だったし、それに、後から明智の指紋をとらねばならぬことになったために、最後まで追出されずに済んだ。というよりは抑留されていたという方が正しいかもしれぬ。しかし小林刑事の活動は奥の間だけに限られていた訳でなく、屋内屋外の広い範囲にわたっていたのだから、一つ所にじっとしていた私たちに、その捜査の模様が分ろうはずはないのだが、うまい工合に、検事が奥の間に陣取っていて、始終殆ど動かなかったので、刑事が出たり入ったりするごとに、一々《いちいち》捜査の結果を報告するのを、洩れなく聞きとることが出来た。検事はその報告に基《もとづ》いて、調書の材料を書記に書きとめさせていた。

先ず、死体のあった奥の間の捜索が行われたが、遺留品も、足跡も、その他探偵の目に触れる何物もなかった様子だ。ただ一つのものを除いては。

「電燈のスイッチに指紋があります。」黒いエボナイトのスイッチに何か白い粉をふりかけていた刑事がいった。「前後の事情から考えて、電燈を消したのは犯人に相違ありません。しかし、これをつけたのはあなた方の内どちらですか。」

明智が自分だと答えた。

「そうですか。あとであなたの指紋をとらせて下さい。この電燈は触らないようにして、このまま取《と》りはずして持って行きましょう。」

それから、刑事は二階へ上って行って暫《しばら》く下りて来なかったが、下りて来るとすぐに裏口の路地を検べるのだといって出て行った。それが十分もかかったろうか。やがて、彼はまだついたままの懐中電燈を片手に、一人の男を連れて帰って来た。それは汚れたクレップシャツにカーキ色のズボンという扮装《いでた》ちで、四十ばかりの汚い男だ。

「足跡はまるで駄目です。」刑事が報告した。「この裏口の辺は、日当りが悪いせいか、ひどいぬかるみで、下駄の跡が滅多無性《めったむしょう》についているんだから、とても分りっこありません。ところで、この男ですが」と今連れて来た男を指し、「これは、この裏の路地を出た所の角に店を出していたアイスクリーム屋ですが、もし犯人が裏口から逃げたとすれば、路地は一方口なんですから、必ずこの男の目についたはずです。君、もう一度私の尋ねることに答えて御覧。」

そこで、アイスクリーム屋と刑事の問答。

「今晩八時前後に、この路地を出入したものはないかね。」

「一人もありませんので、日が暮れてからこっち、猫の子一匹通りませんので。」アイスクリーム屋はなかなか要領よく答える。

「私は長らくここへ店を出させてもらってますが、あすこは、この長屋のお神さんたちも、夜分は滅多に通りませんので、何分《なにぶん》あの足場の悪いところへ持って来て、真暗なんですから。」

「君の店のお客で路地の中へ入ったものはないかね。」

「それもございません。皆さん私の目の前でアイスクリームを食べて、すぐ元の方へお帰りになりました。それはもう間違《まちがい》はありません。」

さて、もしこのアイスクリーム屋の証言が信用すべきものだとすると、犯人はたといこの家《や》の裏口から逃げたとしても、その裏口からの唯一の通路である路地は出なかったことになる。さればといって、表の方から出なかったことも、私たちが白梅軒から見ていたのだから間違はない。では、彼は一体どうしたのであろう。小林刑事の考《かんがえ》によれば、これは、犯人がこの路地を取りまいている裏表二側《ふたかわ》の長屋の、どこかの家に潜伏しているか、それとも借家人の内に犯人があるのかどうかであろう。もっとも、二階から屋根伝いに逃げる路《みち》はあるけれど、二階を検べたところによると、表の方の窓は、取りつけの格子が嵌《はま》っていて少しも動かした様子はないのだし、裏の方の窓だって、この暑さで、どこの家《うち》も二階は明けっぱなしで、中には物干で涼んでいる人もあるくらいだから、ここから逃げるのはちょっと難しいように思われる。とこういうのだ。

そこで臨検者たちの間に、ちょっと捜査方針についての協議が開かれたが、結局、手分けをして近所を軒並に検べてみることになった。といっても、裏表の長屋を合せて十一軒しかないのだから、大して面倒ではない。それと同時に家《うち》の中も再度、縁の下から天井裏まで残る隈《くま》なく検べられた。ところが、その結果は、何の得るところもなかったばかりでなく、かえって事情を困難にしてしまったように見えた。というのは、古本屋の一軒おいて隣の菓子屋の主人が、日暮れ時分からつい今し方まで、物干へ出て尺八を吹いていたことが分ったが、彼は始めから終《しま》いまで、ちょうど古本屋の二階の窓の出来事を見逃すはずのないような位置に座っていたのだ。

読者諸君、事件はなかなか面白くなって来た。犯人はどこから入って、どこから逃げたのか、裏口からでもない、二階の窓からでもない、そして表からでは勿論ない。彼は最初から存在しなかったのか、それとも煙のように消えてしまったのか。不思議はそればかりでない。小林刑事が、検事の前に連れて来た二人の学生が、実に妙なことを中立てたのだ。それは裏側の長屋に間借りしている、ある工業学校の生徒たちで、二人とも出鱈目《でたらめ》をいうような男とも見えぬが、それにもかかわらず、彼らの陳述は、この事件を益々不可解にするような性質のものだったのである。

検事の質問に対して、彼らは大体左《さ》のように答えた。

「僕は、ちょうど八時頃に、この古本屋の前に立って、そこの台にある雑誌を開いて見ていたのです。すると、奥の方で何だか物音がしたもんですから、ふと目を上げてこの障子の方を見ますと、障子は閉まっていましたけれど、この格子のようになった所が開いてましたので、そのすき間に一人の男の立っているのが見えました。しかし、私が目を上げるのと、その男が、この格子を閉めるのと殆ど同時でしたから、詳しいことは無論分りませんが、でも、帯の工合で男だったことは確かです。」

「で、男だったという外に何か気附いた点はありませんか、背恰好《せいかっこう》とか、着物の柄とか。」

「見えたのは腰から下ですから、背恰好はちょっと分りませんが、着物は黒いものでした。ひょっとしたら、細い縞《しま》か絣《かすり》であったかもしれませんけれど、私の目には黒無地に見えました。」

「僕もこの友達と一緒に本を見ていたんです」ともう一方の学生。「そして、同じように物音に気づいて、同じように格子の閉るのを見ました。ですが、その男は確かに白い着物を着ていました。縞も模様もない、真白な着物です。」

「それは変ではありませんか。君たちの内どちらかが間違でなけりゃ。」

「決して間違ではありません。」

「僕も嘘はいいません。」

この二人の学生の不思議な陳述は何を意味するか、鋭敏な読者は恐らくあることに気づかれたであろう。実は、私もそれに気附いたのだ。しかし、裁判所や警察の人たちは、この点について、あまり深くは考えない様子だった。

間もなく、死人の夫の古本屋が、知らせを聞いて帰って来た。彼は古本屋らしくない、きゃしゃな、若い男だったが、細君の死骸を見ると、気の弱い性質《たち》と見えて、声こそ出さないけれど、涙をぽろぽろ零《こぼ》していた。小林刑事は、彼が落付くのを待って、質問を始めた。検事も口を添えた。だが、彼らの失望したことには、主人は全然犯人の心当りがないというのだ。彼は「これに限って、人様に怨《うら》みを受けるようなものではございません」といって泣くのだ。それに、彼が色々調べた結果、物とりの仕業《しわざ》でないことも確められた。そこで、主人の経歴、細君の身元《みもと》その他様々の取調べがあったけれど、それらは別段疑うべき点もなく、この話の筋に大した関係もないので略することにする。最後に、死人の身体にある多くの生傷《なまきず》について刑事の質問があった。主人は非常に躊躇《ちゅうちょ》していたが、やっと、自分がつけたのだと答えた。ところが、その理由については、くどく訊《たず》ねられたにもかかわらず、あまり明白な答は与えなかった。しかし、彼はその夜《よ》ずっと夜店を出していたことが分っているのだから、たとい、それが虐待の傷痕《きずあと》だったとしても、殺害《せつがい》の疑いはかからぬはずだ。刑事もそう思ったのか、深くは穿鑿《せんさく》しなかった。

そうして、その夜の取調べは一先《ひとま》ず終った。私たちは住所姓名などを書留められ、明智は指紋をとられて、帰途についたのは、もう一時を過ぎていた。

もし警察の捜索に手抜かりがなく、また証人たちも嘘をいわなかったとすれば、これは実に不可解な事件であった。しかも、後で分ったところによると、翌日から引続いて行われた、小林刑事のあらゆる取調べも、何の甲斐もなくて、事件は発生の当夜のまま少しだって発展しなかったのだ。証人たちはすべて信頼するに足る人々だった。十一軒の長屋の住人にも疑うべきところはなかった。被害者の国元《くにもと》も取調べられたけれど、これまた、何の変った事もない。少くとも、小林刑事――彼は先にもいった通り、名探偵と噂されている人だ――が、全力を尽して捜索した限りでは、この事件は全然不可解と結論する外はなかった。これもあとで聞いたのだが、小林刑事が唯一の証拠品として、頼みをかけて持帰った例の電燈のスイッチにも、落胆したことには、明智の指紋の外《ほか》何物も発見することが出来なかった。明智はあの際で慌《あわ》てていたせいか、そこには沢山の指紋が印せられていたが、すべて彼自身のものだった。恐らく、明智の指紋が犯人のそれを消してしまったのだろうと、刑事は判断した。

読者諸君、諸君はこの話を読んで、ポーの『モルグ街の殺人』やドイルの『スペックルド、バンド』を連想されはしないだろうか。つまり、この殺人事件の犯人が、人間でなくて、オラングータンだとか、印度《インド》の毒蛇だとかいうような種類のものだと想像されはしないだろうか。私も実はそれを考えたのだ。しかし、東京のD坂あたりにそんなものがいるとも思われぬし、第一障子のすき間から、男の姿を見たという証人がある。のみならず、猿類などだったら、足跡の残らぬはずはなく、また人目にもついた訳だ。そして、死人の頸《くび》にあった指の痕も、正に人間のそれだ。蛇がまきついたとて、あんな痕は残らぬ。

それはともかく、明智と私とは、その夜帰途につきながら、非常に興奮して色々と話合ったものだ。一例を上げると、まあこんな風なことを。

「君は、ポーの『ル・モルグ』やルルーの『黄色の部屋』などの材料になった、あのパリの Rose Delacourt 事件を知っているでしょう。百年以上たった今日でも、まだ謎として残っているあの不思議な殺人事件を。僕はあれを思出《おもいだ》したのですよ。今夜の事件も犯人の立去った跡のないところは、どうやら、あれに似ているではありませんか」と明智。

「そうですね。実に不思議ですね。よく、日本の建築では、外国の探偵小説にあるような深刻な犯罪は起らないなんていいますが、僕は決してそうじゃないと思いますよ。現にこうした事件もあるのですからね。僕は何だか、出来るか出来ないか分りませんけど、一つこの事件を探偵してみたいような気がしますよ。」

そうして、私たちはある横丁で分《わか》れを告げた。その時私は、横丁を曲って、彼一流の肩を振る歩き方で、さっさと帰って行く明智の後姿が、その派手な棒縞の浴衣によって暗《やみ》の中にくっきりと浮出して見えたのを覚えている。

(下)　推　理

さて、殺人事件から十日ほどたったある日、私は明智小五郎の宿を訪ねた。その十日の間に、明智と私とが、この事件に関して、何を為《な》し、何を考えそして何を結論したか。読者は、それらを、この日、彼と私との間に取交された会話によって、充分察することが出来るであろう。

それまで、明智とはカフェで顔を合していたばかりで、宿を訪ねるのは、その時が始めてだったけれど、予《か》ねて所を聞いていたので、探すのに骨は折れなかった。私は、それらしい煙草屋《タバコや》の店先に立って、お神さんに、明智がいるかどうかを尋ねた。

「エエ、いらっしゃいます。ちょっとお待ち下さい、今お呼びしますから。」

彼女はそういって、店先から見えている階段の上り口まで行って、大声に明智を呼んだ。彼はこの家《や》の二階を間借りしていたのだ。すると、

「オー」

と変な返事をして、明智はミシミシと階段を下りて来たが、私を発見すると、驚いた顔をして「ヤー、御上《おあが》りなさい」といった。私は彼の後《うしろ》に従って二階へ上った。ところが、何気なく、彼の部屋へ一歩足を踏み込んだ時、私はアッと魂消《たまげ》てしまった。部屋の様子があまりにも異様だったからだ。明智が変り者だということは知らぬではなかったけれど、これはまた変り過ぎていた。

何のことはない、四畳半の座敷が書物で埋《うず》まっているのだ。真中《まんなか》のところに少し畳が見えるだけで、あとは本の山だ。四方の壁や襖《ふすま》に沿って、下の方は殆ど部屋一杯に、上の方ほど幅が狭くなって、天井の近くまで、四方から書物の土手が迫っているのだ。外《ほか》の道具などは何もない。一体彼はこの部屋でどうして寝るのだろうと疑われるほどだ。第一、主客二人の座る所もない。うっかり身動きしようものなら、忽《たちま》ち本の土手くずれで、圧《お》しつぶされてしまうかもしれない。

「どうも狭くっていけませんが、それに、座蒲団《ざぶとん》がないのです。済みませんが、柔か

そうな本の上へでも座って下さい。」

私は書物の山に分け入って、やっと座る場所を見つけたが、あまりのことに、暫《しばら》く、ぼんやりとその辺《あたり》を見回していた。

私は、かくも風変りな部屋の主《あるじ》である明智小五郎の為人《ひととなり》について、ここで一応説明しておかねばなるまい。しかし、彼とは昨今のつき合いだから、彼がどういう経歴の男で、何によって衣食し、何を目的にこの人生を送っているのか、というようなことは一切《いっさい》分らぬけれど、彼が、これという職業を持たぬ一種の遊民であることは確かだ。強いていえば、書生であろうか。だが、書生にしてもよほど風変りな書生だ。いつか彼が「僕は人間を研究しているんですよ」といったことがあるが、その時私には、それが何を意味するのかよく分らなかった。ただ、分っているのは、彼が犯罪や探偵について、並々ならぬ興味と、恐るべく豊富な知識を持っていることだ。

年は私と同じくらいで、二十五歳を越してはいまい。どちらかといえば痩《や》せた方で、先にもいった通り、歩く時に変に肩を振る癖がある。といっても、決して豪傑流のそれではなく、妙な男を引合いに出すが、あの片腕の不自由な、講釈師の神田伯竜《かんだはくりゅう》を思出させるような歩き方なのだ。伯竜といえば、明智は顔つきから声音《こわね》まで、彼にそっくりだ。――伯竜を見たことのない読者は、諸君の知っている内で、いわゆる好男子ではないが、どことなく愛嬌のある、そして最も天才的な顔を想像するがよい――ただ明智の方は、髪の毛がもっと長く延びていて、モジャモジャともつれ合っている。そして、彼は人と話している間にもよく、指で、そのモジャモジャになっている髪の毛を、更《さ》らにモジャモジャにするためのように引掻回《ひっかきまわ》すのが癖だ。服装などは一向構わぬ方らしく、いつも木綿の着物に、よれよれの兵古帯《へこおび》を締めている。

「よく訪ねてくれましたね。その後暫《しばら》く逢いませんが、例のD坂の事件はどうです。警察の方では一向犯人の見込がつかぬようではありませんか。」

明智は例の、頭を掻回しながら、ジロジロ私の顔を眺めていう。

「実は僕、今日はそのことで少し話があって来たんですがね。」そこで私はどういう風に切り出したものかと迷いながら始めた。「僕はあれから、色々考えてみたんですよ。考えたばかりでなく、探偵のように実地の取調べもやったのですよ。そして、実は一つの結論に達したのです。それを君に御報告しようと思って……。」

「ホウ。そいつはすてきですね。詳しく聞きたいものですね。」

私は、そういう彼の目付に、何が分るものかというような、軽蔑と安心の色が浮んでいるのを見逃さなかった。そして、それが私の逡巡《しゅんじゅん》している心を激励した。私は勢込《いきおいこ》んで話し始めた。

「僕の友達に一人の新聞記者がありましてね。それが、例の事件の係りの小林刑事というのと懇意なのです。で、僕はその新聞記者を通じて、警察の模様を詳しく知ることが出来ましたが、警察ではどうも捜査方針が立たないらしいのです。無論色々活動はしているのですが、これという見込がつかぬのです。あの、例の電燈のスイッチですね。あれも駄目なんです。あすこには、君の指紋だけっきゃついていないことが分ったのです。警察の考えでは、多分君の指紋が犯人の指紋を隠してしまったのだろうというのですよ。そういう訳《わけ》で、警察が困っていることを知ったものですから、僕は一層熱心に調べてみる気になりました。そこで、僕が到達した結論というのは、どんなものだと思います。そして、それを警察へ訴える前に、君のところへ話しに来たのは何のためだと思います。

それはともかく、僕はあの事件のあった日から、あることを気づいていたのですよ。君は覚えているでしょう。二人の学生が犯人らしい男の着物の色について、まるで違った申立てをしたことをね。一人は黒だといい、一人は白だというのです。いくら人間の目が不確《ふたしか》だといって、正反対の黒と白とを間違えるのは変じゃないですか。警察ではあれをどんな風に解釈したか知りませんが、僕は二人の陳述は両方とも間違でないと思うのですよ。君、分りますか。あれはね、犯人が白と黒とのだんだらの着物を着ていたんですよ。……つまり、太い黒の棒縞の浴衣かなんかですね。よく宿屋の貸浴衣にあるような……では、何故それが一人には真白に見え、もう一人には真黒に見えたかといいますと、彼らは障子の格子のすき間から見たのですから、ちょうどその瞬間、一人の目が格子のすき間と着物の白地の部分と一致して見える位置にあり、もう一人の目が黒地の部分と一致して見える位置にあったのです。これは珍しい偶然かもしれませんが、決して不可能ではないのです。そして、この場合こう考えるより外《ほか》に方法がないのです。

さて、犯人の着物の縞柄は分りましたが、これでは単に捜査範囲が縮小されたというまでで、まだ確定的のものではありません。第二の論拠は、あの電燈のスイッチの指紋なんです。僕は、さっき話した新聞記者の友達の伝手《つて》で小林刑事に頼んでその指紋を──君の指紋ですよ──よく検べさせてもらったのです。その結果いよいよ僕の考えてることが間違っていないのを確めました。ところで君、硯《すずり》があったら、ちょっと貸してくれませんか。」

そこで、私は一つの実験をやって見せた。先ず硯を借りると、私は右手の母指《おやゆび》に薄く墨をつけて、懐《ふところ》から取出した半紙の上に一つの指紋を捺《お》した。それから、その指紋の乾くのを待って、もう一度同じ指に墨をつけ、前の指紋の上から、今度は指の方向を換えて念入りに押えつけた。すると、そこには互に交錯した二重の指紋がハッキリ現れた。

「警察では、君の指紋が犯人の指紋の上に重《かさな》って、それを消してしまったのだと解釈しているのですが、しかしそれは今の実験でも分る通り不可能なんですよ。いくら強く捺したところで、指紋というものが線で出来ている以上、線と線の間に、前の指紋の跡が残るはずです。もし前後の指紋が全く同じもので、捺し方も寸分違わなかったとすれば、指紋の各線が一致しますから、あるいは後の指紋が先の指紋を隠してしまうことも出来るでしょうが、そういうことは先ずあり得ませんし、たといそうだとしても、この場合結論は変らないのです。

しかし、あの電燈を消したのが犯人だとすれば、スイッチにその指紋が残っていなければなりません。僕はもしや警察では、君の指紋の線と線との間に残っている先の指紋を見落しているのではないかと思って、自分で検べてみたのですが、少しもそんな痕跡がないのです。つまり、あのスイッチには、後にも先にも、君の指紋が捺されているだけなのです。——どうして古本屋の人たちの指紋が残っていなかったのか、それはよく分りませんが、多分、あの部屋の電燈はつけっぱなしで、一度も消したことがないのでしょう。

君、以上の事柄は一体何を語っているでしょう。僕はこういう風に考えるのですよ。一人の荒い棒縞の着物を着た男が、——その男は多分死んだ女の幼馴染《おさななじみ》で、恋を裏切られたとでもいう理由からでしょう――古本屋の主人が夜店を出すことを知っていて、その留守の間に女を襲ったのです。声を立てたり抵抗したりした形跡がないのですから、女はその男をよく知っていたに相違ありません。さて、まんまと目的を果した男は、死骸の発見を後《おく》らすために、電燈を消して立去ったのです。しかし、この男の一期《いちご》の不覚は、障子の格子のあいているのを知らなかったこと、そして、驚いてそれを閉めた時に、偶然店先にいた二人の学生に姿を見られたことでした。それから、男は一旦外へ出ましたが、ふと気がついたのは、電燈を消した時、スイッチに指紋が残ったに相違ないということです。これはどうしても消してしまわねばなりません。しかしもう一度同じ方法で部屋の中へ忍込《しのびこ》むのは危険です。そこで、男は一つの妙案を思いつきました。それは、自《みず》から殺人事件の発見者になることです。そうすれば、少しの不自然もなく、自分の手で電燈をつけて、以前の指紋に対する疑《うたがい》をなくしてしまうことが出来るばかりでなく、まさか、発見者が犯人だろうとは誰しも考えませんからね、二重の利益があるのです。こうして、彼は何食わぬ顔で警察のやり方を見ていたのです。大胆にも証言さえしました。しかも、その結果は彼の思う壺だったのですよ。五日たっても十日たっても、誰も彼を捕《とら》えに来るものはなかったのですからね。」

この私の話を、明智小五郎はどんな表情で聴いていたか。私は、恐らく話の中途で、何か変った表情をするか、言葉を挟むだろうと予期していた。ところが、驚いたことには、彼の顔には何の表情も現れぬのだ。一体平素から心を色に現さぬ質《たち》ではあったけれど、あまり平気すぎる。彼は始終例の髪の毛をモジャモジャやりながら、黙り込んでいるのだ。私は、どこまでずうずうしい男だろうと思いながら最後の点に話を進めた。

「君はきっと、それじゃ、その犯人はどこから入って、どこから逃げたかと返問するでしょう。確かに、その点が明らかにならなければ、他のすべてのことが分っても何の甲斐もないのですからね。だが、遺憾《いかん》ながら、それも僕が探り出したのですよ。あの晩の捜査の結果では、全然犯人の出て行った形跡がないように見えました。しかし、殺人があった以上、犯人が出入しなかったはずはないのですから、刑事の捜索にどこか抜目があったと考える外はありません。警察でもそれには随分苦心した様子ですが、不幸にして、彼らは、僕という一介の書生に及ばなかったのですよ。

ナアニ、実は下らぬ事なんですがね、僕はこう思ったのです。これほど警察が取調べているのだから、近所の人たちに疑うべき点は先ずあるまい。もしそうだとすれば、犯人は、何か、人の目にふれても、それが犯人だとは気づかれぬような方法で通ったのじゃないだろうか、そして、それを目撃した人はあっても、まるで問題にしなかったのではなかろうか、とね。つまり、人間の注意力の盲点――我々の目に盲点があると同じように、注意力にもそれがありますよ――を利用して、手品使《てじなづかい》が見物の目の前で、大きな品物を訳もなく隠すように、自分自身を隠したのかもしれませんからね。そこで、僕が目をつけたのは、あの古本屋の一軒おいて隣の旭屋という蕎麦屋《そばや》です。」

古本屋の右へ時計屋、菓子屋と並び、左へ足袋屋《たびや》、蕎麦屋と並んでいるのだ。

「僕はあすこへ行って、事件の当夜八時頃に、便所を借りて行った男はないかと聞いてみたのです。あの旭屋は君も知ってるでしょうが、店から土間続きで、裏木戸まで行けるようになっていて、その裏木戸のすぐ側に便所があるのですから、便所を借りるように見せかけて、裏口から出て行って、また入って来るのは訳はありませんからね。――例のアイスクリーム屋は路次を出た角に店を出していたのですから、見つかるはずはありません――それに、相手が蕎麦屋ですから、便所を借りるということが極めて自然なのです。聞けば、あの晩はお神さんは不在で、主人だけが店の間にいたのだそうですから、おあつらえ向きなんです。君、なんとすてきな思付《おもいつ》きではありませんか。

そして、案の定、ちょうどその時分に便所を借りた客があったのです。ただ、残念なことには、旭屋の主人《あるじ》は、その男の顔形とか着物の縞柄なぞを少しも覚えていないのですがね。――僕は早速この事を、例の友達を通じて、小林刑事に知らせてやりましたよ。刑事は自分でも蕎麦屋を調べたようでしたが、それ以上何も分らなかったのです――。」

私は少し言葉を切って、明智に発言の余裕を与えた。彼の立場は、この際何とか一言いわないではいられぬはずだ。ところが、彼は相変らず頭を搔回しながら、すまし込んでいるのだ。私はこれまで、敬意を表する意味で間接法を用いていたのを直接法に改めねばならなかった。

「君、明智君、僕のいう意味が分るでしょう。動かぬ証拠が君を指さしているのですよ。白状すると、僕はまだ心の底では、どうしても君を疑う気になれないのですが、こういう風に証拠が揃っていては、どうも仕方がありません。……僕は、もしやあの長屋の内に、太い棒縞の浴衣を持っている人がないかと思って、随分骨折って調べてみましたが、一人もありません。それももっともですよ。同じ棒縞の浴衣でも、あの格子に一致するような派手なのを着る人は珍らしいのですからね。それに、指紋のトリックにしても、便所を借りるというトリックにしても、実に巧妙で、君のような犯罪学者でもなければ、ちょっと真似《まね》の出来ない芸当ですよ。それから、第一おかしいのは、君はあの死人の細君と幼馴染だといっていながら、あの晩、細君の身元調べなんかあった時に、側で聞いていて、少しもそれを申立てなかったではありませんか。

さて、そうなると、唯一の頼みはAlibiの有無です。ところが、それも駄目なのです。君は覚えてますか、あの晩帰り途《みち》で、白梅軒へ来るまで君が何所《どこ》にいたかということを、僕が聞きましたね。君は、一時間ほど、その辺を散歩していたと答えたでしょう。たとい、君の散歩姿を見た人があったとしても、散歩の途中で、蕎麦屋の便所を借りるなどはあり勝《が》ちのことですからね。明智君、僕のいうことが間違っていますか。どうです。もし出来るなら君の弁明を聞こうじゃありませんか。」

読者諸君、私がこういって詰めよった時、奇人明智小五郎は何をしたと思います。面目なさに俯伏《つっぷ》してしまったとでも思うのですか。どうしてどうして、彼はまるで意表外のやり方で、私の荒胆《あらぎも》をひしいだのです。というのは、彼はいきなりゲラゲラと笑い出したのです。

「いや失敬失敬、決して笑うつもりではなかったのですけど、君があまり真面目だもんだから。」明智は弁解するようにいった。「君の考《かんがえ》はなかなか面白いですよ。僕は君のような友達を見つけたことを嬉しく思いますよ。しかし、惜しいことには、君の推理はあまりに外面的で、そして物質的ですよ。例えばですね。僕とあの女との関係についても、君は、僕たちがどんな風な幼馴染だったかということを、内面的に心理的に調べてみましたか。僕が以前あの女と恋愛関係があったかどうか。また現に彼女を恨んでいるかどうか。君にはそれくらいのことが推察出来なかったのですか。あの晩、なぜ彼女を知っているかことをいわなかったか、その訳《わけ》は簡単ですよ。僕は何も参考になるような事柄を知らなかったのです。僕は、まだ小学校へも入らぬ時分に彼女と分れたきりなのですからね。もっとも、最近偶然そのことが分って、二、三度話し合ったことはありますけれど。」

「では、例えば指紋のことはどういう風に考えたらいいのですか？」

「君は、僕があれから何もしないでいたと思うのですか。僕もこれでなかなかやったのですよ。D坂は毎日のようにうろついていましたよ。殊《こと》に古本屋へはよく行きました。そして、主人をつかまえて色々探ったのです。――細君を知っていたことはその時打明《うちあ》けたのですが、それがかえって便宜になりましたよ――君が新聞記者を通じて警察の模様を知ったように、僕はあの古本屋の主人から、それを聞出していたんです。今の指紋のことも、じき分りましたから、僕も妙だと思って検べてみたのですが、ハハ……、笑い話ですよ。電球の線が切れていたのです。誰《だ》れも消しやしなかったのですよ。僕がスイッチをひねったために燈《ひ》がついたと思ったのは間違で、あの時、慌てて電燈を動かしたので、一度切れたタングステンが、つながったのですよ。スイッチに僕の指紋だけしかなかったのは、当りまえなのです。あの晩、君は障子のすき間から電燈のついてるのを見たといいましたね。とすれば、電球の切れたのは、その後ですよ。古い電球は、どうもしないでも、独《ひと》りでに切れることがありますからね。それから、犯人の着物の色のことですが、これは僕が説明するよりも……。」

彼はそういって、彼の身辺の書物の山を、あちらこちら発掘していたが、やがて、一冊の古ぼけた洋書を掘りだして来た。

「君、これを読んだことがありますか、ミュンスターベルヒの『心理学と犯罪』という本ですが、この「錯覚」という章の冒頭を十行ばかり読んで御覧なさい。」

私は、彼の自信ありげな議論を聞いている内に、段々私自身の失敗を意識し始めていた。で、いわれるままにその書物を受取って、読んでみた。そこには大体次のようなことが書いてあった。

かつて一つの自動車犯罪事件があった。法廷において、真実を申立てる旨宣誓した証人の一人は、問題の道路は全体乾燥してほこり立っていたと主張し、今一人の証人は、雨降り揚句《あげく》で、道路はぬかるんでいたと誓言した。一人は、問題の自動車は徐行していたといい、他の一人は、あのように早く走っている自動車を見たことがないと述べた。また、前者は、その村道には二、三人しかいなかったといい、後者は、男や女や子供の通行人が沢山あったと陳述した。この両人の証人は、ともに尊敬すべき紳士で、事実を曲弁したとて、何の利益があるはずもない人々だった。

私がそれを読み終るのを待って、明智は更《さ》らに本の頁《ページ》を繰りながらいった。

「これは実際あったことですが、今度は、この「証人の記憶」という章があるでしょう。その中ほどのところに、予《あらかじ》め計画して実験した話があるのですよ。ちょうど着物の色のことが出てますから、面倒でしょうが、まあちょっと読んで御覧なさい。」

それは左《さ》のような記事であった。

(前略)一例を上げるならば、一昨年(この書物の出版は一九一一年)ゲッティンゲンにおいて、法律家、心理学者及び物理学者よりなる、ある学術上の集会が催されたことがある。随って、そこに集《あつま》ったのは、皆、綿密な観察に熟練した人たちばかりであった。その町には、あたかもカーニバルの御祭騒ぎが演じられていたが、突然、この学究的な会合の最中に、戸が開かれて、けばけばしい衣裳《いしょう》をつけた一人の道化が、狂者のように飛び込んで来た。見ると、その後から一人の黒人が手にピストルを持って追駆《おっか》けて来るのだ。ホールの真中で、彼らはかたみがわりに、恐ろしい言葉をどなり合ったが、やがて、道化の方がバッタリ床の上に倒れると、黒人はその上に躍りかかった。そして、ポンとピストルの音がした。と、忽《たちま》ち彼らは二人とも、かき消すように室《へや》を出て行ってしまった。全体の出来事が二十秒とはかからなかった。人々は無論非常に驚かされた。座長の外には、誰一人、それらの言葉や動作が、予め予習されていたこと、その光景が写真に撮《と》られたことなどを悟ったものはなかった。で、座長が、これはいずれ法廷に持出される問題だからというので、会員各自に、正確な記録を書くことを頼んだのは、極《ご》く自然に見えた。（中略、この間に、彼らの記録が如何《いか》に間違に充《み》ちていたかを、パーセンテージを示して記してある）黒人が頭に何も冠《かむ》っていなかったことをいい当てたのは、四十人の内でたった四人きりで、外の人たちは、山高帽子を冠っていたと書いたものもあれば、シルクハットだったと書くものもあるという有様だった。着物についても、ある者は赤だといい、あるものは茶色だといい、あるものは縞だといい、あるものはコーヒ色だといい、その他種々様々の色合が彼のために発明せられた。ところが、黒人は実際は、白ズボンに黒の上衣を着て、大きな赤のネクタイを結んでいたのだ。

（後略）

「ミュンスターベルヒが賢くも説破した通り、」と明智は始めた。「人間の観察や人間の記憶なんて、実にたよりないものですよ。この例にあるような学者たちでさえ、服の色の見分けがつかなかったのです。私が、あの晩の学生たちは着物の色を見違えたと考えるのが無理でしょうか。彼らは何者かを見たかもしれません。しかしその者は棒縞の着物なんか着ていなかったはずです。無論僕ではなかったのです。格子のすき間から、棒縞の浴衣を思付《おもいつ》いた君の着眼は、なかなか面白いには面白いですが、あまりお誂向《あつらえむ》きすぎるじゃありませんか。少くとも、そんな偶然の符合を信ずるよりは、君は、僕の潔白を信じてくれる訳には行かぬでしょうか。さて最後に、蕎麦屋の便所を借りた男のことですがね。この点は僕も君と同じ考《かんがえ》だったのです。どうも、あの旭屋の外に犯人の通路はないと思ったのですよ。で僕もあすこへ行って調べてみましたが、その結果は、残念ながら、君とは正反対の結論に達したのです。実際は便所を借りた男なんてなかったのですよ。」

読者もすでに気づかれたであろうが、明智はこうして、証人の申立《もうしたて》を否定し、犯人の指紋を否定し、犯人の通路をさえ否定して、自分の無罪を証拠立てようとしているが、しかしそれは同時に、犯罪そのものを否定することになりはしないか。私は彼が何を考えているのか少しも分らなかった。

「で、君は犯人の見当がついているのですか。」

「ついてますよ。」彼は頭をモジャモジャやりながら答えた。「僕のやり方は、君とは少し違うのです。物質的な証拠なんてものは、解釈の仕方でどうでもなるものですよ。一番いい探偵法は、心理的に人の心の奥底を見抜くことです。だが、これは探偵自身の能力の問題ですがね。ともかく、僕は今度はそういう方面に重きを置いてやってみましたよ。

最初僕の注意を惹《ひ》いたのは、古本屋の細君の身体中に生傷のあったことです。それから間もなく、僕は蕎麦屋の細君の身体にも同じような生傷があるということを聞込《ききこ》みました。これは君も知っているでしょう。しかし、彼女らの夫は、そんな乱暴者でもなさそうです。古本屋にしても、蕎麦屋にしても、おとなしそうな、物分りのいい男なんですからね。僕は何となく、そこにある秘密が伏在しているのではないかと、疑わないではいられなかったのです。で、僕は先ず古本屋の主人を捉《とら》えて、彼の口からその秘密を探り出そうとしました。僕が死んだ細君の知合だというので、彼もいくらか気を許していましたから、それは比較的楽に行きました。そして、ある変な事実を聞出すことが出来たのです。ところが、今度は蕎麦屋の主人ですが、彼は、ああ見えてもなかなかしっかりした男ですから、探り出すのにかなり骨が折れましたよ。でも、僕はある方法によって、うまく成功したのです。

君は、心理学上の連想診断法が、犯罪捜査の方面にも利用され始めたのを知っているでしょう。沢山の簡単な刺戟語《しげきご》を与えて、それに対する嫌疑者の観念連合の遅速を計る、あの方法です。しかし、あれは必ずしも、心理学者のいうように、犬だとか家だとか川だとか、簡単な刺戟語には限らないし、そしてまた、常にクロノスコープの助けを借りる必要もないと、僕は思いますよ。連想診断の骨《こつ》を悟ったものにとっては、そのような形式は大して必要ではないのです。それが証拠に、昔の名判官とか名探偵とかいわれる人は心理学が今日のように発達しない以前から、ただ彼らの天稟《てんぴん》によって、知らず識《し》らずの間に、この心理学的方法を実行していたではありませんか。大岡越前守なども確かにその一人ですよ。小説でいえば、ポーの『ル・モルグ』の始めに、デュパンが友達の身体の動き方一つによって、その心に思っていることをいい当てる所がありますね。ドイルもそれを真似て、『レジデント、ペーシェント』の中で、ホームズに同じような推理をやらせてますが、これらは皆、ある意味の連想診断ですからね。心理学者の種々の機械的方法は、ただこうした天稟の洞察力を持たぬ凡人のために作られたものに過ぎませんよ。話が傍路《わきみち》に入りましたが、僕はそういう意味で、蕎麦屋の主人に対して、一種の連想診断をやったのです。僕は彼に色々の話をしかけました。それも極《ご》くつまらない世間話をね。そして、彼の心理的反応を研究したのです。しかし、これは非常にデリケートな心持の問題で、それにかなり複雑してますから、詳しいことはいずれゆっくり話すとして、ともかくその結果、僕は一つの確信に到達しました。つまり犯人を見つけたのです。

しかし、物質的な証拠というものが一つもないのです。だから、警察に訴える訳にも行きません。よし訴えても、恐らく取上げてくれないでしょう。それに、僕が犯人を知りながら、手を束《つか》ねて見ている、もう一つの理由は、この犯罪には少しも悪意がなかったという点です。変ないい方ですが、この殺人事件は、犯人と被害者と同意の上で行われたのです。いや、ひょっとしたら、被害者自身の希望によって行われたのかもしれません。」

私は色々想像をめぐらしてみたけれど、どうにも彼の考えていることが分り兼ねた。私は自分の失敗を恥じることも忘れて、彼のこの奇怪な推理に耳を傾けた。

「で、僕の考《かんがえ》をいいますとね。殺人者は旭屋の主人なのです。彼は罪跡をくらますためにあんな便所を借りた男のことをいったのですよ。いや、しかしそれは何も彼の創案でも何でもない。我々が悪いのです。君にしろ僕にしろ、そういう男がなかったかと、こちらから問を構えて、彼を教唆《きょうさ》したようなものですからね。それに、彼は僕たちを刑事かなんかと思違《おもいちが》えていたのです。では、彼は何故に殺人罪を犯したか。……僕はこの事件によって、うわべは極めて何気なさそうな、この人生の裏面に、どんなに意外な、陰惨な秘密が隠されているかということを、まざまざと見せつけられた気がします。それは、実に、あの悪夢の世界でしか見出すことの出来ないような種類のものだったのです。

旭屋の主人というのは、サディーの流れをくんだ、ひどい惨虐色情者《ざんぎゃくしきじょうしゃ》で、何という運命のいたずらでしょう、一軒おいて隣に、女のマゾッホを発見したのです。古本屋の細君は彼に劣らぬ被虐色情者だったのです。そして、彼らは、そういう病者に特有の巧みさを以て、誰にも見つけられずに、姦通していたのです。……君、僕が合意の殺人だといった意味が分るでしょう。……彼らは、最近までは、各々、正当の夫や妻によって、その病的な欲望を、かろうじて充《みた》していました。古本屋の細君にも、旭屋の細君にも、同じような生傷のあったのはその証拠です。しかし、彼らがそれに満足しなかったのはいうまでもありません。ですから、目と鼻の近所に、お互の探し求めている人間を発見した時、彼らの間に非常に敏速な了解の成立したことは想像に難《かた》くないではありませんか。ところがその結果は、運命のいたずらが過ぎたのです。彼らのパッシヴとアクティヴとの力の合成によって、狂態が漸次《ぜんじ》倍加されて行きました。そして、遂にあの夜、この、彼らとても決して願わなかった事件を惹起《ひきおこ》してしまった訳なのです。……」

私は、明智のこの異様な結論を聞いて、思わず身震いした。これはまあ、何という事件だ!!

そこへ、下の煙草屋のお神さんが、夕刊を持って来た。明智はこれを受取って、社会面を見ていたが、やがて、そっと溜息をついていった。

「アア、とうとう耐え切れなくなったと見えて、自首しましたよ。妙な偶然ですね。ちょうどその事を話している時に、こんな報導に接しるとは。」

私は彼の指さす所を見た。そこには、小さい見出しで、十行ばかり、蕎麦屋の主人の自首した旨《むね》が記されてあった。

■作者附記　僅かの時間で執筆を急いだのと、一つはあまり長くなることを虞《おそ》れたためとで、明智の推理の最も重要なる部分、連想診断に関する話を詳記することが出来なかったことを残念に思う。しかし、この点はいずれ稿を改めて、他の作品において充分に書いてみたいと思っている。

心理試験

一

蕗屋清一郎《ふきやせいいちろう》が、何故《なぜ》これから記すような恐ろしい悪事を思立《おもいた》ったか、その動機については詳しいことは分らぬ。またたとい分ったとしてもこのお話には大して関係がないのだ。彼がなかば苦学みたいなことをして、ある大学に通っていたところを見ると、学資の必要に迫られたのかとも考えられる。彼は稀に見る秀才で、しかも非常な勉強家だったから、学資を得るために、つまらぬ内職に時を取られて、好きな読書や思索が充分出来ないのを残念に思っていたのは確かだ。だが、そのくらいの理由で、人間はあんな大罪を犯すものだろうか。恐らく彼は先天的の悪人だったのかもしれない。そして、学資ばかりでなく、他の様々な欲望を抑え兼ねたのかもしれない。それはともかく、彼がそれを思いついてから、もう半年になる。その間、彼は迷い、考えに考えた揚句《あげく》、結局やっつけることに決心したのだ。

ある時、彼はふとしたことから、同級生の斎藤勇《さいとういさむ》と親しくなった。それが事の起りだった。初めは無論何の成心《せいしん》があった訳《わけ》ではなかった。しかし中途から、彼はあるおぼろげな目的を抱いて斎藤に接近して行った。そして、接近して行くに随《したが》って、そのおぼろげな目的が段々はっきりして来た。

斎藤は、一年ばかり前から、山の手のある淋しい屋敷町の素人家《しろうとや》に部屋を借りていた。その家《や》の主《あるじ》は、官吏の未亡人で、といっても、もう六十に近い老婆だったが、亡夫の残して行った数軒の借家から上る利益で、充分生活が出来るにもかかわらず、子供を恵まれなかった彼女は、「ただもうお金《かね》がたより」だといって、確実な知合いに小金を貸したりして、少しずつ貯金を殖《ふや》して行くのをこの上もない楽しみにしていた。斎藤に部屋を貸したのも、一つは女ばかりの暮しでは不用心だからという理由もあっただろうが、一方では、部屋代だけでも、毎月の貯金額が殖えることを勘定に入れていたに相違ない。そして、彼女は、今時あまり聞かぬ話だけれど、守銭奴の心理は、古今東西を通じて同じものと見える、表面的な銀行預金の外に、莫大な現金を自宅のある秘密な場所へ隠しているという噂だった。

蕗屋はこの金に誘惑を感じたのだ。あのおいぼれが、そんな大金を持っているということに何の価値がある。それを俺のような未来のある青年の学資に使用するのは、極めて合理的なことではないか。簡単にいえば、これが彼の理論だった。そこで彼は、斎藤を通して出来るだけ老婆についての知識を得ようとした。その大金の秘密な隠し場所を探ろうとした。しかし彼は、ある時斎藤が、偶然その隠し場所を発見したということを聞くまでは、別に確定的な考《かんがえ》を持っていた訳ではなかった。

「君、あの婆さんにしては感心な思いつきだよ、大抵、縁の下とか、天井裏とか、金の隠し場所なんて極《きま》っているものだが、婆さんのはちょっと意外な所なのだよ。あの奥の座敷の床の間に、大きな松の植木鉢が置いてあるだろう。あの植木鉢の底なんだよ。その隠し場所がさ。どんな泥棒だって、まさか植木鉢に金が隠してあろうとは気づくまいからね。婆さんは、まあいってみれば、守銭奴の天才なんだね。」

その時、斎藤はこういって面白そうに笑った。

それ以来、蕗屋の考は少しずつ具体的になって行った。老婆の金を自分の学資に振替える経路の一つ一つについて、あらゆる可能性を勘定に入れた上、最も安全な方法を考え出そうとした。それは予想以上に困難な仕事だった。これに比べれば、どんな複雑な数学の問題だって、なんでもなかった。彼は先にもいったように、その考を纏《まと》めるだけのために半年を費《ついや》したのだ。

難点は、いうまでもなく、如何《いか》にして刑罰を免れるかということにあった。倫理上の障碍《しょうがい》、即ち良心の呵責《かしゃく》というようなことは、彼にはさして問題ではなかった。彼はナポレオンの大掛りな殺人を罪悪とは考えないで、むしろ讃美すると同じように、才能のある青年が、その才能を育てるために、棺桶《かんおけ》に片足ふみ込んだおいぼれを犠牲に供することを、当然だと思った。

老婆は滅多に外出しなかった。終日黙々として奥の座敷に丸くなっていた。たまに外出することがあっても、留守中は、田舎者の女中が彼女の命を受けて正直に見張番を勤めた。蕗屋のあらゆる苦心にもかかわらず、老婆の用心には少しの隙《すき》もなかった。老婆と斎藤のいない時を見はからって、この女中を騙《だま》して使に出すか何かして、その隙に例の金を植木鉢から盗み出したら、蕗屋は最初そんな風に考えてみた。しかしそれは甚《はなは》だ無分別な考だった。たとい少しの間でも、あの家にただ一人でいたことが分っては、もうそれだけで充分嫌疑をかけられるではないか。彼はこの種の様々の愚《ぐ》な方法を、考えては打消し、考えては打消すのに、たっぷり一カ月を費した。それは例えば、斎藤か女中かまたは普通の泥棒が盗んだと見せかけるトリックだとか、女中一人の時に、少しも音を立てないで忍込《しのびこ》んで、彼女の目にふれないように盗み出す方法だとか、夜中、老婆の眠っている間に仕事をする方法だとか、その他考え得るあらゆる場合を、彼は考えた。しかし、どれにもこれにも、発覚の可能性が多分に含まれていた。

どうしても老婆をやっつける外《ほか》はない。彼は遂にこの恐ろしい結論に達した。老婆の金がどれほどあるかよくは分らぬけれど、色々の点から考えて、殺人の危険を犯してまで執着するほど大した金額だとは思われぬ。たかの知れた金のために、何の罪もない一人の人間を殺してしまうというのは、あまりに残酷過ぎはしないか。しかし、たといそれが世間の標準から見ては大した金額でなくとも、貧乏な蕗屋には充分満足出来るのだ。のみならず、彼の考によれば、問題は金額の多少ではなくて、ただ犯罪の発覚を絶対に不可能ならしめることだった。そのためには、どんな大きな犠牲を払っても少しも差支《さしつかえ》ないのだ。

殺人は、一見、単なる窃盗よりは幾層倍も危険な仕事のように見える。だが、それは一種の錯覚に過ぎないのだ。なるほど、発覚することを予想してやる仕事なれば、殺人はあらゆる犯罪の中《うち》で最も危険に相違ない。しかし、もし犯罪の軽重よりも、発覚の難易を目安にして考えたならば、場合によっては(例えば蕗屋の場合の如きは)むしろ窃盗の方が危い仕事なのだ。これに反して、悪事の発見者をバラしてしまう方法は、残酷な代りに心配がない。昔から、偉い悪人は、平気でズバリズバリと人殺しをやっている。彼らがなかなかつかまらぬのは、かえってこの大胆な殺人のお蔭《かげ》なのではなかろうか。

では、老婆をやっつけるとして、それには果して危険がないか。この問題にぶっつかってから、蕗屋は数カ月の間考え通した。この長い間に、彼がどんな風に考を育てて行ったか。それは物語が進むに随って、読者に分ることだから、ここに省くが、ともかく、彼は、到底普通人の考え及ぶことも出来ないほど、微に入り細を穿《うが》った分析並《ならび》に綜合の結果、塵一筋の手抜かりもない、絶対に安全な方法を考え出したのだ。

今はただ、時機の来るのを待つばかりだった。が、それは案外早く来た。ある日、斎藤は学校関係のことで、女中は使《つかい》に出されて、二人とも夕方まで決して帰宅しないことが確められた。それはちょうど蕗屋が最後の準備行為を終った日から二日目だった。その最後の準備行為というのは(これだけは前以て説明しておく必要がある)かつて斎藤に例の隠し場所を聞いてから、もう半年も経過した今日、それがまだ当時のままであるかどうかを確めるための或る行為だった。彼はその日(即ち老婆殺しの二日前)斎藤を訪ねた序《ついで》に、初めて老婆の部屋である奥座敷に入って、彼女と色々世間話を取交した。彼はその世間話を徐々に一つの方向へ落して行った。そして、しばしば老婆の財産のこと、それを彼女がどこかへ隠しているという噂のあることなどを口にした彼は「隠す」という言葉の出るごとに、それとなく老婆の眼を注意した。すると、彼女の眼は、彼の予期した通り、その都度《つど》、床の間の松の植木鉢にそっと注がれるのだ。蕗屋はそれを数回繰返して、最早《もは》や少しも疑う余地のないことを確めることが出来た。

二

さて、いよいよ当日である。彼は大学の正服正帽の上に学生マントを着用し、ありふれた手袋をはめて、目的の場所に向った。彼は考えに考えた上、結局変装しないことに極《き》めたのだ。もし変装をするとすれば、材料の買入れ、着換えの場所、その他様々の点で、犯罪発覚の手掛りを残すことになる。それはただ物事を複雑にするばかりで、少しも効果がないのだ。犯罪の方法は、発覚の虞《おそ》れのない範囲においては、出来る限り単純に且《か》つあからさまにすべきだというのが、彼の一種の哲学だった。要は、目的の家に入るところを見られさえしなければいいのだ。たといその家の前を通ったことが分っても、それは少しも差支《さしつかえ》ない。彼はよくその辺を散歩することがあるのだから、当日も散歩をしたばかりだといい抜けることが出来る。と同時に一方において、彼が目的の家に行く途中で、知合いの人に見られた場合(これはどうしても勘定に入れておかねばならぬ)妙な変装をしている方がいいか、ふだんの通り正服正帽でいる方がいいか、考えてみるまでもないことだ。犯罪の時間についても待ちさえすれば都合よい夜が――斎藤も女中も不在の夜があることは分っているのに、何故《なぜ》彼は危険な昼間を選んだか。これも服装の場合と同じく、犯罪から不必要な秘密性を除くためだった。

しかし目的の家の前に立った時だけは、さすがの彼も、普通の泥棒の通りに、いや恐らく彼ら以上に、ビクビクして前後左右を見回した。老婆の家は、両隣とは生垣で境した一軒建ちで、向側《むこうがわ》には、ある富豪の邸宅の高いコンクリート塀が、ずっと一丁も続いていた。淋しい屋敷町だから、昼間でも時々はまるで人通りのないことがある。蕗屋がそこへ辿《たど》りついた時も、いい塩梅《あんばい》に、通りには犬の子一匹見当らなかった。彼は、普通に開けば馬鹿にひどい金属性の音のする格子戸を、ソロリソロリと少しも音を立てないように開閉した。そして、玄関の土間から、極《ご》く低い声で(これらは隣家への用心だ)案内を乞うた。老婆が出て来ると、彼は、斎藤のことについて少し内密に話したいことがあるという口実で、奥の間に通った。

座が定《き》まると間もなく、「あいにく女中がおりませんので」と断りながら、老婆はお茶を汲みに立った。蕗屋はそれを、今か今かと待構えていたのだ。彼は、老婆が襖《ふすま》を開けるために少し身を屈《かが》めた時、やにわに後から抱きついて、両腕を使って(手袋ははめていたけれど、なるべく指の痕《あと》をつけまいとしてだ)力まかせに首を絞《し》めた。老婆は喉《のど》のところでグッというような音を出したばかりで、大して藻掻《もが》きもしなかった。ただ、苦しまぎれに空を摑《つか》んだ指先が、そこに立ててあった屛風《びょうぶ》に触れて、少しばかり傷を拵《こしら》えた。それは二枚折の時代のついた金屛風で、極彩色の六歌仙が描かれていたが、そのちょうど小野の小町の顔のところが、無残にも一寸ばかり破れたのだ。

老婆の息が絶えたのを見定めると、彼は屍骸《しがい》をそこへ横にして、ちょっと気になる様子で、その屏風の破れを眺めた。しかしよく考えてみれば、少しも心配することはない。こんなものが何の証拠になるはずもないのだ。そこで、彼は目的の床の間へ行って、例の松の木の根元を持って、土もろともスッポリと植木鉢から引抜いた。予期した通り、その底には油紙で包んだものが入れてあった。彼は落ちつきはらって、その包みを解いて、右のポケットから一つの新しい大型の財布を取出し、紙幣を半分ばかり(充分五千円はあった)その中に入れると、財布を元のポケットに納め、残った紙幣は油紙に包んで前の通りに植木鉢の底へ隠した。無論、これは金を盗んだという証跡を晦《くら》ますためだ。老婆の貯金の高《たか》は、老婆自身が知っていたばかりだから、それが半分になったとて、誰も疑うはずはないのだ。

それから、彼はそこにあった座蒲団《ざぶとん》を丸めて老婆の胸にあてがい(これは血潮の飛ばぬ用心だ)左のポケットから一挺《ちょう》のジャックナイフを取出して刃を開くと、心臓をめがけてグザッと突刺し、グイと一つ抉《えぐ》っておいて引抜いた。そして、同じ座蒲団の布でナイフの血のりを綺麗《きれい》に拭き取り、元のポケットへ納めた。彼は、絞め殺しただけでは、蘇生の虞《おそ》れがあると思ったのだ。つまり昔のとどめを刺すという奴だ。では、何故《なぜ》最初から刃物を使用しなかったかというと、そうしては、ひょっとして、自分の着物に血潮がかかるかもしれないことを虞れたのだ。

ここでちょっと、彼が紙幣を入れた財布と、今のジャックナイフについて説明しておかねばならぬ。彼は、それらを、この目的だけに使うために、ある縁日の露店で買求めたのだ。彼はその縁日の最も賑《にぎわ》う時分を見計らって、最も客の込んでいる店を選び、正《しょう》札《ふだ》通りの小銭を投出して、品物を取ると、商人は勿論、沢山の客たちも、彼の顔を記憶する暇がなかったほど、非常に素早く姿を晦ました。そして、この品物は両方とも、極《ご》くありふれた、何の目印もあり得ないようなものだった。

さて、蕗屋は、充分注意して少しも手掛りが残っていないのを確めた後《のち》、襖《ふすま》のしまりも忘れないで、ゆっくりと玄関へ出て来た。彼はそこで靴の紐を締めながら、足跡のことを考えてみた。だが、その点は更《さ》らに心配がなかった。玄関の土間は堅い漆喰《しっくい》だし、表の通りは天気続きでカラカラに乾いていた。あとにはもう、格子戸を開けて表へ出ることが残っているばかりだ。だが、ここでしくじるようなことがあっては、すべての苦心が水の泡だ。彼はじっと耳を澄して、辛抱強く表通りの跫音《あしおと》を聞こうとした。……しんとして何の気はいもない。どこかの内で琴を弾じる音がコロリンシャンと至極《しごく》のどかに聞えているばかりだ。彼は思切《おもいき》って、静かに格子戸を開けた。そして、何気なく、今暇《いとま》をつげたお客様だというような顔をして、往来へ出た。案の定そこには人影もなかった。

その一画はどの通りも淋しい屋敷町だった。老婆の家から四、五丁隔《へだ》った所に、何かの社《やしろ》の古い石垣が、往来に面してずっと続いていた。蕗屋は、誰も見ていないのを確めた上、そこの石垣の隙間から、凶器のジャックナイフと血のついた手袋とを落し込んだ。そして、いつも散歩の時には立寄ることにしていた、附近の小さい公園を目ざしてブラブラと歩いて行った。彼は公園のベンチに腰をかけ、子供たちがブランコに乗って遊んでいるのを、如何《いか》にも長閑《のどか》な顔をして眺めながら、長い時間を過した。

帰りがけに、彼は警察署へ立寄った。そして、

「今し方、この財布を拾ったのです。大分沢山入っているようですから、お届けします。」

といいながら、例の財布をさし出した。彼は巡査の質問に答えて、拾った場所と時間と(勿論それは可能性のある出鱈目《でたらめ》なのだ)自分の住所姓名と(これはほんとうの)を答えた。そして、印刷した紙に彼の姓名や金額などを書き入れた受取証みたいなものをもらった。なるほど、これは非常に迂遠《うえん》な方法には相違ない。しかし安全という点では最上だ。老婆の金は(半分になったことは誰も知らない)ちゃんと元の場所にあるのだから、この財

布の遺失主《いしつぬし》は絶対に出るはずがない。一年の後には間違なく蕗屋の手に落ちるのだ。そして、誰憚《たれはばか》らず大《おお》びらに使えるのだ。彼は考え抜いた揚句《あげく》この手段を採《と》った。もしこれをどこかへ隠しておくとするか、どうした偶然から他人に横取りされまいものでもない。自分で持っているか、それはもう考えるまでもなく危険なことだ。のみならず、この方法によれば、万一老婆が紙幣《さつ》の番号を控えていたとしても少しも心配がないのだ。（もっともこの点は出来るだけ探って、大体安心はしていたけれど。）

「まさか、自分の盗んだ品物を警察へ届ける奴があろうとは、ほんとうにお釈迦様でも御存知あるまいよ。」

彼は笑いをかみ殺しながら、心の中《うち》で呟《つぶや》いた。

翌日、蕗屋は、下宿の一室で、常と変らぬ安眠から目覚めると、欠伸《あくび》をしながら、枕《まくら》下《もと》に配達されていた新聞を拡げて、社会面を見渡した。彼はそこに意外な事実を発見してちょっと驚いた。だが、それは決して心配するような事柄ではなく、かえって彼のためには予期しない仕合せだった。というのは、友人の斎藤が嫌疑者《けんぎしゃ》として挙げられたのだ。嫌疑を受けた理由は、彼が身分不相応の大金を所持していたからだと記してある。

「俺は斎藤の最も親しい友達なのだから、ここで警察へ出頭して、色々問い訊《ただ》すのが自然だな。」

蕗屋は早速着物を着換えると、遽《あわ》てて警察署へ出掛けた。それは彼が昨日《きのう》財布を届けたのと同じ役所だ。何故財布を届けるのを管轄の違う警察にしなかったか。いや、それとてもまた、彼一流の無技巧主義でわざとしたことなのだ。彼は、過不足のない程度に心配そうな顔をして、斎藤に逢わせてくれと頼んだ。しかし、それは予期した通り許されなかった。そこで、彼は斎藤が嫌疑を受けた訳を色々と問い訊して、ある程度まで事情を明《あきら》かにすることが出来た。

蕗屋は次のように想像した。

昨日《きのう》、斎藤は女中よりも先に家に帰った。それは蕗屋が目的を果して立去ると間もなくだった。そして、当然老婆の屍骸《しがい》を発見した。しかし、直ちに警察に届ける前に、彼はあることを思いついたに相違ない。というのは、例の植木鉢だ。もしこれが盗賊の仕業なれば、あるいはあの中の金がなくなっていはしないか。多分それはちょっとした好奇心からだったろう。彼はそこを検《しら》べてみた。ところが、案外にも金の包がちゃんとあったのだ。それを見て斎藤が悪心を起したのは、実に浅はかな考《かんがえ》ではあるが、無理もないことだ。その隠し場所は誰《だ》れも知らないこと、老婆を殺した犯人が盗んだという解釈が下されるに違いないこと、こうした事情は、誰にしても避け難い強い誘惑に相違ない。それから彼はどうしたか。警官の話では、何食わぬ顔をして人殺しのあったことを警察へ届け出たということだ。ところが、何という無分別な男だ。彼は盗んだ金を腹巻の間へ入れたまま平気でいたのだ。まさかその場で身体検査をされようとは想像しなかったと見えて。

「だが待てよ。斎藤は一体どういう風に弁解するだろう。次第によっては危険なことになりはしないかな。」蕗屋はそれを色々と考えてみた。「彼は金を見つけられた時、「自分のだ」と答えたかもしれない。なるほど老婆の財産の多寡《たか》や隠し場所は誰も知らないのだから、一応はその弁明も成立つであろう。しかし、金額があまり多すぎるではないか。で、結局彼は事実を申立てることになるだろう。でも、裁判所がそれを承認するかな。外《ほか》に嫌疑者が出ればともかく、それまでは彼を無罪にすることは先《ま》ずあるまい。うまく行けば、彼が殺人罪に問われるかもしれたものではない。そうなればしめたものだが、……ところで、裁判官が彼を問詰めて行く内に、色々な事実が分って来るだろうな。例えば、彼が金の隠し場所を発見した時、俺に話したことだとか、凶行の二日前に俺が老婆の部屋に入って話込《はなしこ》んだことだとか、さては、俺が貧乏で学資にも困っていることだとか。」

しかし、これらは皆、蕗屋がこの計画を立てる前に予《あらかじ》め勘定に入れておいたことばかりだった。そして、どんなに考えても、斎藤の口からそれ以上彼にとって不利な事実が引出されようとは考えられなかった。

蕗屋は警察から帰ると、遅れた朝食を認《したた》めて(その時食事を運んで来た女中に事件について話して聞かせたりした)いつもの通り学校へ出た。学校では斎藤の噂で持切りだった。彼はなかば得意気に、その噂話の中心になって喋《しゃべ》った。

三

さて読者諸君、探偵小説というものの性質に通暁《つうぎょう》せらるる諸君は、お話は決してこれぎりで終らぬことを百も御承知であろう。如何《いか》にもその通りである。実をいえば、ここまではこの物語の前提に過ぎないので、作者が是非、諸君に読んでもらいたいと思うのは、これから後なのである。つまり、かくも企《たく》らんだ蕗屋の犯罪が如何にして発覚したかという、そのいきさつについてである。

この事件を担当した予審判事は、有名な笠森氏であった。彼は普通の意味で名判官だったばかりでなく、ある多少風変りな趣味を持っているので一層有名だった。それは、彼が一種の素人《しろうと》心理学者だったことで、彼は、普通のやり方ではどうにも判断の下しようがない事件に対しては、最後に、その豊富な心理学上の知識を利用して、しばしば奏効した。彼は経歴こそ浅く、年こそ若かったけれど、地方裁判所の一予審判事としては、勿体《もったい》ないほどの俊才だった。今度の老婆殺し事件も、笠森判事の手にかかれば、もう訳なく解決することと、誰しも考えていた。当の笠森氏自身も同じように考えた。いつものように、この事件も、予審廷ですっかり調べ上げて、公判の場合にはいささかの面倒も残っていぬように処理してやろうと思っていた。

ところが、取調《とりしらべ》を進めるに随って、事件の困難なことが段々分って来た。警察署などは単純に斎藤勇の有罪を主張した。笠森判事とても、その主張に一理あることを認めないではなかった。というのは、生前老婆の家に出入りした形跡のある者は、彼女の債務者であろうが、借家人であろうが、単なる知合であろうが、残らず召喚して綿密に取調べたにもかかわらず、一人として疑わしい者はないのだ。（蕗屋清一郎も勿論その内の一人だった。）外《ほか》に嫌疑者が現れぬ以上、さしずめ最も疑うべき斎藤勇を犯人と判断する外はない。のみならず、斎藤にとって最も不利だったのは、彼が生来気の弱い質《たち》で、一も二もなく法廷の空気に恐れをなしてしまって、訊問に対してもハキハキ答弁の出来なかったことだ。のぼせ上った彼は、しばしば以前の陳述を取消したり、当然知っているはずの事を忘れてしまったり、いわずともの不利な申立《もうしたて》をしたり、あせればあせるほど、益々嫌疑を深くするばかりだった。それというのも、彼には老婆の金を盗んだという弱味があったからで、それさえなければ、相当頭のいい斎藤のことだから、如何に気が弱いといって、あのようなへまな真似《まね》はしなかっただろうに、彼の立場は実際同情すべきものだった。しかし、それでは斎藤を殺人犯と認めるかというと、笠森氏にはどうもその自信がなかった。そこにはただ疑いがあるばかりなのだ。本人は勿論自白せず、外にこれという確証もなかった。

こうして、事件から一カ月が経過した。予審はまだ終結しない。判事は少しあせり出していた。ちょうどその時、老婆殺しの管轄の警察署長から、彼のところへ一つの耳よりな報告が齎《もた》らされた。それは、事件の当日五千二百何十円在中の一箇の財布が、老婆の家からほど遠からぬ――町において拾得されたが、その届主《とどけぬし》が、嫌疑者の斎藤の親友である、蕗屋清一郎という学生だったことを、係りの者の疎漏《そろう》から今日まで気附かずにいた。が、その大金の遺失者が一カ月たっても現れぬところを見ると、そこに何か意味がありはしないか。念のために御報告するということだった。

困り抜いていた笠森判事は、この報告を受取って、一道の光明を認めたように思った。早速蕗屋清一郎召喚の手続《てつづき》が取り運ばれた。ところが、蕗屋を訊問した結果は、判事の意気込みにもかかわらず、大して得るところもないように見えた。何故、事件の当時取調べた際、その大金拾得の事実を申立てなかったかという訊問に対して、彼は、それが殺人事件に関係があるとは思わなかったからだと答えた。この答弁には充分理由があった。老婆の財産は斎藤の腹巻の中から発見されたのだから、それ以外の金が、殊《こと》に往来に遺失されていた金が、老婆の財産の一部だと誰れが想像しよう。

しかし、これが偶然であろうか。事件の当日、現場《げんじょう》からあまり遠くない所で、しかも第一の嫌疑者の親友である男が(斎藤の申立によれば彼は植木鉢の隠し場所をも知っていたのだ)この大金を拾得したというのが、これが果して偶然であろうか。判事はそこに何かの意味を発見しようとして悶《もだ》えた。判事の最も残念に思ったのは、老婆が紙幣《さつ》の番号を控えておかなかったことだ。それさえあれば、この疑わしい金が、事件に関係があるかないかも、直ちに判明するのだが。「どんな小さなことでも、何か一つ確かな手掛りを摑《つか》みさえすればなあ。」判事は全才能を傾けて考えた。現場の取調べも幾度となく繰返された。老婆の親族関係も充分調査した。しかし何の得るところもない。そうしてまた半月ばかり徒《いたず》らに経過した。

たった一つの可能性は、と判事が考えた。蕗屋が老婆の貯金を半分盗んで、残りを元通りに隠しておき、盗んだ金を財布に入れて、往来で拾ったように見せかけたと推定することだ。だが、そんな馬鹿なことがあり得るだろうか。その財布も無論検《しら》べてみたけれど、これという手掛りもない。それに、蕗屋は平気で、当日散歩のみちすがら、老婆の家の前を通ったと申立てているではないか。犯人にこんな大胆なことがいえるものだろうか。第一、最も大切な凶器の行方が分らぬ。蕗屋の下宿の家宅捜索の結果は、何物をも齎らさなかったのだ。しかし、凶器のことをいえば、斎藤とても同じではないか。では一体誰れを疑ったらいいのだ。

そこには確証というものが一つもなかった。署長らのいうように、斎藤を疑えば斎藤らしくもある。だがまた、蕗屋とても疑って疑えぬことはない。ただ、分っているのは、この一カ月半のあらゆる捜索の結果、彼ら二人を除いては、一人の嫌疑者も存在しないということだった。万策尽きた笠森判事は、いよいよ奥の手を出す時だと思った。彼は二人の嫌疑者に対して、彼の従来しばしば成功した心理試験を施そうと決心した。

四

蕗屋清一郎は、事件の二、三日後に第一回目の召喚を受けた際、係りの予審判事が有名な素人《しろうと》心理学者の笠森氏だということを知った。そして、当時すでにこの最後の場合を予想して少なからず狼狽《ろうばい》した。さすがの彼も、日本にたとい一個人の道楽気《どうらくぎ》からとはいえ、心理試験などというものが行われていようとは想像していなかった。彼は、種々《いろいろ》の書物によって、心理試験の何物であるか、知り過ぎるほど知っていたのだ。

この大打撃に、最早《もは》や平気を粧《よそお》って通学を続ける余裕を失った彼は、病気と称して下宿の一室にとじ籠った。そして、ただ、如何《いか》にしてこの難関を切抜けるべきかを考えた。ちょうど、殺人を実行する以前にやったと同じ、あるいはそれ以上の、綿密と熱心を以て考え続けた。

笠森判事は果してどのような心理試験を行うであろうか。それは到底予知することが出来ない。で、蕗屋は、知っている限りの方法を思出して、その一つ一つについて、何とか対策がないものかと考えてみた。しかし、元来心理試験というものが、虚偽の申立をあばくために出来ているのだから、それを更《さ》らに偽《いつわ》るということは、理論上不可能らしくもあった。

蕗屋の考《かんがえ》によれば、心理試験はその性質によって二つに大別することが出来た。一つは純然たる生理上の反応によるもの、今一つは言葉を通じて行われるものだ。前者は、試験者が犯罪に関連した様々の質問を発して、被験者の身体上の微細な反応を、適当な装置によって記録し、普通の訊問によっては、到底知ることの出来ない真実を摑《つか》もうとする方法だ。それは、人間は、たとい言葉の上で、または顔面表情の上で、嘘をついても、神経そのものの興奮は隠すことが出来ず、それが微細な肉体上の徴候として現われるものだという理論に基《もとづ》くので、その方法としては、仮《たと》えば、automatograph などの力を借りて、手の微細な動きを発見する方法、ある手段によって眼球の動き方を確める方法、pneumograph によって呼吸の深浅遅速《しんせんちそく》を計る方法、sphygmograph によって脈搏《みゃくはく》の高低遅速を計る方法、plethysmograph によって四肢の血量を計る方法、galvanometer によって掌《てのひら》の微細なる発汗を発見する方法、膝の関節を軽く打って生ずる筋肉の収縮の多少を見る方法、その他これらに類した種々様々の方法がある。

例えば、不意に「お前は老婆を殺した本人であろう」と問われた場合、彼は平気な顔で、「何を証拠にそんなことをおっしゃるのです」といい返すだけの自信はある。だが、その時不自然に脈搏が高まったり、呼吸が早くなるようなことはないだろうか。それを防ぐことは絶対に不可能なのではあるまいか。彼は色々な場合を仮定して、心の内で実験してみた。ところが、不思議なことには、自分自身で発した訊問は、それがどんなにきわどい、不意の思付《おもいつ》きであっても、肉体上に変化を及ぼすようには考えられなかった。無論微細な変化を計る道具がある訳ではないから、確かなことはいえぬけれど、神経の興奮そのものが感じられない以上は、その結果である肉体上の変化も起らぬはずだった。

そうして、色々と実験や推理を続けている内に、蕗屋はふとある考にぶっつかった。それは、練習というものが心理試験の効果を妨げはしないか、いい換えれば、同じ質問に対しても、一回目よりは二回目が、二回目よりは三回目が、神経の反応が微弱になりはしないかということだった。つまり、慣れるということだ。これは他の色々の場合を考えてみても分る通り、随分可能性がある。自分自身の訊問に対しては反応がないというのも、結局はこれと同じ理窟で、訊問が発せられる以前に、すでに予期があるために相違ない。

そこで、彼は『辞林』の中の何万という単語を一つも残らず調べてみて、少しでも訊問されそうな言葉をすっかり書き抜いた。そして、一週間もかかって、それに対する神経の「練習」をやった。

さて次には、言葉を通じて試験する方法だ。これとても恐れることはない。いやむしろ、それが言葉であるだけごまかしやすいというものだ。これには色々な方法があるけれど、最もよく行われるのは、あの精神分析家が病人を見る時に用いるのと同じ方法で、連想診断という奴だ。「障子」だとか「机」だとか「インキ」だとか「ペン」だとか、なんでもない単語をいくつも順次に読み聞かせて、出来るだけ早く、少しも考えないで、それらの単語について連想した言葉を喋らせるのだ。例えば、「障子」に対しては「窓」とか「敷居」とか「紙」とか「戸」とか色々の連想があるだろうが、どれでも構わない、その時ふと浮んだ言葉をいわせる。そして、それらの意味のない単語の間へ、「ナイフ」だとか「血」だとか「金」だとか「財布」だとか、犯罪に関係のある単語を、気づかれぬように混ぜておいて、それに対する連想を検べるのだ。

先ず第一に、最も思慮の浅い者は、この老婆殺しの事件でいえば、「植木鉢」という単語に対して、うっかり「金」と答えるかもしれない。即ち「植木鉢」の底から「金」を盗んだことが最も深く印象されているからだ。そこで彼は罪状を自白したことになる。だが、少し考え深い者だったら、たとい「金」という言葉が浮んでも、それを押し殺して、例えば「瀬戸物」と答えるだろう。

かような偽りに対して二つの方法がある。一つは、一巡試験した単語を、少し時間を置いて、もう一度繰返すのだ。すると、自然に出た答は多くの場合前後相違がないのに、故意に作った答は、十中八、九は最初の時と違って来る。例えば、「植木鉢」に対して、最初は「瀬戸物」と答え、二度目は「土」と答えるようなものだ。

もう一つの方法は、問を発してから答を得るまでの時間を、ある装置によって精確に記録し、その遅速によって、例えば、「障子」に対して「戸」と答えた時間が一秒間であったにもかかわらず、「植木鉢」に対して「瀬戸物」と答えた時間が三秒もかかったとすれば、(実際はこんな単純なものではないけれど)それは「植木鉢」について最初に現れた連想を押し殺すために時間を取ったので、その被験者は怪しいということになるのだ。この時間の遅延は、当面の単語に現れないで、その次の意味のない単語に現れることもある。

また、犯罪当時の状況を詳しく話して聞かせて、それを復誦させる方法もある。真実の犯人であったら、復誦する場合に、微細な点で、思わず話して聞かされたことと違った真実を口走ってしまうものなのだ。(心理試験について知っている読者に、あまりにも煩瑣《はんさ》な叙述をお詫びせねばならぬ。が、もしこれを略する時は、外《ほか》の読者には、物語全体が曖昧になってしまうのだから、実に止《や》むを得なかったのである。)

この種の試験に対しては、前の場合と同じく「練習」が必要なのはいうまでもないが、それよりももっと大切なのは、蕗屋にいわせると、無邪気なことだ。つまらない技巧を弄《ろう》しないことだ。「植木鉢」に対しては、むしろあからさまに「金」または「松」と答えるのが、一番安全な方法なのだ。というのは、蕗屋は、たとえ彼が犯人でなかったとしても、判事の取調べその他によって、犯罪事実をある程度まで知悉《ちしつ》しているのが当然だから、そして、植木鉢の底に金があったという事実は、最近のかつ最も深刻な印象に相違ないのだから、連想作用がそんな風に働くのは至極あたり前ではないか。(また、この手段によれば、現場《げんじょう》の有様を復誦させられた場合にも安全なのだ。)ただ、問題は時間の点だ。これにはやはり「練習」が必要である。「植木鉢」と来たら、少しもまごつかないで、「金」または「松」と答え得るように練習しておく必要がある。彼は更《さ》らにこの「練習」のために数日を費《ついや》した。かようにして、準備は全く整った。

彼はまた、一方において、ある一つの有利な事情を勘定に入れていた。それを考えると、たとい、予期しない訊問に接しても、更らに一歩を進めて、予期した訊問に対して不利な反応を示しても、毫《ごう》も恐れることはないのだった。というのは、試験されるのは、蕗屋一人ではないからだ。あの神経過敏な斎藤勇がいくら身に覚えがないといって、様々の訊問に対して、果して虚心平気でいることが出来るだろうか。恐らく、彼とても、少くとも蕗屋と同様ぐらいの反応を示すのが自然ではあるまいか。

蕗屋は考えるに随って、段々安心して来た。何だか鼻歌でも歌い出したいような気持になって来た。彼は今はかえって、笠森判事の呼出しを待構えるようにさえなった。

五

笠森判事の心理試験が如何《いか》ように行われたか。それに対して、神経家の斎藤がどんな反応を示したか。蕗屋が、如何に落ちつきはらって試験に応じたか。ここにそれらの管々《くだくだ》しい叙述を並べ立てることを避けて、直ちにその結果に話を進めることにする。

それは心理試験が行われた翌日のことである。笠森判事が、自宅の書斎で、試験の結果を書きとめた書類を前にして、小首を傾けているところへ、明智小五郎《あけちこごろう》の名刺が通じられた。

『D坂の殺人事件』を読んだ人は、この明智小五郎がどんな男だかということを幾分御存じであろう。彼はその後、しばしば困難な犯罪事件に関係して、その珍らしい才能を現し、専門家たちは勿論、一般の世間からも、もう立派に認められていた。笠森氏とも、ある事件から心易くなったのだ。

女中の案内につれて、判事の書斎に、明智のニコニコした顔が現れた。このお話は『D坂の殺人事件』から数年後のことで、彼ももう昔の書生ではなくなっていた。

「なかなか、御精《ごせい》が出ますね。」

明智は判事の机の上を覗《のぞ》きながらいった。

「イヤ、どうも、今度はまったく弱りましたよ。」

判事が、来客の方に身体《からだ》の向きを換えながら応じた。

「例の老婆殺しの事件ですね。どうでした、心理試験の結果は。」

明智は、事件以来、度々笠森判事に逢って詳しい事情を聞いていたのだ。

「イヤ、結果は明白ですがね」と判事。「それがどうも、僕には何だか得心出来ないのですよ。昨日は、脈搏の試験と、連想診断をやってみたのですが、蕗屋の方は殆ど反応がないのです。もっとも脈搏では、大分疑わしいところもありましたが、しかし、斎藤に比べれば、問題にもならぬくらい僅かなんです。これを御覧なさい。ここに質問事項と、脈搏の記録がありますよ、斎藤の方は実に著しい反応を示しているでしょう。連想試験でも同じことです。この「植木鉢」という刺戟語に対する反応時間を見ても分りますよ。蕗屋の方は外《ほか》の無意味な言葉よりもかえって短い時間で答えているのに、斎藤の方は、どうです、六秒もかかっているじゃありませんか。」

判事が示した連想診断の記録は左《さ》のように記されていた〔次ページ〕。

「ね、非常に明瞭でしょう。」判事は明智が記録に目を通すのを待って続けた。「これで見ると、斎藤は色々故意の細工をやっている。一番よく分るのは反応時間の遅いことですが、それが問題の単語ばかりでなく、その直ぐあとのや、二つ目のにまで影響しているのです。それからまた、「金」に対して「鉄」といったり、「盗む」に対して「馬」といったり、かなり無理な連想をやってますよ。「植木鉢」に一番長くかかったのは、恐らく「金」と「松」という二つの連想を押えつけるために手間取ったのでしょう。それに反して、蕗屋の方はごく自然です。「植木鉢」に「松」だとか、「油紙」に「隠す」だとか、「犯罪」に「人殺し」だとか、もし犯人だったら是非隠さなければならないような連想を平気で、しかも短い時間に答えています。彼が人殺しの本人でいて、こんな反応を示したとすれば、よほどの低能児に違いありません。ところが、実際は彼は――大学の学生で、それになかなか秀才なのですからね。」

刺戟語	蕗屋清一郎		斎藤勇	
	反応語	所要時間	反応語	所要時間
頭	毛	0.9秒	尾	1.2秒
緑	青	0.7	青	1.1
水	湯	0.9	魚	1.3
歌う	唱歌	1.1	女	1.5
長い	短い	1.0	紐	1.2
○殺す	ナイフ	0.8	犯罪	3.1
舟	川	0.9	水	2.2
窓	戸	0.8	ガラス	1.5
料理	洋食	1.0	さしみ	1.3
○金	紙幣	0.7	鉄	3.5
冷い	水	1.1	冬	2.3
病気	風邪	1.6	肺病	1.6
針	糸	1.0	糸	1.2
○松	植木	0.8	木	2.3
山	高い	0.9	川	1.4
○血	流れる	1.0	赤い	3.9
新しい	古い	0.8	着物	2.1
嫌い	蜘蛛	1.2	病気	1.1
○植木鉢	松	0.6	花	6.2
鳥	飛ぶ	0.9	カナリヤ	3.6
本	丸善	1.0	丸善	1.3
○油紙	隠す	0.8	小包	4.0
友人	斎藤	1.1	話す	1.8
純粋	理性	1.2	言葉	1.7
箱	本箱	1.0	人形	1.2
○犯罪	人殺し	0.7	警察	3.7
満足	完成	1.8	家庭	2.0
女	政治	1.0	妹	1.3
絵	屏風	0.9	景色	1.3
○盗む	金	0.7	馬	4.1

○印は犯罪に関係ある単語。実際は百ぐらいの単語が使われるし、更に、それを二組も三組も用意して、次々と試験するのだが、右の表は解りやすくするために簡単にしたものである。

「そんな風にも取れますね。」

明智は何か考え考えいった。しかし判事は彼の意味あり気な表情には、少しも気附かないで、話を進めた。

「ところがですね。これでもう、蕗屋の方は疑うところはないのだが、斎藤が果して犯人かどうかという点になると、試験の結果はこんなにハッキリしているのに、どうも僕は確信が出来ないのですよ。何も予審で有罪にしたとて、それが最後の決定になる訳ではなし、まあこのくらいでいいのですが、御承知のように僕は例のまけぬ気でね。公判で僕の考《かんがえ》をひっくり返されるのが癪《しゃく》なんですよ。そんな訳で実はまだ迷っている始末です。」

「これを見ると、実に面白いですね。」明智が記録を手にして始めた。「蕗屋も斎藤もなかなか勉強家だっていいますが、「本」という単語に対して、両人とも「丸善」と答えたところなどは、よく性質が現れていますね。もっと面白いのは、蕗屋の答は、皆どことなく物質的で、理智的なのに反して、斎藤のは如何《いか》にもやさしいところがあるじゃありませんか。叙情的ですね。例えば「女」だとか「着物」だとか「花」だとか「人形」だとか「景色」だとか「妹」だとかいう答は、どちらかといえば、センチメンタルな弱々しい男を思わせますね。それから、斎藤はきっと病身ですよ。「嫌い」に「病気」

と答え、「病気」に「肺病」と答えてるじゃありませんか。平常《へいぜい》から肺病になりはしないかと恐れている証拠ですよ。」

「そういう見方もありますね。連想診断て奴は、考えれば考えるだけ、色々面白い判断が出て来るものですよ。」

「ところで、」明智は少し口調を換えていった。「あなたは、心理試験というものの弱点について考えられたことがありますかしら。デ・キロスは心理試験の提唱者ミュンスターベルヒの考《かんがえ》を批評して、この方法は拷問に代るべく考案されたものだけれど、その結果は、やはり拷問と同じように、無辜《むこ》のものを罪に陥《おとしい》れ、有罪者を逸することがあるといっていますね。ミュンスターベルヒ自身も、心理試験の真の効能は、嫌疑者がある場所とか人とか物について、知っているかどうかを見出す場合に限って確定的だけれど、その他の場合には幾分危険だというようなことを、どっかで書いていました。あなたにはこんな事を御話しするのは釈迦に説法かもしれませんね。でも、これは確かに大切な点だと思いますが、どうでしょう。」

「それは悪い場合を考えれば、そうでしょうがね。無論僕もそれは知ってますよ。」

判事は少しいやな顔をして答えた。

「しかし、その悪い場合が、存外手近かにないとも限りませんからね。こういうことはいえないでしょうか。例えば、非常に神経過敏な、無辜の男が、ある犯罪の嫌疑を受けたと仮定しますね。その男は犯罪の現場を捕えられ、犯罪事実もよく知っているのです。この場合、彼は果して心理試験に対して平気でいることが出来るでしょうか。「ア、これは俺を試すのだな、どう答えたら疑われないだろう」などという風に興奮するのが当然ではないでしょうか。ですから、そういう事情の下《もと》に行われた心理試験は、デ・キロスのいわゆる「無辜のものを罪に陥れる」ことになりはしないでしょうか。」

「君は斎藤勇のことをいっているのですね。イヤ、それは、僕も何となくそう感じたものだから、今もいったように、まだ迷っているのじゃありませんか。」

判事は益々苦い顔をした。

「では、そういう風に、斎藤が無罪だとすれば(もっとも金を盗んだ罪は免れませんけれど)一体誰が老婆を殺したのでしょう……。」

判事はこの明智の言葉を中途から引取って、荒々しく尋ねた。

「そんなら、君は、外に犯人の目当てでもあるのですか。」

「あります。」明智がニコニコしながら答えた。「僕はこの連想試験の結果から見て蕗屋が犯人だと思うのですよ。しかしまだ確実にそうだとはいえませんけれど、あの男はもう帰宅したのでしょうね。どうでしょう。それとなく彼をここへ呼ぶ訳には行きませんかしら、そうすれば、僕はきっと真相をつき止めて御目にかけますがね。」

「なんですって。それには何か確かな証拠でもあるのですか。」

判事が少なからず驚いて尋ねた。

明智は別に得意らしい色もなく、詳しく彼の考を述べた。そして、それが判事をすっかり感心させてしまった。明智の希望が容《い》れられて、蕗屋の下宿へ使《つかい》が走った。

「御友人の斎藤氏はいよいよ有罪と決した。それについてお話したいこともあるから、私の私宅まで御足労を煩したい。」

これが呼出しの口上だった。蕗屋はちょうど学校から帰ったところで、それを聞くと早速やって来た。さすがの彼もこの吉報には少なからず興奮していた。嬉しさのあまり、そこに恐ろしい罠《わな》のあることを、まるで気附かなかった。

六

笠森判事は、一通り斎藤を有罪と決定した理由を説明したあとで、こう附加えた。

「君を疑ったりして、全く相済まんと思っているのです。今日は、実はそのお詫びかたがた、事情をよくお話しようと思って、来て頂いた訳ですよ。」

そして、蕗屋のために紅茶を命じたりして、極《ご》く打ちくつろいだ様子で雑談を始めた。

明智も話に加わった。判事は、彼を知合いの弁護士で、死んだ老婆の遺産相続者から、貸金の取立てなどを依頼されている男だといって紹介した。無論半分は嘘だけれど、親族会議の結果、老婆の甥が田舎から出て来て、遺産を相続することになったのは事実だった。

三人の間には、斎藤の噂を始めとして、色々の話題が話された。すっかり安心した蕗屋は、中でも一番雄弁な話手だった。

そうしている内に、いつの間にか時間が経って、窓の外に夕暗《ゆうやみ》が迫って来た。蕗屋はふとそれに気附くと、帰り支度を始めながらいった。

「では、もう失礼しますが、別に御用はないでしょうか。」

「オオ、すっかり忘れてしまうところだった。」明智が快活にいった。「なあに、どうでもいいようなことですがね。ちょうど序《ついで》だから、……御承知かどうですか、あの殺人のあった部屋に、二枚折りの金屏風が立ててあったのですが、それにちょっと傷がついていたといって問題になっているのですよ。というのは、その屏風は婆さんのものではなく、貸金の抵当に預ってあった品で、持主の方では、殺人の際についた傷に相違ないから弁償しろというし、婆さんの甥は、これがまた婆さんに似たけちん坊でね、元からあった傷かもしれないといって、なかなか応じないのです。実際つまらない問題で、閉口してるんです。もっともその屏風はかなり値うちのある品物らしいのですけれど。ところで、あなたはよくあの家へ出入りされたのですから、その屏風も多分御存じでしょうが、以前に傷があったかどうか、ひょっと御記憶じゃないでしょうか。どうでしょう。屏風なんか別に注意しなかったでしょうね。実は斎藤にも聞いてみたんですが、先生興奮し切っていて、よく分らないのです、それに、女中は国へ帰ってしまって、手紙で聞合せても要領を得ないし、ちょっと困っているのですが……。」

屏風が抵当物だったことはほんとうだが、その外《ほか》の点は無論作り話に過ぎなかった。蕗屋は屏風という言葉に思わずヒヤッとした。しかしよく聞いてみると何でもないことなので、すっかり安心した。「何をビクビクしているのだ、事件はもう落着してしまったのじゃないか。」彼はどんな風に答えてやろうかと、ちょっと思案したが、例によってありのままにやるのが一番いい方法のように考えられた。

「判事さんはよく御承知ですが、僕はあの部屋へ入ったのはたった一度切りなんです。それも、事件の二日前にね。」彼はニヤニヤ笑いながらいった。こうしたいい方をするのが愉快でたまらないのだ。「しかし、その屏風なら覚えてますよ。僕の見た時には確か傷なんかありませんでした。」

「そうですか。間違《まちがい》ないでしょうね。あの小野の小町の顔のところに、ほんのちょっとした傷があるだけなんですが。」

「そうそう、思出《おもいだ》しましたよ。」蕗屋は如何《いか》にも今思出した風を装っていった。「あれは六歌仙の絵でしたね。小野の小町も覚えてますよ。しかし、もしその時傷がついていたとすれば、見落したはずがありません。だって、極彩色の小町の顔に傷があれば、一目で分りますからね。」

「じゃ御迷惑でも、証言をして頂く訳には行きませんかしら、屛風の持主というのが、実に欲の深い奴で仕末にいけないのですよ。」

「エエ、よござんすとも、いつでも御都合のいい時に。」

蕗屋はいささか得意になって、弁護士と信ずる男の頼みを承諾した。

「ありがとう。」明智はモジャモジャに延《の》ばした頭を指でかき回しながら、嬉しそうにいった。これは、彼が多少興奮《こうふん》した際にやる一種の癖なのだ。「実は、僕は最初から、あなたが屛風のことを知っておられるに相違ないと思ったのですよ。というのはね、この昨日の心理試験の記録の中で「絵」という問に対して、あなたは「屛風」という特別の答え方をしていますね。これですよ。下宿屋にはあんまり屛風なんて備えてありませんし、あなたは斎藤の外には別段親しいお友達もないようですから、これはさしずめ老婆の座敷の屛風が、何かの理由で特別に深い印象になって残っていたのだろうと想像したのですよ。」

蕗屋はちょっと驚いた。それは確かにこの弁護士のいう通りに相違なかった。でも、彼は昨日、どうして屛風なんてことを口走ったのだろう。そして、不思議にも今までまるでそれに気附かないとは。これは危険じゃないかな。しかし、どういう点が危険なのだろう。あの時彼は、その傷跡をよく検《しら》べて、何の手掛りにもならぬことを確めておいたではないか。なあに、平気だ平気だ。彼は一応考えてみてやっと安心した。ところが、ほんとうは、彼は明白すぎるほど明白な大間違をやっていたことを少しも気がつかなかったのだ。

「なるほど、僕はちっとも気附きませんでしたけれど、確かにおっしゃる通りですよ。なかなか鋭い御観察ですね。」

蕗屋は、あくまで無技巧主義を忘れないで平然として答えた。

「なあに、偶然気付いたのですよ。」弁護士を装った明智が、謙遜した。「だが、気附いたといえば、実はもう一つあるのですが、イヤ、イヤ、決して御心配なさるようなことじゃありません。昨日の連想試験の中には八つの危険な単語が含まれていたのですが、あなたはそれを実に完全にパスしましたね。実際完全すぎたほどですよ。少しでも後暗《うしろぐら》いところがあれば、こうは行きませんからね。その八つの単語というのは、ここに丸が打ってあるでしょう。これですよ。」といって明智は記録の紙片を示した。「ところが、あなたのこれらに対する反応時間は、外の無意味な言葉よりも、皆、ほんの僅《わず》かずつではありますけれど、早くなってますね。例えば、「植木鉢」に対して「松」と答えるのに、たった〇・六秒しかかかってない。これは珍らしい無邪気さですよ。この三十箇の単語の内で、一番連想しやすいのは、先ず「緑」に対する「青」などでしょうが、あなたはそれにさえ〇・七秒かかってますからね。」

蕗屋は非常な不安を感じ始めた。この弁護士は、一体何のためにこんな饒舌《じょうぜつ》を弄しているのだろう。好意でか、それとも悪意でか。何か深い下心があるのじゃないかしら。彼は全力を傾けて、その意味を悟ろうとした。

「「植木鉢」にしろ「油紙」にしろ「犯罪」にしろ、その外、問題の八つの単語は、皆、決して「頭」だとか「緑」だとかいう平凡なものよりも連想しやすいとは考えられません。それにもかかわらず、あなたは、その難しい連想の方をかえって早く答えているのです。これはどういう意味でしょう。僕が気づいた点というのはここですよ。一つ、あなたの心持を当ててみましょうか、エ、どうです。何も一興ですからね。しかしもし間違っていたら御免下さいよ。」

蕗屋はブルッと身震いした。しかし、何がそうさせたかは彼自身にも分らなかった。

「あなたは、心理試験の危険なことをよく知っていて、予《あらかじ》め準備していたのでしょう。犯罪に関係のある言葉について、ああいえばこうと、ちゃんと腹案が出来ていたんでしょう。イヤ、僕は決して、あなたのやり方を非難するのではありませんよ。実際、心理試験という奴は、場合によっては非常に危険なものですからね。有罪者を逸して無辜のものを罪に陥れることがないとは断言出来ないのですからね。ところが、あなたは準備があまり行届き過ぎていて、勿論、別に早く答えるつもりはなかったのでしょうけれど、準備した言葉だけが早くなってしまったのです。これは確かに大変な失敗でしたね。あなたは、ただもう遅れることばかり心配して、それが早過ぎるのも同じように危険だということを少しも気づかなかったのです。もっとも、その時間の差は非常に僅かずつですから、よほど注意深い観察者でないとうっかり見逃してしまいますがね。とにかく、拵《こしら》え事《ごと》というものは、どっかに破綻《はたん》があるものですよ。」明智の蕗屋を疑った論拠は、ただこの一点にあったのだ。「しかし、あなたはなぜ、「金」だとか「人殺し」だとか「隠す」だとか、嫌疑を受けやすい言葉を選んで答えたのでしょう。いうまでもない。そこがそれ、あなたの無邪気なところですよ。もしあなたが犯人だったら、決して「油紙」と問われて「隠す」などとは答えませんからね。そんな危険な言葉を平気で答え得るのは、何らやましいところのない証拠ですよ。ね、そうでしょう。僕のいう通りでしょう。」

蕗屋は話手の目をじっと見詰めていた。どういう訳か、そらすことが出来ないのだ。そして、鼻から口の辺にかけての筋肉が強直して、笑うことも、泣くことも、驚くことも、一切の表情が不可能になったような気がした。無論口は利けなかった。もし無理に口を利こうとすれば、それは直ちに恐怖の叫声《きょうせい》になったに相違ない。

「この無邪気なこと、つまり小細工を弄しないということが、あなたの著しい特徴ですよ。僕はそれを知ったものだから、あのような質問をしたのです。エ、お分りになりませんか。例の屛風のことです。僕は、あなたが無論無邪気にありのままにお答え下さることを信じて疑わなかったのですよ。実際その通りでしたがね。ところで、笠森さんに伺いますが、問題の六歌仙の屛風は、いつあの老婆の家へ持込まれたのですかしら。」

明智はとぼけた顔をして、判事に聞いた。

「犯罪事件の前日ですよ。つまり先月の四日です。」

「エ、前日ですって、それは本当ですか。妙じゃありませんか、今蕗屋君は、事件の前々日即ち三日に、それをあの部屋で見たと、ハッキリいっているじゃありませんか。どうも不合理ですね。あなた方のどちらかが間違っていないとしたら。」

「蕗屋君は何か思違《おもいちが》いをしているのでしょう。」判事がニヤニヤ笑いながらいった。

「四日の夕方までは、あの屏風が、そのほんとうの持主のところにあったことは、明白に判っているのです。」

明智は深い興味を以て、蕗屋の表情を観察した。それは、今にも泣き出そうとする小娘の顔のように、変な風にくずれかけていた。これが明智の最初から計画した罠《わな》だった。彼は事件の二日前には、老婆の家に屏風のなかったことを、判事から聞いて知っていたのだ。

「どうも困ったことになりましたね。」明智はさも困ったような声音《こわね》でいった。「これはもう取返しのつかぬ大失策ですよ。なぜあなたは見もしないものを見たなどというのです。あなたは事件の二日前から、一度もあの家へ行っていないはずじゃありませんか。殊《こと》に六歌仙の絵を覚えていたのは、致命傷ですよ。恐らくあなたは、ほんとうのことをいおう、ほんとうのことをいおうとして、つい嘘をついてしまったのでしょう。ね、そうでしょう。あなたは事件の二日前にあの座敷へ入った時、そこに屏風があるかないかというようなことを注意したでしょうか。無論注意しなかったでしょう。実際それは、あなたの計画には何の関係もなかったのですし、もし屏風があったとしても、あれは御承知の通り時代のついたくすんだ色合で、他の色々な道具類の中で殊更《ことさら》ら目立っていた訳でもありませんからね。で、あなたが今、事件の当日そこで見た屏風が、二日前にも同じようにそこにあっただろうと考えたのは、ごく自然ですよ。それに僕はそう思わせるような方法で問いかけたのですものね。これは一種の錯覚みたいなものですが、よく考えてみると、我々には日常ザラにあることです。しかし、もし普通の犯罪者だったら、決してあなたのようには答えなかったでしょう。彼らは、何でもかんでも、隠しさえすればいいと思っているのですからね。ところが、僕にとって好都合だったのは、あなたが世間普《な》みの裁判官や犯罪者より、十倍も二十倍も進んだ頭を持っていられたことです。つまり、急所にふれない限りは、出来るだけあからさまに喋ってしまう方が、かえって安全だという信念を持っていられたことです。裏の裏を行くやり方ですね。そこで僕は更らにその裏を行ってみたのですよ。まさか、あなたはこの事件に何の関係もない弁護士が、あなたを白状させるために、罠を作っていようとは想像しなかったでしょうね、ハハハハハ。」

蕗屋は、真青《まっさお》になった顔の、額のところにビッショリ汗を浮かせて、じっと黙り込んでいた。彼は、もうこうなったら、弁明すればするだけ、ボロを出すばかりだと思った。彼は、頭がいいだけに、自分の失言がどんなに雄弁な自白だったかということを、よく弁《わきま》えていた。彼の頭の中には、妙なことだが、子供の時分からの様々の出来事が、走馬燈のように、めまぐるしく現れては消えた。長い沈黙が続いた。

「聞えますか。」明智が暫くしてこういった。「そら、サラサラ、サラサラという音がしているでしょう。あれはね。最前から、隣の部屋で、僕たちの問答を書きとめているのですよ。……君、もうよござんすから、それをここへ持って来てくれませんか。」

すると、襖《ふすま》が開いて、一人の書生体《てい》の男が手に洋紙の束を持って出て来た。

「それを一度読み上げて下さい。」

明智の命令に随って、その男は最初から朗読した。

「では、蕗屋君、これに署名して、拇印《ぼいん》で結構ですから捺《お》してくれませんか。君はまさかいやだとはいいますまいね。だって、さっき、屏風のことはいつでも証言してやると約束したばかりじゃありませんか。もっとも、こんな風な証言だろうとは想像しなかったかもしれないけれど。」

蕗屋は、ここで署名を拒んだところで、何の甲斐もないことを、充分知っていた。彼は明智の驚くべき推理をも、併《あわ》せて承認する意味で、署名捺印した。そして、今はもうすっかりあきらめ果てた人のように、うなだれていた。

「先にも申上げた通り」明智は最後に説明した。「ミュンスターベルヒは、心理試験の真の効能は、嫌疑者が、ある場所、人または物について知っているかどうかを試す場合に限って確定的だといっています。今度の事件でいえば、蕗屋君が屏風を見たかどうかという点が、それなんです。この点を外にしては、百の心理試験も恐らく無駄でしょう。何しろ、相手が蕗屋君のような、何もかも予想して、綿密な準備をしている男なのですからね。それからもう一つ申上げたいのは、心理試験というものは、必ずしも、書物に書いてある通り一定の刺戟語を使い、一定の機械を用意しなければ出来ないものではなくて、今僕が実験してお目にかけた通り、極《ご》く日常的な会話によってでも、充分やれるということです。昔からの名判官は、例えば大岡越前守というような人は、皆自分でも気づかないで、最近の心理学が発明した方法を、ちゃんと応用していたのですよ。」

白昼夢

あれは、白昼の悪夢であったか、それとも現実の出来事であったか。

晩春の生暖《なまあたたか》い風が、オドロオドロと、火照《ほて》った頬に感ぜられる、蒸し暑い日の午後であった。

用事があって通ったのか、散歩のみちすがらであったのか、それさえぼんやりとして思い出せぬけれど、私は、ある場末の、見る限り何処《どこ》までも何処までも、真直《まっすぐ》に続いている、広い埃《ほこり》っぽい大通りを歩いていた。

洗いざらした単衣物《ひとえもの》のように白茶《しらちゃ》けた商家が、黙って軒を並べていた。三尺のショウウインドウに、埃でだんだら染めにした小学生の運動シャツが下っていたり、碁盤《ごばん》のように仕切った薄っぺらな木箱の中に、赤や黄や白や茶色などの、砂のような種物《たねもの》を入れたのが、店一杯に並んでいたり、狭い薄暗い家中《うちじゅう》が、天井からどこから、自転車のフレームやタイヤで充満していたり、そして、それらの殺風景な家々の間に挟まって、細く格子戸の奥にすすけた御神燈の下《さが》った二階家が、そんなに両方から押しつけちゃ厭《いや》だわという恰好《かっこう》をして、ボロンボロンと猥褻《わいせつ》な三味線の音《ね》を洩《もら》していたりした。

「アップク、チキリキ、アッパッパア……アッパッパア……」

お下《さ》げを埃でお化粧した女の子たちが、道の真中に輪を作って歌っていた。アッパッパアアア……という涙ぐましい旋律が、霞んだ春の空へのんびりと蒸発して行った。

男の子らは縄飛びをして遊んでいた。長い縄の弦《いと》が、ねばり強く地を叩いては、空に上った。田舎縞《いなかじま》の前をはだけた一人の子が、ピョイピョイと飛んでいた。その光景《ありさま》は、高速度撮影機を使った活動写真のように、如何《いか》にも悠長に見えた。

時々、重い荷馬車がゴロゴロと道路や、家々を震動させて私を追い越した。

ふと私は、行手に当って何かが起っているのを知った。十四、五人の大人や子供が、道ばたに不規則な半円を描いて立止《たちどま》っていた。それらの人々の顔には、皆一種の笑いが浮んでいた。喜劇を見ている人の笑いが浮んでいた。ある者は大口を開いてゲラゲラと笑っていた。

好奇心が、私をそこへ近づかせた。

近づくに従って、大勢の笑顔と際立《きわだ》った対照を示している一つの真面目くさった顔を発見した。その青ざめた顔は、口をとがらせて、何事か熱心に弁じ立てていた。香具師《やし》の口上《こうじょう》にしてはあまりに熱心過ぎた。宗教家の辻説法にしては見物の態度が不謹慎《ふきんしん》だった。一体、これは何事が始まっているのだ。

私は知らず知らず半円の群集に混って、聴聞者《ききて》の一人となっていた。

演説者は、青っぽいくすんだ色のセルに、黄色の角帯をキチンと締めた、風采のよい、見たところ相当教養もありそうな四十男《おとこ》であった。鬘《かつら》のように綺麗に光らせた頭髪《かみ》の下に、中高《なかだか》の薤型《らっきょうがた》の青ざめた顔、細い眼、立派な口髭《くちひげ》で隈《くま》どった真赤な唇、その唇が不作法につばきを飛ばしてパクパク動いているのだ。汗をかいた高い鼻、そして、着物の裾からは、砂埃にまみれた跣足《はだし》の足が覗《のぞ》いていた。

「……俺はどんなに俺の女房《にょうぼ》を愛していたか。」

演説は今や高調に達しているらしく見えた。男は無量の感慨を罩《こ》めてこういったまま、暫《しば》く見物たちの顔から顔を見回していたが、やがて、自問に答えるように続けた。

「殺すほど愛していたのだ！」

「……悲しい哉《かな》、あの女は浮気者だった。」

ドッと見物の間に笑い声が起ったので、その次の「いつ他所《よそ》の男とくっつくかもしれなかった」という言葉は危く聞き洩らすところだった。

「いや、もうとっくにくっついていたかもしれないのだ。」

そこでまた、前にもました高笑いが起った。

「俺は心配で心配で」彼はそういって歌舞伎役者のように首を振って、「商売も手につかなんだ。俺は毎晩寝床の中で女房に頼んだ。手を合せて頼んだ。」笑声。「どうか誓ってくれ。俺より外《ほか》の男には心を移さないと誓ってくれ……しかし、あの女はどうしても私の頼みを聞いてはくれない。まるで商売人のような巧みな嬌態《きょうたい》で、手練手管《てれんてくだ》で、その場その場をごまかすばかりです。だが、それが、その手練手管が、どんなに私を惹《ひ》きつけたか……。」

誰かが「ようよう、御馳走《ごちそう》さまっ」と叫んだ。そして、笑声。

「みなさん」男はそんな半畳《はんじょう》などを無視して続けた。「あなた方が、もし私の境遇にあったら一体どうしますか。これが殺さないでいられましょうか！」

「……あの女は耳隠しがよく似合いました。自分で上手に結うのです……鏡台の前に座っていました。結い上げたところです。綺麗にお化粧した顔が私の方をふり向いて、赤い唇でニッコリ笑いました。」

男はここで一つ肩を揺《ゆす》り上げて見えを切った。濃い眉が両方から迫って凄い表情に変った。赤い唇が気味悪くヒン曲《まが》った。

「……俺は今だと思った。この好もしい姿を永久に俺のものにしてしまうのは今だと思った。」

「用意していた千枚通しを、あの女の匂《にお》やかな襟足《えりあし》へ、力まかせにたたき込んだ。笑顔の消えぬうちに、大きい糸切歯が唇から覗いたまんま……死んでしまった。」

賑《にぎや》かな広告の楽隊が通り過ぎた。大喇叭《おおらっぱ》が頓狂《とんきょう》な音を出した。「ここはお国を何百里」「離れて遠き満洲の」子供らが節に合せて歌いながら、ゾロゾロとついて行った。

「諸君、あれは俺のことを触回《ふれまわ》っているのだ。真柄太郎《まがらたろう》は人殺しだ、人殺しだ、そういって触回っているのだ。」

また笑い声が起った。楽隊の太鼓の音《ね》だけが、男の演説の伴奏でもあるように、いつまでもいつまでも聞えていた。

「……俺は女房の死骸を五つに切り離した。いいかね、胴が一つ、手が二本、足が二本、これでつまり五つだ。……惜しかったけれど仕方がない。……よく肥ったまっ白な足だ。」

「……あなた方はあの水の音を聞かなかったですか。」男は俄《にわか》に声を低めていった。首を前につき出し、目をキョロキョロさせながら、さも一大事を打開けるのだといわぬばかりに、「三七二十一日の間、私の家の水道はザーザーと開けっぱなしにしてあったのですよ。五つに切った女房の死体をね、四斗樽《しとだる》の中へ入れて、冷していたのですよ。これがね、みなさん。」ここで彼の声は聞えないぐらいに低められた。「秘訣なんだよ。秘訣なんだよ。死骸を腐らせない。……屍蠟《しろう》というものになるんだ。」

「屍蠟」……ある医書の「屍蠟」の項が、私の目の前に、その著者の黴《かび》くさい絵姿とともに浮んで来た。一体全体、この男は何をいわんとしているのだ。何とも知れぬ恐怖が、私の心臓を風船玉のように軽くした。

「……女房の脂《あぶら》ぎった白い胴体や手足が、可愛い蠟細工になってしまった。」

「ハハハハハ、お極《きま》りをいってらあ。お前それを、昨日《きのう》から何度おさらいするんだい。」誰かが不作法に呶鳴《どな》った。

「オイ、諸君。」男の調子がいきなり大声に変った。「俺がこれほどいうのが分らんのか。君たちは、俺の女房は家出をした家出をしたと信じ切っているだろう。ところがな、オイ、よく聞け。あの女はこの俺が殺したんだよ。どうだ、びっくりしたか。ワハハハハハハハ。」

……断切《たちき》ったように笑声がやんだかと思うと、一瞬間に元の生真面目な顔が戻って来た。男はまた囁《ささや》き声で始めた。

「それでもう、女はほんとうに私のものになりきってしまったのです。ちっとも心配はいらないのです。キッスのしたい時にキッスが出来ます。抱き締めたい時には抱きしめることも出来ます。私はもう、これで本望ですよ。」

「……だがね、用心しないと危い。私は人殺しなんだからね。いつ巡査《おまわり》に見つかるかしれない。そこで、俺はうまいことを考えてあったのだよ。隠し場所をね。……巡査だろうが刑事だろうが、こいつにはお気がつくまい。ホラ、君、見てごらん。その死骸はちゃんと俺の店先に飾ってあるのだよ。」

男の目が私を見た。私はハッとして後《うしろ》を振り向いた。今の今まで気のつかなかったすぐ鼻の先に、白いズックの日覆《ひおおい》……「ドラッグ」……「請合薬《うけあいぐすり》」……見覚えのある丸ゴシックの書体、そして、その奥のガラス張りの中の人体模型、その男は、何々ドラッグという商号を持った、薬屋の主人であった。

「ね、いるでしょう。もっとよく私の可愛い女を見てやって下さい。」

何がそうさせたのか、私はいつの間にか日覆の中へ這入《はい》っていた。

私の目の前のガラス箱の中に女の顔があった。彼女は糸切歯をむき出してニッコリ笑っていた。いまわしい蠟細工の腫物《しゅもつ》の奥に、真実の人間の皮膚が黒ずんで見えた。作り物でない証拠には、一面にうぶ毛が生えていた。

スーッと心臓が喉のところへ飛び上った。私は倒れそうになる身体《からだ》を、危《あやう》くささえて日覆からのがれ出した。そして、男に見つからないように注意しながら、群集の側を離れた。

……ふり返って見ると、群集のうしろに一人の警官が立っていた。彼もまた、他の人たちと同じようにニコニコ笑いながら、男の演説を聞いていた。

「何を笑っているのです。君は職務の手前それでいいのですか。あの男のいっていることが分りませんか。嘘だと思うならあの日覆の中へ這入って御覧なさい。東京の町の中で、人間の死骸がさらしものになっているじゃありませんか。」

無神経な警官の肩を叩いて、こう告げてやろうかと思った。けれど私にはそれを実行するだけの気力もなかった。私は眼《め》まいを感じながらヒョロヒョロと歩き出した。

行手には、どこまでもどこまでも果しのない白い大道が続いていた。陽炎《かげろう》が、立並ぶ電柱を海草のように揺すっていた。

屋根裏の散歩者

一

多分それは一種の精神病ででもあったのでしょう。郷田《ごうだ》三良《さぶろう》は、どんな遊びも、どんな職業も、何をやってみても、一向《いっこう》この世が面白くないのでした。

学校を出てから——その学校とても一年に何日と勘定の出来るほどしか出席しなかったのですが——彼に出来そうな職業は、片端《かたっぱし》からやってみたのです。けれど、これこそ一生を捧げるに足ると思うようなものには、まだ一つも出くわさないのです。恐らく、彼を満足させる職業などは、この世に存在しないのかもしれません。長くて一年、短いのは一月ぐらいで、彼は職業から職業へと転々しました。そして、とうとう見切りをつけたのか、今では、もう次の職業を探すでもなく、文字通り何もしないで、面白くもないその日その日を送っているのでした。

遊びの方もその通りでした。かるた、球突《たまつ》き、テニス、水泳、山登り、碁将棋《ごしょうぎ》、さては各種の賭博《とばく》に至るまで、とてもここには書き切れないほどの、遊戯という遊戯は一つ残らず、娯楽百科全書というような本まで買込んで、探し回っては試みたのですが、職業同様、これはというものもなく、彼はいつも失望させられていました。だが、この世には「女」と「酒」という、どんな人間だって一生涯飽《あ》きることのない、すばらしい快楽があるではないか。諸君はきっとそう仰有《おっしゃ》るでしょうね。ところが、我が郷田三良は、不思議とその二つのものにも大して興味を感じないのでした。酒は体質に適しないのか、一滴も飲めませんし、女の方は、無論その欲望がない訳《わけ》ではなく、相当遊びなどもやっているのですが、そうかといって、これあるがために生き甲斐《がい》を感じるというほどには、どうしても思えないのです。

「こんな面白くない世の中に生き長らえているよりは、いっそ死んでしまった方がましだ。」

ともすれば、彼はそんなことを考えました。しかし、そんな彼にも、生命《いのち》を惜しむ本能だけは備わっていたと見えて、二十五歳の今日が日まで、「死ぬ死ぬ」といいながら、つい死切《しにき》れずに生き長らえているのでした。

親元から月々いくらかの仕送りを受けることの出来る彼は、職業を離れても別に生活には困らないのです。一つはそういう安心が、彼をこんな気まま者にしてしまったのかもしれません。そこで彼は、その仕送り金によって、せめていくらかでも面白く暮すことに腐心しました。例えば、職業や遊戯と同じように、頻繁《ひんぱん》に宿所《しゅくしょ》を換えて歩くことなどもその一つでした。彼は、少し大げさにいえば、東京中の下宿屋を、一軒残らず知っていました。一月か半月もいると、すぐに次の別の下宿屋へと住みかえるのです。無論その間には、放浪者のように旅をして歩いたこともあります。あるいはまた、仙人のように山奥へ引込んでみたこともあります。でも、都会にすみなれた彼には、とても淋しい田舎に長くいることは出来ません。ちょっと旅に出たかと思うと、いつのまにか、都会の燈火に雑沓《ざっとう》に引寄せられるように、彼は東京へ帰ってくるのでした。そして、その度《たび》ごとに下宿屋を換えたことはいうまでもありません。

さて、彼が今度移ったうちは、東栄館という、新築したばかりの、まだ壁に湿り気のあるような、まっさらの下宿屋でしたが、ここで、彼は一つのすばらしい楽しみを発見しました。そして、この一篇の物語は、その彼の新発見に関連したある殺人事件を主題とするのです。が、お話をその方に進める前に、主人公の郷田三良が、素人《しろうと》探偵の明智《あけち》小五郎《こごろう》——この名前は多分御承知のことと思います。——と知り合いになり、今まで一向気附かないでいた「犯罪」という事柄に、新しい興味を覚えるようになったいきさつについて、少しばかりお話しておかねばなりません。

二人が知り合いになったきっかけは、あるカフェで彼らが偶然一緒になり、その時同伴していた三良の友達が、明智を知っていて紹介したことからでしたが、三良はその時、明智の聡明らしい容貌《ようぼう》や、話しっぷりや、身のこなしなどに、すっかり引きつけられてしまって、それからしばしば彼を訪ねるようになり、また時には彼の方からも三良の下宿へ遊びに来るような仲になったのです。明智の方では、ひょっとしたら、三良の病的な性格に――一種の研究材料として――興味を見出していたのかもしれませんが、三良は明智から様々の魅力に富んだ犯罪談を聞くことを、他意なく喜んでいるのでした。

同僚を殺害して、その死体を実験室の竈《かまど》で灰にしてしまおうとしたウェブスター博士の話、数カ国の言葉に通暁《つうぎょう》し、言語学上の大発見までしたユージン・エアラムの殺人罪、いわゆる保険魔で、同時に優れた文芸批評家であったウェーンライトの話、小児の臀肉《でんにく》を煎《せん》じて養父の癩病を治そうとした野口男三郎《のぐちおさぶろう》の話、さては、数多《あまた》の女を女房にしては殺して行ったいわゆるブルーベヤドの、ランドルーだとかアームストロングなどの、惨虐な犯罪談、それらが退屈し切っていた郷田三良をどんなに喜ばせたことでしょう。明智の雄弁な話しぶりを聞いていますと、それらの犯罪物語は、まるで、けばけばしい極《ごく》彩色《さいしき》の絵巻物のように、底知れぬ魅力を以て、三良の眼前にまざまざと浮んで来るのでした。

明智を知ってから二、三カ月というものは、三良は殆《ほとん》どこの世の味気《あじき》なさを忘れたかと見えました。彼は様々の犯罪に関する書物を買込んで、毎日毎日それに読み耽るのでした。それらの書物の中には、ポオだとかホフマンだとか、あるいはガボリオだとかボアゴベだとか、その外《ほか》色々な探偵小説なども混っていました。「アア世の中には、まだこんな面白いことがあったのか。」彼は書物の最終の頁《ページ》をとじる度ごとに、ホッとため息をつきながら、そう思うのでした。そして、出来ることなら、自分も、それらの犯罪物語の主人公のような、眼ざましい、けばけばしい遊戯(?)をやってみたいものだと、大《だい》それたことまで考えるようになりました。

しかし、いかな三良も、さすがに法律上の罪人になることだけは、どう考えてもいやでした。彼はまだ、両親や、兄弟や、親戚知己などの悲歎や侮蔑《ぶべつ》を無視してまで、楽しみに耽る勇気はないのです。それらの書物によりますと、どのような巧妙な犯罪でも、必ずどっかに破綻《はたん》があって、それが犯罪発覚のいと口になり、一生涯警察の眼を逃れているということは、極《ご》く僅かの例外を除いては、全く不可能のように見えます。彼にはただそれが恐ろしいのでした。彼の不幸は、世の中のすべての事柄に興味を感じないで、事もあろうに「犯罪」にだけ、いい知れぬ魅力を覚えることでした。そして、一層の不幸は、発覚を恐れるためにその「犯罪」を行い得ないということでした。

そこで彼は、一通り手に入るだけの書物を読んでしまうと、今度は、「犯罪」の真似《まね》事《ごと》を始めました。真似事ですから無論処罰を恐れる必要はないのです。それは例えばこんなことを。

彼はもうとっくに飽き果てていた、あの浅草に再び興味を覚えるようになりました。おもちゃ箱をぶちまけて、その上から色々のあくどい絵具をたらしかけたような浅草の遊園地は、犯罪嗜好者《しこうしゃ》に取っては、こよなき舞台でした。彼はそこへ出かけては、活動小屋と活動小屋の間の、人一人《ひとひとり》漸《よう》く通れるくらいの細い暗い露路《ろじ》や、共同便所の背後《うしろ》などにある、浅草にもこんな余裕があるのかと思われるような、妙にガランとした空地《あきち》を、好んでさ迷いました。そして、犯罪者が同類と通信するためででもあるかのように、白墨《はくぼく》でその辺の壁に矢の印を書いて回ったり、金持ちらしい通行人を見かけると、自分が掏摸《すり》にでもなった気で、どこまでもどこまでもそのあとを尾行してみたり、妙な暗号文を書いた紙切れを――それにはいつも恐ろしい殺人に関する事柄などを認《したた》めてあるのです――公園のベンチの板の間へ挟んでおいて、樹蔭《こかげ》に隠れて、誰かがそれを発見するのを待構えていたり、その外これに類した様々の遊戯を行っては、独《ひと》り楽しむのでした。

彼はまた、しばしば変装をして、町から町をさ迷い歩きました。労働者になってみたり、乞食になってみたり、学生になってみたり、色々の変装をした中でも、女装をすることが、最も彼の病癖を喜ばせました。そのためには、彼は着物や時計などを売り飛ばして金を作り、高価な鬘《かつら》だとか、女の古着だとかを買い集め、長い時間かかって好みの女姿になりすますと、頭の上からすっぽりと外套《がいとう》を被《かぶ》って、夜更《よふ》けに下宿屋の入口を出るのです。そして、適当な場所で外套を脱ぐと、ある時は淋しい公園をぶらついてみたり、ある時はもうはねる時分の活動小屋へ這入《はい》って、わざと男子席の方へまぎれ込んでみたり、はては、きわどい悪戯《いたずら》までやってみるのです。そして、服装による一種の錯覚から、さも自分が妲妃《だっき》のお百だとか蟒蛇《うわばみ》お由《よし》だとかいう毒婦にでもなった気持で、色々な男たちを自由自在に翻弄《ほんろう》する有様を想像しては、喜んでいるのです。

しかし、これらの「犯罪」の真似事は、ある程度まで彼の欲望を満足させてはくれましたけれど、そして、時にはちょっと面白い事件を惹起《ひきおこ》しなぞして、その当座は充分慰めにもなったのですけれど、真似事はどこまでも真似事で、危険がないだけに――「犯罪」の魅力は見方によってはその危険にこそあるのですから――興味も乏しく、そういつまでも彼を有頂天《うちょうてん》にさせる力はありませんでした。ものの三カ月もたちますと、いつとなく彼はこの楽しみから遠ざかるようになりました。そして、あんなにもひきつけられていた明智との交際も、段々うとうとしくなって行きました。

二

以上のお話によって、郷田三良と明智小五郎との交渉、または三良の犯罪嗜好癖などについて、読者に呑み込んで頂いた上、さて、本題に戻って、東栄館という新築の下宿屋で、郷田三良がどんな楽しみを発見したかという点に、お話を進めることに致しましょう。

三良が東栄館の建築が出来上るのを待ち兼ねて、いの一番にそこへ引移ったのは、彼が明智と交際を結んだ時分から、一年以上もたっていました。随ってあの「犯罪」の真似事にも、もう一向興味がなくなり、といって、外《ほか》にそれに代るような事柄もなく、彼は毎日毎日の退屈な長々しい時間を、過し兼ねていました。東栄館に移った当座は、それでも、新しい友達が出来たりして、いくらか気がまぎれていましたけれど、人間というものは何と退屈極《きわま》る生物《いきもの》なのでしょう。どこへ行ってみても、同じような思想を、同じような表情で、同じような言葉で、繰り返し繰り返し、発表し合っているに過ぎないのです。折角《せっかく》下宿屋を替えて、新しい人たちに接してみても、一週間たつかたたない内に、彼はまたしても底知れぬ倦怠《けんたい》の中《うち》に沈み込んでしまうのでした。

そうして、東栄館へ移って十日ばかりたったある日のことです。退屈のあまり、彼はふと妙な事を考えつきました。

彼の部屋には、――それは二階にあったのですが――安っぽい床《とこ》の間《ま》の傍《そば》に、一間《いっけん》の押入れがついていて、その内部は、鴨居と敷居とのちょうど中ほどに、押入れ一杯の頑《がん》丈《じょう》な棚があって、上下二段に分れているのです。彼はその下段の方に数箇の行李《こうり》を納め、上段には蒲団《ふとん》をのせることにしていましたが、一々そこから蒲団を取出して、部屋の真中へ敷く代りに、始終棚の上に寝台《ベッド》のように蒲団を重ねておいて、眠《ね》むくなったらそこへ上って寝ることにしたらどうだろう。彼はそんなことを考えたのです。これが今までの下宿屋であったら、たとえ押入れの中に同じような棚があっても、壁がひどく汚れていたり、天井に蜘蛛《くも》の巣が張っていたりして、ちょっとその中へ寝る気にはなれなかったのでしょうが、ここの押入れは、新築早々のことですから、非常に綺麗で、天井も真白なれば、黄色く塗った滑《なめら》かな壁にも、しみ一つ出来てはいません。そして、全体の感じが、棚の作り方にもよるのでしょうが、何となく船の中の寝台《ベッド》に似ていて、妙に、一度そこへ寝てみたいような誘惑を感じさえするのです。

そこで、彼は早速その晩から押入れの中へ寝ることを始めました。この下宿は、部屋ごとに内部から戸締りが出来るようになっていて、女中などが無断で這入《はい》って来るようなこともなく、彼は安心してこの奇行を続けることが出来るのでした。さてそこへ寝てみますと、予期以上に感じがいいのです。四枚の蒲団を積み重ね、その上にフワリと寝転んで、目の上二尺ばかりの所に迫っている天井を眺める心持《こころもち》は、ちょっと異様な味《あじわ》いのあるものです。襖《ふすま》をピッシャリ締め切って、その隙間から洩れて来る糸のような電気の光を見ていますと、何だかこう自分が探偵小説の中の人物にでもなったような気がして、愉快ですし、またそれを細目に開けて、そこから、自分自身の部屋を、泥棒が他人の部屋をでも覗《のぞ》くような気持で、色々の激情的な場面を想像しながら、眺めるのも、興味がありました。時によると、彼は昼間から押入れに這入り込んで、一間と三尺の長方形の箱のような中で、大好物の煙草《タバコ》をプカリプカリとふかしながら、取りとめもない妄想に耽ることもありました。そんな時には、締切った襖の隙間から、押入れの中で火事でも始《はじま》ったのではないかと思われるほど、夥《おびただ》しい白煙《しろけむり》が洩れているのでした。

ところが、この奇行を二、三日続けている間に、彼はまたしても、妙なことに気がついたのです。飽きっぽい彼は、三日目あたりになると、もう押入れの寝台《ベッド》にも興味がなくなって、所在なさに、そこの壁や、寝ながら手の届く天井板に、落書きなどをしていましたが、ふと気がつくと、ちょうど頭の上の一枚の天井板が、釘を打ち忘れたのか、なんだかフカフカと動くようなのです。どうしたのだろうと思って、手で突っぱって持上げてみますと、なんなく上の方へ外《はず》れることは外れるのですが、妙なことには、その手を離すと、釘づけにした箇所《かしょ》は一つもないのに、まるでバネ仕掛けのように、元々通りになってしまいます。どうやら、何者かが上から圧《おさ》えつけているような手ごたえなのです。

はてな、ひょっとしたら、ちょうどこの天井板の上に、何か生物《いきもの》が、例えば大きな青大将か何かがいるのではあるまいかと、三良は俄《にわか》に気味が悪くなって来ましたが、そのまま逃げ出すのも残念だものですから、なおも手で押し試みてみますと、ズッシリと重い手ごたえを感じるばかりでなく、天井板を動かす度に、その上で何だかゴロゴロと鈍い音がするではありませんか。いよいよ変です。そこで彼は思切《おもいき》って、力まかせにその天井板をはね除《の》けてみますと、するとその途端、ガラガラという音がして、上から何かが落ちて来ました。彼は咄嗟《とっさ》の場合ハッと片傍《かたわき》へ飛びのいたからよかったものの、もしそうでなかったら、その物体に打たれて大怪我《おおけが》をしているところでした。

「ナアンダ、つまらない。」

ところが、その落ちて来た品物を見ますと、何か変ったものであればよいがと、少なからず期待していた彼は、あまりのことに呆れてしまいました。それは、漬物石を小さくしたような、ただの石塊《いしころ》に過ぎないのでした。よく考えてみれば、別に不思議でも何でもありません。電燈工夫が天井裏へもぐる通路にと、天井板を一枚だけわざと外して、そこから鼠《ねずみ》などが押入れに這入《はい》らぬように石塊で重しがしてあったのです。

それは如何《いか》にもとんだ喜劇でした。でも、その喜劇が奇縁となって、郷田三良は、あるすばらしい楽しみを発見することになったのです。

彼は暫《しば》らくの間、自分の頭の上に開いている、洞穴《ほらあな》の入口とでもいった感じのする、その天井の穴を眺めていましたが、ふと、持前《もちまえ》の好奇心から、一体天井裏というものはどんな風になっているのだろうと、恐る恐るその穴に首を入れて、四方《あたり》を見回しました。それはちょうど朝の事で、屋根の上にはもう陽《ひ》が照りつけていると見え、方々の隙間から沢山の細い光線が、まるで大小無数の探照燈を照してでもいるように、屋根裏の空洞へさし込んでいて、そこは存外明るいのです。

先《ま》ず目につくのは、縦《たて》に、長々と横《よこた》えられた、太い、曲《まが》りくねった、大蛇のような棟《むな》木《ぎ》です。明るいといっても屋根裏のことで、そう遠くまでは見通しが利かないのと、それに、細長い下宿屋の建物ですから、実際長い棟木でもあったのですが、それが、向うの方は霞んで見えるほど、遠く遠く連《つらな》っているように思われます。そして、その棟木と直角に、これは大蛇の肋骨《あばら》に当る沢山の梁《はり》が、両側へ、屋根の傾斜に沿ってニョキニョキと突き出ています。それだけでも随分雄大な景色ですが、その上、天井を支えるために、梁から無数の細い棒が下っていて、それが、まるで鍾乳洞《しょうにゅうどう》の内部を見るような感じを起させます。

「これは素敵だ。」

一応屋根裏を見回してから、三良は思わずそう呟《つぶや》くのでした。病的な彼は、世間普通の興味にはひきつけられないで、常人には下らなく見えるような、こうした事物に、かえって、いい知れぬ魅力を覚えるのです。

その日から、彼の「屋根裏の散歩」が始まりました。夜となく昼となく、暇さえあれば、彼は泥棒猫のように足音を盗んで、棟木や梁の上を伝い歩くのです。幸《さいわい》なことには、建てたばかりの家ですから、屋根裏につき物《もの》の蜘蛛の巣もなければ、煤《すす》や埃《ほこり》もまだ少しも溜《たま》っていず、鼠の汚したあとさえありません。それ故、着物や手足の汚くなる心配はないのです。彼はシャツ一枚になって、思うがままに屋根裏を跳梁《ちょうりょう》しました。時候もちょうど春のことで、屋根裏だからといって、さして暑くも寒くもないのです。

三

東栄館の建物は、下宿屋などにはよくある、中央《まんなか》に庭を囲んで、そのまわりに、桝型《ますがた》に、部屋が並んでいるような作り方でしたから、随って屋根裏も、ずっとその形に続いていて、行止《ゆきどま》りというものがありません。彼の部屋の天井裏から出発して、グルッと一回りしますと、また元の彼の部屋の上まで帰って来るようになっています。

下の部屋部屋には、さも厳重に壁で仕切りが出来ていて、その出入口には締りをするための金具まで取りつけてあるのに、一度天井裏に上ってみますと、これはまた何という開放的な有様でしょう。誰の部屋の上を歩き回ろうと、自由自在なのです。もし、その気があれば、三良の部屋のと同じような、石塊《いしころ》の重しのしてある箇所《かしょ》がところどころにあるのですから、そこから他人の部屋へ忍込《しのびこ》んで、窃盗《せっとう》を働くことも出来ます。廊下を通って、それをするのは、今もいうように、桝型の建物の各方面に人目があるばかりでなく、いつ何時他の止宿人《ししゅくにん》や女中などが通り合わさないとも限りませんから、非常に危険ですけれど、天井裏の通路からでは、絶対にその危険がありません。

それからまた、ここでは、他人の秘密を隙見《すきみ》することも、勝手次第なのです。新築とはいっても、下宿屋の安普請のことですから、天井には到る所に隙間があります。――部屋の中にいては気が附きませんけれど、暗い屋根裏から見ますと、その隙間が意外に多いのに一驚《きょうきっ》を喫します――稀《まれ》には、節穴さえもあるのです。

この、屋根裏という屈指の舞台を発見しますと、郷田三良の頭には、いつのまにか忘れてしまっていた、あの犯罪嗜好癖《しこうへき》がまたムラムラと湧き上って来るのでした。この舞台でならば、あの当時試みたそれよりも、もっともっと刺戟の強い、「犯罪の真似事」

が出来るに相違ない。そう思うと、彼はもう嬉しくて耐《たま》らないのです。どうしてまあ、こんな手近なところに、こんな面白い興味があるのを、今日まで気附かないでいたのでしょう。魔物のように暗闇の世界を歩き回って、二十人に近い、東栄館の二階中の止宿人の秘密を、次から次へと隙見して行く、そのことだけでも、三良はもう充分愉快なのです。そして、久方《ひさかた》ぶりで、生き甲斐を感じさえするのです。

彼はまた、この「屋根裏の散歩」を、いやが上にも興深くするために、先ず、身支度からして、さも本物の犯罪人らしく装うことを忘れませんでした。ピッタリ身についた、濃い茶色の毛織のシャツ、同じズボン下——なろうことなら、昔活動写真で見た、女賊プロテアのように、真黒なシャツを着たかったのですけれど、生憎《あいにく》そんなものは持合せていないので、まあ我慢することにして——足袋《たび》を穿《は》き、手袋をはめ——天井裏は、皆荒削りの木材ばかりで、指紋の残る心配などは、殆どないのですが——そして、手にはピストル……が欲しくても、それもないので、懐中電燈を持つことにしました。

夜更《よふ》けなど、昼とは違って、洩れて来る光線の量が極《ご》く僅かなので、一寸先も見分けられぬ闇の中を、少しも物音を立てないように注意しながら、その姿で、ソロリソロリと、棟木の上を伝《つたわ》っていますと、何かこう、自分が蛇にでもなって、太い木の幹を這い回っているような気持がして、我ながら妙に凄くなって来ます。でも、その凄さが、何の因果か、彼にはゾクゾクするほど嬉しいのです。

こうして、数日、彼は有頂天になって、「屋根裏の散歩」を続けました。その間には、予期にたがわず、色々と彼を喜ばせるような出来事があって、それを記すだけでも、充分一篇の小説が出来上るほどですが、この物語の本題には直接関係のない事柄ですから、残念ながら、端折《はしお》って、ごく簡単に二、三の例をお話するに止めましょう。

天井からの隙見というものが、どれほど異様な興味のあるものだかは、実際やってみた人でなければ、恐らく想像も出来ますまい。たとえ、その下に別段事件が起っていなくても、誰も見ているものがないと信じて、その本性をさらけ出した人間というものを、観察することだけで、充分面白いのです。よく注意して見ますと、ある人々は、その側に他人のいるときと、ひとりきりの時とでは、立居《たちい》ふるまいは勿論、その顔の相好までが、まるで変るものだということを発見して、彼は少なからず驚きました。それに、平常《ふだん》、横から同じ水平線で見るのと違って、真上から見下《みお》ろすのですから、この、目の角度の相違によって、あたり前の座敷が、随分異様な景色に感じられます。人間は頭のてっぺんや両肩が、本箱、机、箪笥《たんす》、火鉢などは、その上方の面《おもて》だけが、主として目に映ります。そして、壁というものは、殆ど見えないで、その代りに、すべての品物のバックには、畳が一杯に拡《ひろが》っているのです。

何事がなくても、こうした興味がある上に、そこには、往々にして、滑稽な、悲惨な、あるいは物凄い光景が、展開されています。平常過激な反資本主義の議論を吐いている会社員が、誰も見ていないところでは、貰ったばかりの昇給の辞令を、折鞄《おりかばん》から出したり、しまったり、幾度も幾度も、飽きず打眺めて喜んでいる光景、ゾロリとしたお召《めし》の着物を不断着《ふだんぎ》にして、果敢《はか》ない豪奢《ごうしゃ》ぶりを示している、ある相場師が、いざ床《とこ》につく時には、その、昼間はさも無造作に着こなしていた着物を、女のように、叮嚀《ていねい》に畳んで、床の下へ敷くばかりか、しみでもついたのと見えて、それを丹念に口で嘗《な》めて——お召などの小さな汚れは、口で嘗めとるのが一番いいのだといいます——一種のクリーニングをやっている光景、何々大学の野球の選手だというニキビ面《づら》の青年が、運動家にも似合わない臆病さを以て、女中への附文《つけぶみ》を、食べてしまった夕飯のお膳の上へ、のせてみたり、思い返して、引込《ひっこ》めてみたり、またのせてみたり、モジモジと同じことを繰返している光景、中には、大胆にも、淫売婦(?)を引入《ひきい》れて、ここに書くことを憚《はばか》るような、すさまじい狂態を演じている光景さえも、誰憚《はばか》らず、見たいだけ見ることが出来るのです。

三良はまた、止宿人と止宿人との、感情の葛藤《かっとう》を研究することに、興味を持ちました。同じ人間が、相手によって、様々に態度を換えて行く有様、今の先まで、笑顔で話し合っていた相手を、隣の部屋へ来ては、まるで不倶戴天《ふぐたいてん》の仇《あだ》ででもあるように罵《ののし》っている者もあれば、蝙蝠《こうもり》のように、どちらへ行っても、都合のいいお座なりをいって、蔭《かげ》でペロリと舌を出している者もあります。そして、それが女の止宿人――東栄館の二階には一人の女画学生がいたのです――になると一層興味があります。「恋の三角関係」どころではありません。五角六角と、複雑した関係が、手に取るように見えるばかりか、競争者たちの誰《だ》れも知らない、本人の真意が、局外者の「屋根裏の散歩者」にだけ、ハッキリと分るではありませんか。お伽噺《とぎばなし》に隠《かく》れ蓑《みの》というものがありますが、天井裏の三良は、いわばその隠れ蓑を着ているも同然なのです。

もしその上、他人の部屋の天井板をはがして、そこへ忍び込み、色々ないたずらをやることが出来たら、一層面白かったでしょうが、三良には、その勇気がありませんでした。そこには、三間《ま》に一箇所ぐらいの割合で、三良の部屋のと同様に、石塊《いしころ》で重しをした抜け道があるのですから、忍び込むのは造作もありませんけれど、いつ部屋の主《あるじ》が帰って来るか知れませんし、そうでなくとも、窓は皆透明なガラス障子《しょうじ》になっていますから、外から見つけられる危険もあり、それに、天井板をめくって押入れの中へ下り、襖《ふすま》をあけて部屋に這入り、また押入れの棚へよじ上って、元の屋根裏へ帰る、その間には、どうかして物音を立てないとは限りません。それが廊下や隣室から気附かれたら、もうおしまいなのです。

さて、ある夜更《よふ》けのことでした。三良は、一巡《ひとまわり》「散歩」を済ませて、自分の部屋へ帰るために、梁から梁を伝《つたわ》っていましたが、彼の部屋とは、庭を隔てて、ちょうど向い側になっている棟の、一方の隅の天井に、ふと、これまで気のつかなかった、幽《かす》かな隙間を発見しました。径二寸ばかりの雲型をして、糸よりも細い光線が洩れているのです。なんだろうと思って、彼はソッと懐中電燈を点《とも》して、検《しら》べてみますと、それはかなり大きな木の節《ふし》で、半分以上まわりの板から離れているのですが、あとの半分で、やっとつながり、危《あぶな》く節穴になるのを免れたものでした。ちょっと爪の先でこじさえすれば、何なく離れてしまいそうなのです。そこで、三良は外《ほか》の隙間から下を見て、部屋の主《あるじ》がすでに寝ていることを確《たしか》めた上、音のしないように注意しながら、長い間かかって、とうとうそれをはがしてしまいました。都合のいいことには、はがした後の節穴が、盃型《さかずきがた》に、下側が狭くなっていますので、その木の節を元々通りつめてさえおけば、下へ落ちるようなことはなく、そこにこんな大きな覗き穴があるのを、誰にも気附かれずに済むのです。

これはうまい具合だと思いながら、その節穴から下を覗いてみますと、外《ほか》の隙間のように、縦には長くても、幅はせいぜい一分《いちぶ》内外の不自由なのと違って、下側の狭い方でも直径一寸以上はあるのですから、部屋の全景が、楽々と見渡せます。そこで、三良は思わず道草を食って、その部屋を眺めたことですが、それは偶然にも、東栄館の止宿人の内で、三良の一番虫の好かぬ、遠藤という歯科医学校卒業生で、目下はどっかの歯医者の助手を勤めている男の部屋でした。その遠藤が、いやにのっぺりした虫酸《むしず》の走るような顔を、一層のっぺりさせて、すぐ目の下に寝ているのでした。

馬鹿に几帳面《きちょうめん》な男と見えて、部屋の中は、他のどの止宿人のそれにもまして、キチンと整頓しています。机の上の文房具の位置、本箱の中の書物の並べ方、蒲団の敷き方、枕元に置き並べた、舶来物でもあるのか、見なれぬ形の目醒し時計、漆器の巻煙草入れ、色硝子《いろガラス》の灰皿、何れ《いず》を見ても、それらの品物の主人公が、世にも綺麗好きな、重箱の隅を楊子《ようじ》でほじくるような神経家であることを証拠立てています。また遠藤自身の寝姿も、実に行儀がいいのです。ただ、それらの光景にそぐわぬのは、彼が大きな口を開いて、雷のような鼾《いびき》をかいていることでした。

三良は、何か汚いものでも見るように、眉をしかめて、遠藤の寝顔を眺めました。彼の顔は、綺麗といえば綺麗です。なるほど彼自身で吹聴する通り、女などには好かれる顔かもしれません。しかし、何という間延びな、長々とした顔の造作《ぞうさく》でしょう。濃い頭髪、顔全体が長い割には、変に狭い富士額《ふじびたい》、短い眉、細い目、始終笑っているような目尻の皺《しわ》、長い鼻、そして異様に大ぶりな口。三良はこの口がどうにも気に入らないのでした。鼻の下のところから段を為《な》して、上顎《うわあご》と下顎とが、オンモリと前方へせり出し、その部分一杯に、青白い顔と妙な対照を示して、大きな紫色の唇が開いています。そして、肥厚性鼻炎でもあるのか、始終鼻を詰らせ、その大きな口をポカンと開けて呼吸をしているのです。寝ていて、鼾をかくのも、やっぱり鼻の病気のせいなのでしょう。三良は、いつでもこの遠藤の顔を見さえすれば、何だかこう背中がムズムズして来て、彼ののっぺりした頬《ほ》っぺたを、いきなり殴りつけてやりたいような気持になるのでした。

四

そうして、遠藤の寝顔を見ている内に、三良はふと妙なことを考えました。それは、その節穴から唾《つば》をはけば、ちょうど遠藤の大きく開いた口の中へ、うまく這入りはしないかということでした。なぜなら、彼の口は、まるで誂《あつら》えでもしたように、節穴の真下のところにあったからです。三良は物好きにも、股引《ももひき》の下に穿《は》いていた、猿股《さるまた》の紐を抜出して、それを節穴の上に垂直に垂らし、片目を紐にくっつけて、ちょうど銃の照準でも定めるように、試してみますと、不思議な偶然です。紐と、節穴と、遠藤の口とが、全く一点に見えるのです。つまり節穴から唾をはけば、必ず彼の口へ落ちるに相違ないことが分ったのです。

しかし、まさかほんとうに唾を吐きかける訳にも行きませんので、三良は、節穴を元の通り埋《うず》めておいて、立去ろうとしましたが、その時、不意に、チラリとある恐ろしい考《かんがえ》が、彼の頭に閃《ひらめ》きました。彼は思わず、屋根裏の暗闇の中で、真青《まっさお》になって、ブルブルと震えました。それは実に、何の恨みもない遠藤を、殺害するという考だったのです。

彼は遠藤に対して何の恨みもないばかりか、まだ知り合いになってから、半月もたってはいないのでした。それも、偶然二人の引越しが同じ日だったものですから、それを縁に、お互に二、三度部屋を訪ね合ったばかりで、別に深い交渉がある訳ではないのです。では、何故《なにゆえ》その遠藤を、殺そうなどと考えたかといいますと、今もいうように、彼の容貌や言動が、殴りつけたいほど虫が好かぬということも、多少は手伝っていましたけれど、三良のこの考の主たる動機は、相手の人物にあるのではなくて、ただ殺人行為そのものの興味にあったのです。先からお話して来た通り、三良の精神状態は非常に変態的で、犯罪嗜好癖《しこうへき》ともいうべき病気を持ってい、その犯罪の中《なか》でも彼が最も魅力を感じたのは殺人罪なのですから、こうした考の起るのも決して偶然ではないのです。ただ今までは、たとえしばしば殺意を生ずることがあっても、罪の発覚を恐れて、一度も実行しようなどと思ったことがないばかりです。

ところが、今遠藤の場合は、全然疑《うたがい》を受けないで、発覚の憂《うれい》なしに、殺人が行われそうに思われます。我身に危険さえなければ、たとえ相手が見ず知らずの人間であろうと、三良はそんなことを顧慮するのではありません。むしろ、その殺人行為が、残虐であればあるほど、彼の異常な欲望は、一層満足させられるのでした。それでは、何故《なぜ》遠藤に限って、殺人罪が発覚しない――少《すく》なくとも三良がそう信じていた――かといいますと、それには、次のような事情があったのです。

東栄館へ引越して四、五日たった時分でした。三良は、懇意になったばかりの、ある同宿者と、近所のカフェへ出掛けたことがあります。その時同じカフェに遠藤も来ていて、三人が一つテーブルへ寄って酒を――もっとも酒の嫌いな三良はコーヒでしたけれど――飲んだりして、三人とも大分いい心持《こころもち》になって、連立《つれだ》って下宿へ帰ったのですが、少しの酒に酔っぱらった遠藤は、「まあ僕の部屋へ来て下さい」と無理に二人を、彼の部屋へ引《ひっ》ぱり込みました。遠藤は独《ひとり》ではしゃいで、夜が更《ふ》けているのも構わず、女中を呼んでお茶を入れさせたりして、カフェから持越しの惚気話《のろけばなし》を繰返すのでした。――三良が彼を嫌い出したのは、その晩からです――その時、遠藤は、真赤に充血した唇をペロペロと嘗め回しながら、さも得意らしくこんなことをいうのでした。

「その女とですね、僕は一度情死をしかけたことがあるのですよ。まだ学校にいた頃ですが、ホラ、僕のは医学校でしょう。薬を手に入れるのは訳ないんです。で、二人が楽に死ねるだけの莫児比涅《モルヒネ》を用意して、聞いて下さい、塩原へ出かけたもんです。」

そういいながら、彼はフラフラと立上って、押入のところへ行き、ガタガタ襖を開けると、中に積んであった一つの行李の底から、ごく小さい、小指の先ほどの、茶色の瓶《びん》を探して来て、聴手《ききて》の方へ差出すのでした。瓶の中には、底の方に、ホンのぽっちり、何かキラキラ光った粉が這入っているのです。

「それですよ。これっぽっちで、充分二人の人間が死ねるのですからね。……しかし、あなた方、こんなこと喋《しゃべ》っちゃいやですよ、外《ほか》の人に。」

そして、彼の惚気話は、更《さ》らに長々と、止めどもなく続いたことですが、三良は今、その時の毒薬のことを、計らずも思出したのです。

「天井の節穴から、毒薬を垂らして、人殺しをする！　まあ何という奇想天外な、すばらしい犯罪だろう。」

彼は、この妙計に、すっかり有頂天になってしまいました。よく考えてみれば、その方法は、如何《いか》にもドラマティックなだけ、可能性には乏しいものだということが分るのですが、そしてまた、何もこんな手数のかかることをしないでも、他《ほか》にいくらも簡便な殺人法があったはずですが、異常な思いつきに幻惑させられた彼は、何を考える余裕もないのでした。そして、彼の頭には、ただもうこの計画についての都合のいい理窟ばかりが、次から次へと浮んで来るのです。

先《ま》ず薬を盗み出す必要がありました。が、それは訳のないことです。遠藤の部屋を訪ねて話し込んでいれば、その内には、便所へ立つとか何とか、彼が席を外すこともあるでしょう。その暇に、見覚えのある行李から、茶色の小瓶を取出しさえすればいいのです。遠藤は、始終その行李の底を検《しら》べている訳ではないのですから、二日や三日で気の附くこともありますまい。たとえまた気附かれたところで、そんな毒薬を持っていることがすでに違法なのですから、表沙汰になるはずもなく、それに、上手にやりさえすれば、誰が盗んだのかも分りはしません。

そんなことをしないでも、天井から忍び込む方が楽ではないでしょうか。いやいや、それは危険です。先にもいうように、いつ部屋の主が帰って来るかしれませんし、硝子《ガラス》障子の外から見られる心配もあります。第一、遠藤の部屋の天井には、三良のところのように、石塊《いしころ》で重しをした、あの抜け道がないのです。どうしてどうして、釘づけになっている天井板をはがして忍び入るなんて危険なことが出来るものですか。

さて、こうして手に入れた粉薬《こなぐすり》を、水に溶かして、鼻の病気のために始終開きっぱなしの、遠藤の大きな口へ垂らし込めば、それでいいのです。ただ心配なのは、うまく呑み込んでくれるかどうかという点ですが、ナニ、それも大丈夫です。なぜといって、薬が極く極く少量で、溶き方を濃くしておけば、ほんの一滴か二滴で足りるのですから、熟睡している時なら、気もつかないくらいでしょう。また気がついたにしても、恐らく吐き出す暇なんかありますまい。それから、莫児比涅《モルヒネ》が苦い薬だということも、三良はよく知っていましたが、たとえ苦くとも分量が僅かですし、なおその上に砂糖でも混ぜておけば、万々《ばんばん》失敗する気遣いはありません。誰《だ》れにしても、まさか天井から毒薬が降って来ようなどとは想像もしないでしょうから、遠藤が、咄嗟《とっさ》の場合、そこへ気のつくはずはないのです。

しかし、薬がうまく利くかどうか、遠藤の体質に対して、多すぎるかあるいは少な過ぎるかして、ただ苦悶するだけで死に切らないというようなことはあるまいか。これが問題です。なるほど、そんなことになれば非常に残念ではありますが、でも、三良の身に危険を及ぼす心配はないのです。というのは、節穴は元々通り蓋《ふた》をしてしまいますし、天井裏にも、そこにはまだ埃《ほこり》など溜っていないのですから、何の痕跡《こんせき》も残りません。指紋は手袋で防いであります。たとえ、天井から毒薬を垂らしたことが分っても、誰の仕《し》業《わざ》だか知れるはずはありません。殊《こと》に彼と遠藤とは、昨今の交際で、恨みを含むような間柄でないことは、周知の事実なのですから、彼に嫌疑のかかる道理がないのです。いや、そうまで考えなくても、熟睡中の遠藤に、薬の落ちて来た方角などが、分るものではありません。

これが、三良の屋根裏で、また部屋へ帰ってから、考え出した、虫のいい理窟でした。読者はすでに、たとえ以上の諸点がうまく行くとしても、その外《ほか》に、一つの重大な錯誤のあることを気附かれたことと思います。が、彼はいよいよ実行に着手するまで、不思議にも、少しもそこへ気が附かないのでした。

五

三良が、都合のよい折を見計らって、遠藤の部屋を訪問したのは、それから四、五日たった時分でした。無論その間には、彼はこの計画について、繰返し繰返し考えた上、大丈夫危険がないと見極めをつけることが出来たのです。のみならず、色々と新しい工風を附加えもしました。例えば、毒薬の瓶の始末についての考案もそれです。

もしうまく遠藤を殺害することが出来たならば、彼はその瓶を、節穴から下へ落しておくことに極《き》めました。そうすることによって、彼は二重の利益が得られます。一方では、もし発見されれば、重大な手掛りになるところのその瓶を、隠匿《いんとく》する世話がなくなること。他方では、死人の側《そば》に毒物の容器が落ちていれば、誰しも遠藤が自殺したのだと考えるに相違ないこと。そして、その瓶が遠藤自身の品であるということは、いつか三良と一緒に彼に惚気話を聞かされた男が、うまく証明してくれるに違いないのです。なお都合のよいのは、遠藤は毎晩、キチンと締りをして寝ることでした。入口は勿論、窓にも、中から金具で止めをしてあって、外部からは絶対に這入《はい》れないことでした。

さてその日、三良は非常な忍耐力を以て、顔を見てさえ虫酸の走る遠藤と、長い間雑談を交えました。話の間に、しばしば、それとなく殺意をほのめかして、相手を怖がらせてやりたいという、危険極《きわま》る欲望が起って来るのを、彼はやっとのことで喰止めました。「近い内に、ちっとも証拠の残らないような方法で、お前を殺してやるのだぞ。お前がそうして、女のように多弁にベチャクチャ喋《しゃべ》れるのも、もう長いことではないのだ。今の内、せいぜい喋り溜めておくがいいよ。」三良は、相手の止めどもなく動く、大ぶりな唇を眺めながら、心の中《うち》でそんなことを繰返していました。この男が、間もなく、青ぶくれの死骸になってしまうのかと思うと、彼はもう愉快で耐《たま》らないのです。

そうして話し込んでいる内に、案の定、遠藤が便所に立って行きました。それはもう、夜の十時頃でもあったでしょうか。三良は抜目なくあたりに気を配って、硝子窓《ガラスまど》の外などもも充分検べた上、音のしないように、しかし手早く押入れを開けて、行李の中から、例の薬瓶を探し出しました。いつか入れ場所をよく見ておいたので、探すのに骨は折れませんでした。でも、さすがに、胸がドキドキして、脇の下からは冷汗《ひやあせ》が流れました。実をいうと、彼の今度の計画の中《うち》、一番危険なのはこの毒薬を盗み出す仕事でした。どうしたことで遠藤が不意に帰って来るかもしれませんし、また誰れかが隙見《すきみ》をしていないとも限らぬのです。が、それについては、彼はこんな風に考えていました。もし見つかったら、あるいは見つからなくても、遠藤が薬瓶のなくなったことを発見したら――それはよく注意していればじき分ることです。殊《こと》に彼には天井の隙見という武器があるのですから――殺害を思い止《とま》りさえすればいいのです。ただ毒薬を盗んだというだけでは、大した罪にもなりませんからね。

それはともかく、結局彼は、先ず誰にも見つからずに、うまうまと薬瓶を手に入れることが出来たのです。そこで、遠藤が便所から帰って来ると間もなく、それとなく話を切上げて、彼は自分の部屋へ帰りました。そして、窓には隙間なくカーテンを引き、入口の戸には締りをしておいて、机の前に座ると、胸を躍らせながら、懐中から可愛らしい茶色の瓶を取り出して、さてつくづくと眺めるのでした。

MORPHINUM HYDROCHLORICUM (o.—g.)

多分遠藤が書いたのでしょう。小さいレッテルにはこんな文字が記してあります。彼は以前に薬物学の書物を読んで、莫児比涅《モルヒネ》のことは多少知っていましたけれど、実物にお目にかかるのは今が始めてでした。多分それは塩酸莫児比涅というものなのでしょう。瓶を電燈の前に持って行って、すかして見ますと、小匙《こさじ》に半分もあるかなしの、極《ご》く僅かの白い粉が、綺麗にキラリキラリと光っています。一体こんなもので人間が死ぬのかしらと、不思議に思われるほどです。

三良は、無論、それをはかるような精密な秤《はかり》を持っていないので、分量の点は遠藤の言葉を信用しておく外はありませんでしたが、あの時の遠藤の態度口調は、酒に酔っていたとはいえ決して出鱈目《でたらめ》とは思われません。それに、レッテルの数字も、三良の知っている致死量の、ちょうど二倍ほどなのですから、よもや間違いはありますまい。

そこで、彼は瓶を机の上に置いて、側に、用意の砂糖や清水《せいすい》を並べ、薬剤師のような綿密さで、熱心に調合を始めるのでした。止宿人たちはもう皆寝てしまったと見えて、あたりは森閑《しんかん》と静まり返っています。その中で、マッチの棒に浸した清水を、用心深く、一滴一滴と、瓶の中へ垂らしていますと、自分自身の呼吸が、悪魔のため息のように、変に物凄く響くのです。それがまあ、どんなに三良の変態的な嗜好を満足させたことでしょう。ともすれば、彼の目の前に浮んで来るのは、暗闇の洞窟の中で、沸々と泡立ち煮える毒薬の鍋を見つめて、ニタリニタリと笑っている、あの古《いにしえ》の物語の、恐ろしい妖婆の姿でした。

しかしながら、一方においては、その頃から、これまで少しも予期しなかった、ある恐怖に似た感情が、彼の心の片隅に湧き出していました。そして、時間のたつに随って、少しずつ少しずつ、それが拡《ひろが》って来るのです。

MURDER CANNOT BE HID LONG, A MAN'S SON MAY, BUT AT THE LENGTH TRUTH WILL OUT.

誰かの引用で覚えていた、あのシェークスピアの不気味な文句が、目もくらめくような光を放って、彼の脳髄に焼きつくのです。この計画には、絶対に破綻《はたん》がないと、かくまで信じながらも、刻々に増大して来る不安を、彼はどうすることも出来ないのでした。

何の恨みもない一人の人間を、ただ殺人の面白さに殺してしまうとは、それが正気の沙汰か。お前は悪魔に魅入《みい》られたのか、お前は気が違ったのか。一体お前は、自分自身の心を空恐ろしくは思わないのか。

長い間、夜の更けるのも知らないで、調合してしまった毒薬の瓶を前にして、彼は物思いに耽っていました。一層この計画を思止《おもいと》まることにしよう。幾度《いくたび》そう決心しかけたかしれません。でも、結局は、彼はどうしても、あの人殺しの魅力を断念する気にはなれないのでした。

ところが、そうしてとつおいつ考えている内に、ハッと、ある致命的な事実が、彼の頭に閃《ひらめ》きました。

「ウフフ……。」

突然三良は、おかしくて堪《たま》らないように、しかし寝静《ねしずま》ったあたりに気を兼ねながら、笑いだしたのです。

「馬鹿野郎。お前は何とよく出来た道化役者だ！　大真面目でこんな計画を目論《もくろ》むなんて。もうお前の麻痺した頭には、偶然と必然の区別さえつかなくなったのか。あの遠藤の大きく開いた口が、一度例の節穴の真下にあったからといって、その次にも同じようにそこにあるということが、どうして分るのだ。いやむしろ、そんなことは先ずあり得ないではないか。」

それは実に滑稽極《きわま》る錯誤でした。彼のこの計画は、すでにその出発点において、一大迷妄に陥っていたのです。しかし、それにしても、彼はどうしてこんな分り切ったことを、今まで気附かずにいたのでしょう。実に不思議といわねばなりません。恐らくこれはさも、悧巧《りこう》ぶっている彼の頭脳に、非常な欠陥があった証拠ではありますまいか。それはともかく、彼はこの発見によって、一方では甚《はなは》だしく失望しましたけれど、同時に他の一方では、不思議な気安さを感じるのでした。

「お蔭《かげ》で俺はもう、恐ろしい殺人罪を犯さなくても済むのだ。ヤレヤレ助《たすか》った。」

そうはいうものの、その翌日からも、「屋根裏の散歩」をする度《たび》に、彼は未練らしく例の節穴を開けて、遠藤の動静を探ることを怠りませんでした。それは一つは、毒薬を盗み出したことを遠藤が勘づきはしないかという心配からでもありましたけれど、しかしまた、どうかしてこの間《あいだ》のように、彼の口が節穴の真下へ来ないかと、その偶然を待ちこがれていなかったとはいえません。現に彼は、いつの「散歩」の場合にも、シャツのポケットから彼《か》の毒薬を離したことはないのでした。

六

ある夜のこと――それは三良が「屋根裏の散歩」を始めてからもう十日ほどもたっていました。十日の間も、少しも気附かれる事なしに、毎日何回となく、屋根裏を這《は》い回っていた彼の苦心は、一通《ひととおり》ではありません。綿密なる注意、そんなありふれた言葉では、とてもいい現せないようなものでした。――三良はまたしても遠藤の部屋の天井裏をうろついていました。そして、何かおみくじでも引くような心持で、吉か凶か、今日こそは、ひょっとしたら吉ではないかな。どうか吉が出てくれますようにと、神に念じさえしながら、例の節穴を開けてみるのでした。

すると、ああ、彼の目がどうかしていたのではないでしょうか。いつか見た時と寸分違わない恰好《かっこう》で、そこに鼾《いびき》をかいている遠藤の口が、ちょうど節穴の真下へ来ていたではありませんか。三良は、何度も目を擦《こす》って見直し、また猿股の紐を抜いて、目測さえしてみましたが、もう間違いはありません。紐と穴と口とが、正しく一直線上にあるのです。彼は思わず叫声《さけびごえ》を上げそうになったのをやっと堪《こら》えました。遂《つい》にその時が来た喜びと、一方ではいい知れぬ恐怖と、その二つが交錯した、一種異様の興奮のために、彼は暗闇の中で、真青になってしまいました。

彼はポケットから、毒薬の瓶を取り出すと、独《ひと》りでに震い出す手先を、じっとためながら、その栓を抜き、紐で見当をつけておいて――おお、その時の何とも形容の出来ぬ心持！――ポトリポトリポトリ、と三滴だけ。それがやっとでした。彼はすぐさま目を閉じてしまったのです。

「気がついたか、きっと気がついた。きっと気がついた。そして、今にも、おお、今にも、どんな大声で叫び出すことだろう。」

彼はもし両手があいていたら、耳をも塞《ふさ》ぎたいほどに思いました。

ところが、彼のそれほどの気遣いにもかかわらず、下の遠藤はウンともスーともいわないのです。毒薬が口の中へ落ちたところは確かに見たのですから、それに間違いはありません。でも、この静《しずけ》さはどうしたというのでしょう。三良は恐る恐る目を開いて節穴を覗いてみました。すると、遠藤は、口をムニャムニャさせ、両手で唇を擦《こす》るような恰好をして、ちょうどそれが終ったところなのでしょう。またもやグーグーと寝入ってしまうのでした。按ずるより産むが易《やす》いとはよくいったものです。寝惚《ねぼ》けた遠藤は、恐ろしい毒薬を飲み込んだことを少しも気附かないのでした。

三良は、可哀相《かわいそう》な被害者の顔を、身動きもしないで、食い入るように見つめていました。それがどれほど長く感じられたか、事実は二十分とたっていないのに、彼には二、三時間もそうしていたように思われたことです。するとその時、遠藤がフッと目を開きました。そして、半身を起して、さも不思議そうに部屋の中を見回しています。目まいでもするのか、首を振ってみたり、目を擦ってみたり、譫言《うわごと》のような意味のないことをブツブツと呟《つぶや》いてみたり、色々狂気めいた仕草をして、それでも、やっとまた枕につきましたが、今度は盛んに寝返りを打つのです。

やがて、寝返りの力が段々弱くなって行き、もう身動きをしなくなったかと思うと、その代りに、雷《いなずま》のような鼾声《かんせい》が響き始めました。見ると、顔の色が、まるで酒にでも酔ったように、真赤になって、鼻の頭《さき》や額には、玉の汗が沸々《ふつふつ》とふき出しています。熟睡している彼の身内で、今、世にも恐ろしい生死の争闘が行われているのかもしれません。

それを思うと身の毛がよだつようです。

さて暫くすると、さしも赤かった顔色が、徐々にさめて、紙のように白くなったかと思うと、見る見る青藍色《せいらんしょく》に変って行きます。そして、いつの間《ま》にか鼾《いびき》がやんで、どうやら、吸う息、吐く息の度数が減って来ました。……ふと胸のところが動かなくなったので、いよいよ最後かと思っていますと、暫くして、思い出したように、また唇がピクピクして、鈍い呼吸が帰って来たりします。そんなことが二、三度繰り返されて、それでおしまいでした。……もう彼は動かないのです。グッタリと枕をはずした顔に、我々の世界のとはまるで別な、一種のほほえみが浮んでいます。彼は遂に、いわゆる「仏」になってしまったのでしょう。

息をつめ、手に汗を握って、その様子を見つめていた三良は、始めてホッとため息をつきました。とうとう彼は殺人者になってしまったのです。それにしても、何という楽々とした死に方だったでしょう。かの犠牲者は、叫声一つ立てるでなく、苦悶の表情さえ浮べないで、鼾をかきながら死んで行ったのです。

「ナアンだ。人殺しなんてこんなあっけないものか。」

三良は何だかガッカリしてしまいました。想像の世界では、もうこの上もない魅力であった殺人という事が、やってみれば、外の日常茶飯事と、何の変りもないのでした。

この塩梅なら、まだ何人だって殺せるぞ。そんなことを考える一方では、しかし、気抜けのした彼の心を、何ともえたいの知れぬ恐ろしさが、ジワジワと襲い始めていました。暗闇の屋根裏、縦横に交錯した怪物のような棟木や梁、その下で、守宮《やもり》か何ぞのように、天井裏に吸いついて、人間の死骸を見つめている自分の姿が、三良は俄《にわか》に気味悪くなって来ました。妙に首筋のところがゾクゾクして、ふと耳をすますと、どこかで、ゆっくりゆっくり、自分の名を呼び続けているような気さえします。思わず節穴から目を離して、暗闇の中を見回しても、久しく明《あかる》いところを覗いていたせいでしょう、目の前には、大きいのや小さいのや、黄色い環《わ》のようなものが、次々に現れては消えて行きます。じっと見ていますと、その環の背後から、遠藤の異様な大きな唇が、ヒョイと出て来そうにも思われるのです。

でも彼は、最初計画したことだけは、先《ま》ず間違いなく実行しました。節穴から薬瓶――その中にはまだ数滴の毒液が残っていたのです――を抛《ほう》り落すこと、その跡の穴を塞ぐこと、万一天井裏に何かの痕跡が残っていないか、懐中電燈を点じて調べること。そして、もうこれで手落ちがないと分ると、彼は大急ぎで棟木を伝い、自分の部屋へ引返しました。

「いよいよこれで済んだ。」

頭も身体《からだ》も、妙に痺《しび》れて、何かしら物忘れでもしているような、不安な気持を、強いて引立てるようにして、彼は押入れの中で着物を着始めました。が、その時ふと気がついたのは、例の目測に使用した猿股の紐を、どうしたかという事です。ひょっとしたら、あすこへ忘れて来たのではあるまいか。そう思うと、彼は惶《あわただ》しく腰の辺を探ってみました。どうもないようです。彼は益々慌てて、身体中を調べました。すると、どうしてこんなことを忘れていたのでしょう。それはちゃんとシャツのポケットに入れてあったではありませんか。ヤレヤレよかったと、一安心して、ポケットの中から、その紐と、懐中電燈とを取出そうとしますと、ハッと驚いたことには、その中にまだ外《ほか》の品物が這入っていたのです。……毒薬の瓶の小さなコルクの栓が這入っていたのです。

彼は、さっき毒薬を垂らす時、あとで見失っては大変だと思って、その栓をわざわざポケットへしまっておいたのですが、それを胴忘《どうわす》れしてしまって、瓶だけ下へ落して来たものと見えます。小さなものですけれど、このままにしておいては、犯罪発覚のもとです。彼は怖れる心を励《はげま》して、再び現場《げんじょう》へ取って返し、それを節穴から落して来ねばなりませんでした。

その夜《よ》三良が床についたのは――もうその頃は、用心のために押入れで寝ることはやめていましたが――午前三時頃でした。それでも、興奮し切った彼は、なかなか寝つかれないのです。あんな、栓を落すのを忘れて来るほどでは、外にも何か手抜《てぬか》りがあったかもしれない。そう思うと、彼はもう気が気ではないのです。そこで、乱れた頭を強いて落ちつけるようにして、その晩の行動を、順序を追って一つ一つ思出《おもいだ》して行き、どっかに手抜りがなかったかと調べてみました。が、少くとも彼の頭では、何事をも発見出来ないのです。かの犯罪には、どう考えてみても、寸分の手落ちもないのです。

彼はそうして、とうとう夜の明けるまで考え続けていましたが、やがて、早起きの止宿人たちが、洗面所へ通うために廊下を歩く足音が聞え出すと、つと立上って、いきなり外出の用意を始めるのでした。彼は遠藤の死骸が発見される時を恐れていたのです。その時、どんな態度をとったらいいのでしょう。ひょっとして、後になって疑われるような、妙な挙動があっては大変です。そこで彼は、その間外出しているのが一番安全だと考えたのですが、しかし、朝飯もたべないで外出するのは、一層変ではないでしょうか。「アア、そうだっけ、何をうっかりしているのだ。」そこへ気がつくと、彼はまたもや寝床の中へもぐり込むのでした。

それから朝飯までの二時間ばかりを、三良はどんなにビクビクして過したことでしょう。が、幸《さいわい》にも、彼が大急ぎで食事をすませて、下宿屋を逃げ出すまでは、何事も起らないで済みました。そうして下宿を出ると、彼はどことという当てもなく、ただ時間を過すために、町から町へとさ迷い歩くのでした。

七

結局、彼の計画は美事《みごと》に成功しました。

彼がお昼頃外から帰った時には、もう遠藤の死骸は取り片附けられ、警察からの臨検もすっかり済んでいましたが、聞けば、案の定、誰一人遠藤の自殺を疑うものはなく、その筋の人たちも、ただ型ばかりの取調べをすると、じきに帰ってしまったということでした。

ただ、遠藤が何故《なにゆえ》に自殺したかという、その原因は少しも分りませんでしたが、彼の日頃の素行から想像して、多分痴情の結果であろうということに、皆の意見が一致しました。現に最近、ある女に失恋していたというような事実まで現れて来たのです。ナニ、「失恋した失恋した」というのは、彼のような男にとっては、一種の口癖みたいなもので、大した意味がある訳ではないのですが、外に原因がないので、結局それに極《きま》った訳でした。

のみならず、原因があってもなくても、彼の自殺したことは、一点の疑いもないのでした。入口も窓も、内部から戸締りがしてあったのですし、毒薬の容器が枕下《まくらもと》にころがっていて、それが彼の所持品であったことも分っているのですから、もう何と疑ってみようもないのです。天井から毒薬を垂らしたのではないかなどと、そんな馬鹿馬鹿しい疑いを起すものは、誰もありませんでした。

それでも、何だかまだ安心しきれないような気がして、三良はその日一日、ビクビクものでいましたが、やがて一日二日とたつに随って、彼は段々落ちついて来たばかりか、はては、自分の手際を得意がる余裕さえ生じました。

「どんなものだ。さすがは俺だな。見ろ、誰一人ここに、同じ下宿屋の一間に、恐ろしい殺人犯人がいることを気附かないではないか。」

彼は、この調子では、世間にどれくらい隠れた処罰されない犯罪があるか、知れたものではないと思うのでした。「天網恢々疎《てんもうかいかい》にして漏らさず」なんて、あれはきっと昔からの為政者たちの宣伝に過ぎないので、あるいは人民どもの迷信に過ぎないので、その実は、巧妙にやりさえすれば、どんな犯罪だって、永久に現われないで済んで行くのだ。彼はそんな風にも考えるのでした。もっとも、さすがに夜などは、遠藤の死顔が目先にちらつくような気がして、何となく気味が悪く、その夜以来、彼は例の「屋根裏の散歩」も中止している始末でしたが、それはただ心の中《うち》の問題で、やがては忘れてしまうことです。実際、罪が発覚さえせねば、もうそれで充分ではありませんか。

さて、遠藤が死んでからちょうど三日目のことでした。三良が今夕飯を済ませて、小《こ》楊子《ようじ》を使いながら、鼻唄かなんか歌っているところへ、ヒョッコリと、久し振りの明智小五郎が訪ねて来ました。

「ヤア。」

「御無沙汰《ごぶさた》。」

彼らはさも心安げに、こんな風の挨拶を取交したことですが、三良の方では、折が折なので、この素人探偵の来訪を、少々気味悪く思わないではいられませんでした。

「この下宿で毒を飲んで死んだ人があるっていうじゃないか。」

明智は、座につくと早速、その三良の避けたがっている事柄を話題にするのでした。恐らく彼は、誰かから自殺者の話を聞いて、幸《さいわい》、同じ下宿に三良がいるので、持前の探偵的興味から、訪ねて来たのに相違ありません。

「アア、莫児比涅《モルヒネ》でね。僕はちょうどその騒ぎの時に居合せなかったから、詳しいことは分らないけれど、どうも痴情の結果らしいのだ。」

三良は、その話題を避けたがっていることを悟られまいと、彼自身もそれに興味を持っているような顔をして、こう答えました。

「一体どんな男なんだい。」

すると、すぐにまた明智が尋ねるのです。それから暫くの間、彼らは遠藤の為人《ひととなり》について、死因について、自殺の方法について、問答を続けました。三良は始めの内こそ、ビクビクもので、明智の問に答えていましたが、慣れて来るに随って、段々横着になり、はては、明智をからかってやりたいような気持にさえなるのでした。

「君はどう思うね。ひょっとしたら、これは他殺じゃあるまいか。ナニ別に根拠がある訳ではないけれど、自殺に相違ないと信じていたのが、実は他殺だったりすることが、往々あるものだからね。」

どうだ、さすがの名探偵もこればっかりは分るまいと、心の中《うち》で嘲《あざけ》りながら、三良はこんなことまでいってみるのでした。

それが彼には愉快で堪《たま》らないのです。

「そりゃ何ともいえないね。僕も実は、ある友達からこの話を聞いた時に、死因が少し曖昧《あいまい》だという気がしたのだよ。どうだろう、その遠藤君の部屋を見る訳には行くまいか。」

「造作ないよ。」三良はむしろ得々《とくとく》として答えました。「隣の部屋に遠藤の同郷の友達がいてね。それが遠藤の親父《おやじ》から荷物の保管を頼まれているんだ。君のことを話せば、きっと喜んで見せてくれるよ。」

それから、二人は遠藤の部屋へ行ってみることになりました。その時、廊下を先頭になって歩きながら、三良はふと妙な感じにうたれたことです。

「犯人自身が、探偵をその殺人の現場《げんじょう》へ案内するなんて、古往今来《こおうこんらい》ないこったろうな。」

ニヤニヤと笑いそうになるのを、彼はやっとの事で堪《こら》えました。三良は、生涯の中《うち》で、恐らくこの時ほど得意を感じたことはありますまい。「イヨ、親玉ア。」自分自身にそんな掛け声でもしてやりたいほど、水際立った悪党ぶりでした。

遠藤の友達——それは北村といって、遠藤が失恋していたという証言をした男です——は、明智の名前をよく知っていて、快く遠藤の部屋を開けてくれました。遠藤の父親が国元から出て来て、仮葬を済ませたのが、やっと今日の午後のことで、部屋の中には、彼の持物が、まだ荷造りもせず、置いてあるのです。

遠藤の変死が発見されたのは、北村が会社へ出勤したあとだった由で、発見の刹那《せつな》の有様はよく知らないようでしたが、人から聞いたことなどを綜合して、彼はかなり詳しく説明してくれました。三良もそれについて、さも局外者らしく、喋々《べらべら》と噂話などを述べ立てるのでした。

明智は二人の説明を聞きながら、如何《いか》にも玄人《くろうと》らしい目くばりで、部屋の中をあちらこちらと見回していましたが、ふと机の上に置いてあった目覚し時計に気附くと、何を思ったのか、長い間それを眺めているのです。多分、その珍奇な装飾が彼の目を惹《ひ》いたのかもしれません。

「これは目覚し時計ですね。」

「そうですよ。」北村は多弁に答えるのです。「遠藤の自慢の品です。あれは几帳面《きちょうめん》な男でしてね、朝の六時に鳴るように、毎晩欠かさずこれを捲《ま》いておくのです。私なんかいつも、隣の部屋のベルの音で目を覚していたくらいです。遠藤の死んだ日だってそうですよ。あの朝もやっぱりこれが鳴っていましたので、まさかあんなことが起《おこ》っていようとは、想像もしなかったのですよ。」

それを聞くと、明智は長く延ばした頭の毛を、指でモジャモジャ掻き回しながら、何か非常に熱心な様子を示しました。

「その朝、目覚しが鳴ったことは、間違いないでしょうね。」

「エエ、それは間違いありません。」

「あなたは、そのことを、警察の人に仰有《おっしゃ》いませんでしたか。」

「イイエ、……でも、なぜそんなことをお聞きなさるのです。」

「なぜって、妙じゃありませんか。その晩に自殺しようと決心した者が、明日の朝の目覚しを捲いておくというのは。」

「なるほど、そういえば変ですね。」

北村は迂闊《うかつ》にも、今まで、まるでこの点に気附かないでいたらしいのです。そして、明智のいうことが、何を意味するかも、まだハッキリ飲み込めない様子でした。が、それも決して無理ではありません。入口に締りのしてあったこと、毒薬の容器が死人の側に落ちていたこと、その他すべての事情が、遠藤の自殺を疑いないものに見せていたのですから。

しかし、この問答を聞いた三良は、まるで足下《あしもと》の地盤が、不意にくずれ始めたような驚きを感じました。そして、何故こんなところへ明智を連れて来たのだろうと、自分の愚かさを悔《くや》まないではいられませんでした。

明智はそれから、一層の綿密さで、部屋の中を調べ始めました。無論天井も見逃すはずはありません。彼は天井板を一枚一枚叩き試みて、人間の出入した形跡がないかを調べ回ったのです。が、三良の安堵《あんど》したことには、さすがの明智も、節穴から毒薬を垂らして、そこをまた元々通り蓋《ふた》しておくという新手《あらて》には、気附かなかったと見えて、天井板が一枚もはがれていないことを確めると、もうそれ以上の穿鑿《せんさく》はしませんでした。

さて、結局その日は別段の発見もなく済みました。明智は遠藤の部屋を見てしまうと、また三良のところへ戻って、暫く雑談を取交した後、何事もなく帰って行ったのです。ただ、その雑談の間に、次のような問答のあったことを書き洩らす訳には行きません。なぜといって、これは一見極《ご》くつまらないように見えて、その実、このお話の結末に、最も重大な関係を持っているのですから。

その時明智は、袂《たもと》から取出したエアシップに火をつけながら、ふと気がついたようにこんなことをいったのです。

「君はさっきから、ちっとも煙草《タバコ》を吸わないようだが、よしたのかい。」

そういわれてみますと、なるほど、三良はこの二、三日、あれほど大好物の煙草を、まるで忘れてしまったように、一度も吸っていないのでした。

「おかしいね。すっかり忘れていたんだよ。それに、君がそうして吸っていても、ちっとも欲しくならないんだ。」

「いつから?」

「考えてみると、もう二、三日吸わないようだ。そうだ、ここにある敷島を買ったのが、たしか日曜日だったから、もうまる三日の間、一本も吸わない訳だよ。一体どうしたんだろう。」

「じゃ、ちょうど遠藤君の死んだ日からだね。」

それを聞くと、三良は思わずハッとしました。しかし、まさか遠藤の死と、彼が煙草を吸わない事との間に、因果関係があろうとも思われませんので、その場は、ただ笑って済ませたことですが、後になって考えてみますと、それは決して笑話にするような、無意味な事柄ではなかったのです。――そして、この三良の煙草嫌いは、不思議なことに、その後いつまでも続きました。

八

三良は、その当座、例の目覚し時計のことが、何となく気になって、夜もおちおち睡《ね》むれないのでした。たとえ遠藤が自殺したのでないということが分っても、彼がその下手人だと疑われるような証拠は、一つもないはずですから、そんなに心配しなくともよさそうなものですが、でも、それを知っているのがあの明智だと思うと、なかなか安心は出来ないのです。

ところが、それから半月ばかりは何事もなく過去ってしまいました。心配していた明智もその後一度もやって来ないのです。

「ヤレヤレ、これでいよいよ大団円か。」

そこで三良は、遂に気を許すようになりました。そして、時々恐ろしい夢に悩まされることはあっても、大体において、愉快な日々を送ることが出来たのです。殊《こと》に彼を喜ばせたのは、あの殺人罪を犯して以来というもの、これまで少しも興味を感じなかった色々な遊びが、不思議と面白くなって来たことです。それ故、この頃では、毎日のように、彼は家《うち》を外にして、遊び回っているのでした。

ある日のこと、三良はその日も外で夜を更《ふ》かして、十時頃に自分の部屋へ帰ったのですが、さて寝ることにして、蒲団を出すために、何気なく、スーッと押入れの襖を開いた時でした。

「ワッ。」

彼はいきなり恐ろしい叫声を上げて、二、三歩あとへよろめきました。

彼は夢を見ていたのでしょうか。それとも、気でも狂ったのではありますまいか。そこには、押入れの中には、あの死んだ遠藤の首が、頭髪《かみのけ》をふり乱して、薄暗い天井から、さかしまに、ぶら下《さが》っていたのです。

三良は、一たんは逃げ出そうとして、入口のところまで行きましたが、何か外のものを、見違えたのではないかというような気もするものですから、恐る恐る、引返して、もう一度、ソッと押入れの中を覗いてみますと、どうして、見違いでなかったばかりか、今度はその首が、いきなりニッコリと笑ったではありませんか。

三良は、再びアッと叫んで、一飛《ひとと》びに入口のところまで行って障子を開けると、やにわに外へ逃げ出そうとしました。

「郷田君。郷田君。」

それを見ると、押入れの中では、頻《しき》りと三良の名前を呼び始めるのです。

「僕だよ。僕だよ。逃げなくってもいいよ。」

それが、遠藤の声ではなくて、どうやら聞き覚えのある、外の人の声だったものですから、三良はやっと逃げるのを踏み止《とま》って、恐々《こわごわ》ふり返って見ますと、

「失敬失敬。」

そういいながら、以前よく三良自身がしたように、押入れの天井から降りて来たのは、意外にも、あの明智小五郎でした。

「驚かせて済まなかった。」押入れを出た洋服姿の明智が、ニコニコしながらいうのです。「ちょっと君の真似をしてみたのだよ。」

それは実に、幽霊なぞよりはもっと現実的な、一層恐ろしい事実でした。明智はきっと、何もかも悟ってしまったのに相違ありません。

その時の三良の心持は、実に何とも形容の出来ないものでした。あらゆる事柄が、頭の中で風車《かざぐるま》のように旋転《せんてん》して、いっそ何も思うことがない時と同じように、ただボンヤ

りとして、明智の顔を見つめている外はないのです。

「早速だが、これは君のシャツの釦《ボタン》だろうね。」

明智は、如何《いか》にも事務的な調子で始めました。手には小さな貝釦を持って、それを三良の目の前につき出しながら、

「外《ほか》の下宿人たちを調べてみたけれど、誰もこんな釦をなくしているものはないのだ。アア、そのシャツのだね。ソラ、二番目の釦がとれているじゃないか。」

ハッと思って、胸を見ると、なるほど、釦が一つとれています。三良は、それがいつとれたものやら、少しも気がつかないでいたのです。

「型も同じだし、間違いないね。ところで、この釦をどこで拾ったと思う。天井裏なんだよ。それも、あの遠藤君の部屋の上でだよ。」

それにしても、三良はどうして、釦なぞを落して、気附かないでいたのでしょう。それに、あの時、懐中電燈で充分検《しら》べたはずではありませんか。

「君が殺したのではないかね。遠藤君は。」

明智は無邪気にニコニコしながら、――それがこの場合一層気味悪く感じられるのです――三良のやり場に困った目の中《うち》を、覗き込んで、とどめを刺すようにいうのでした。

三良は、もう駄目だと思いました。たとえ明智がどんな巧みな推理を組立てて来よう

とも、ただ推理だけであったら、いくらでも抗弁の余地があります。けれども、こんな予期しない証拠物をつきつけられては、どうすることも出来ません。

三良は今にも泣き出そうとする子供のような表情で、いつまでもいつまでも黙りこくって衝立《つった》っていました。時々、ボンヤリと霞んで来る目の前には、妙なことに、遠い遠い昔の、例えば小学校時代の出来事などが、幻のように浮き出して来たりするのでした。

＊

それから二時間ばかり後《のち》、彼らはやっぱり元のままの状態で、その長い間、殆ど姿勢さえもくずさず、三良の部屋に相対していました。

「有難《ありがと》う、よくほんとうのことを打開けてくれた。」最後に明智がいうのでした。「僕は決して君のことを警察へ訴えなぞしないよ。ただね、僕の判断が当っているかどうか、それが確めたかったのだ。君も知っている通り、僕の興味はただ「真実を知る」という点にあるので、それ以上のことは、実はどうでもいいのだ。それにね、この犯罪には、一つも証拠というものがないのだよ。シャツの釦、ハハ……、あれは僕のトリックさ。何か証拠品がなくては、君が承知しまいと思ってね。この前君を訪ねた時、その二番目の釦がとれていることに気附いたものだから、ちょっと利用してみたのさ。ナニ、これは僕が釦屋へ行って仕入れて来たのだよ。釦がいつとれたなんていう事は、誰しもあまり気附かないことだし、それに、君は興奮している際だから、多分うまく行くだろうと思ってね。

僕が遠藤君の自殺を疑い出したのは、君も知っているように、あの目覚し時計からだ。あれから、この管轄の警察署長を訪ねて、ここへ臨検した一人の刑事から、詳しく当時の模様を聞くことが出来たが、その話によると、莫児比涅《モルヒネ》の瓶が、煙草の箱の中にころがっていて、中味が巻煙草にこぼれかかっていたというのだ。警察の人たちはこれに別段注意を払わなかったようだが、考えてみれば甚《はなは》だ妙なことではないか。聞けば、遠藤は非常に几帳面な男だというし、ちゃんと床に這入って死ぬ用意までしているものが、毒薬の瓶を煙草の箱の中へ置くさえあるに、しかも中味をこぼすなどというのは、何となく不自然ではないか。

そこで、僕は益々疑《うたがい》を深くした訳だが、ふと気附いたのは、君が遠藤の死んだ日から煙草を吸わなくなっていることだ。この二つの事柄は、偶然の一致にしては、少し妙ではあるまいか。すると、僕は、君が以前犯罪の真似事などをして喜んでいたことを思い出した。君には変態的な犯罪嗜好癖があったのだ。

僕はあれから度々《たびたび》この下宿へ来て、君に知れないように遠藤の部屋を調べていたのだよ。そして、犯人の通路は天井の外にないということが分ったものだから、君のいわゆる「屋根裏の散歩」によって、止宿人たちの様子を探ることにした。殊に、君の部屋の上では、度々、長い間うずくまっていた。そして、君のあのイライラした様子を、すっかり隙見してしまったのだよ。

探れば探るほど、すべての事情が君を指している。だが、残念なことには、確証というものが一つもないのだ。そこでね。僕はあんなお芝居を考え出したのだよ、ハハ……じゃ、これで失敬するよ。多分もう御目にかかれまい。なぜって、ソラ、君はちゃんと自首する決心をしているのだからね。」

三良は、この明智のトリックに対しても、最早《もはや》何の感情も起らないのでした。彼は明智の立去るのも知らず顔に、「死刑にされる時の気持は、一体どんなものだろう。」ただそんなことを、ボンヤリと考え込んでいるのでした。

彼は毒薬の瓶を節穴から落した時、それがどこへ落ちたかを見なかったように思っていましたけれど、その実は、巻煙草に毒薬のこぼれたことまで、ちゃんと見ていたのです。そして、それが意識下に押籠《おしこ》められて、精神的に彼を煙草嫌いにさせてしまったのでした。

人間椅子

佳子《よしこ》は、毎朝、夫の登庁を見送ってしまうと、それはいつも十時を過ぎるのだが、やっと自分のからだになって、洋館の方の、夫と共用の書斎へ、とじ籠《こも》るのが例になっていた。そこで、彼女は今、K雑誌のこの夏の増大号にのせるための、長い創作にとりかかっているのだった。

美しい閨秀《けいしゅう》作家としての彼女は、この頃では、外務省書記官である夫君の影を薄く思わせるほども、有名になっていた。彼女のところへは、毎日のように、未知の崇拝者たちからの手紙が、幾通となくやって来た。

今朝とても、彼女は、書斎の机の前に座ると、仕事にとりかかる前に、まず、それらの未知の人々からの手紙に、目を通さねばならなかった。それは何《いず》れも、極《きま》り切ったように、つまらぬ文句のものばかりであったが、彼女は、女の優しい心遣いから、どのような手紙であろうとも、自分に宛てられたものは、ともかくも、一通りは読んでみることにしていた。

簡単なものから先にして、二通の封書と、一葉のはがきとを見てしまうと、あとには、かさ高い原稿らしい一通が残った。別段通知の手紙は貰っていないけれど、そうして、突然原稿を送って来る例は、これまでにも、よくあることだった。それは、多くの場合、長々しく、退屈極《きわま》る代物ではあったけれど。彼女はともかくも、表題だけでも見ておこうと、封を切って、中の紙束を取出してみた。

それは、思った通り、原稿用紙を綴じたものであった。が、どうしたことか、表題も署名もなく、突然「奥様」という、呼びかけの言葉で始《はじま》っているのだった。ハテナ、では、やっぱり手紙なのかしら、そう思って、何気なく二行三行と目を走らせて行く内に、彼女は、そこから、何となく異常な、妙に気味悪いものを予感した。そして、持前の好奇心が、彼女をして、ぐんぐん、先を読ませて行くのであった。

奥様、

奥様の方では、少しも御存知のない男から、突然、このような無躾《ぶしつけ》な御手紙を、差上げます罪を、幾重《いくえ》にもお許し下さいませ。

こんなことを申上げますと、奥様は、さぞかしびっくりなさる事でございましょうが、私は今、あなたの前に、私の犯して来ました、世にも不思議な罪悪を、告白しようとしているのでございます。

私は数カ月の間、全く人間界から姿を隠して、本当に、悪魔のような生活を続けて参りました。勿論、広い世界に誰一人、私の所業を知るものはありません。もし、何事もなければ、私は、このまま永久に、人間界に立帰ることはなかったかもしれないのでございます。

ところが、近頃になりまして、私の心にある不思議な変化が起りました。そして、どうしても、この、私の因果な身の上を、懺悔《ざんげ》しないではいられなくなりました。ただ、かように申しましたばかりでは、色々御不審に思召《おぼしめ》す点もございましょうが、どうか、ともかくも、この手紙を終りまで御読み下さいませ。そうすれば、何故、私がそんな気持になったのか、また何故、この告白を、殊更《ことさ》ら奥様に聞いて頂かねばならぬのか、それらのことが、悉《ことごと》く明白になるでございましょう。

さて、何から書き始めたらいいのか、あまりに人間離れのした、奇怪千万な事実なので、こうした、人間世界で使われる、手紙というような方法では、妙に面はゆくて、筆のにぶるのを覚えます。でも、迷っていても仕方がございません。ともかくも、事の起りから、順を追って、書いて行くことに致しましょうか。

私は生れつき、世にも醜い容貌の持主でございます。これをどうか、はっきりと、お覚えなすっていて下さいませ。そうでないと、もし、あなたが、この無躾な願いを容《い》れて、私にお逢い下さいました場合、たださえ醜い私の顔が、長い月日の不健康な生活のために、二《ふ》た目《め》と見られぬ、ひどい姿になっているのを、何の予備知識もなしに、あなたに見られるのは、私としては、堪えがたいことでございます。

私という男は、何と因果な生れつきなのでありましょう。そんな醜い容貌を持ちながら、胸の中では、人知れず、世にも烈しい情熱を、燃《もや》していたのでございます。私は、お化《ばけ》のような顔をした、その上極《ご》く貧乏な、一職人に過ぎない私の現実を忘れて、身の程知らぬ、甘美な、贅沢《ぜいたく》な、種々様々の「夢」に、あこがれていたのでございます。

私がもし、もっと豊かな家に生れていましたなら、金銭の力によって、色々の遊戯に耽《ふ》けり、醜貌のやるせなさを、まぎらすことが出来たでもありましょう。それともまた、私に、もっと芸術的な天分が、与えられていましたなら、例えば美しい詩歌によって、この世の味気なさを、忘れることが出来たでもありましょう。しかし、不幸な私は、何《いず》れの恵みにも浴することが出来ず、哀れな、一家具職人の子として、親譲りの仕事によって、その日その日の暮しを、立てて行く外《ほか》はないのでございました。

私の専門は、様々の椅子を作ることでありました。私の作った椅子は、どんな難しい註文主にも、きっと気に入るというので、商会でも、私には特別に目をかけて、仕事も、上物《じょうもの》ばかりを、回してくれておりました。そんな上物になりますと、凭《もた》れや肘掛《ひじか》けの彫りものに、色々むずかしい註文があったり、クッションの具合、各部の寸法などに、微妙な好みがあったりして、それを作る者には、ちょっと素人《しろうと》の想像出来ないような苦心が入《い》るのでございますが、でも、苦心をすればしただけ、出来上った時の愉快というものはありません。生意気を申すようですけれど、その心持は、芸術家が、立派な作品を完成した時の喜びにも、比ぶべきものではないかと存じます。

一つの椅子が出来上ると、私は先ず、自分で、それに腰かけて、座り具合を試してみます。そして、味気ない職人生活の内にも、その時ばかりは、何ともいえぬ得意を感じるのでございます。そこへは、どのような高貴の方が、あるいはどのような美しい方がおかけなさることか、こんな立派な椅子を、註文なさるほどのお邸《やしき》だから、そこには、きっと、この椅子にふさわしい、贅沢な部屋があるだろう。壁間《かべ》には定《さだ》めし、有名な画家の油絵が懸《かか》り、天井からは、偉大な宝石のような装飾電燈《シャンデリア》が、さがっているに相違ない。床には、高価な絨毯《じゅうたん》が、敷きつめてあるだろう。そして、この椅子の前のテーブルには、眼の醒めるような、西洋草花が、甘美な薫《かおり》を放って、咲き乱れていることであろう。そんな妄想に耽《ふけ》っていますと、何だかこう、自分が、その立派な部屋の主《あるじ》にでもなったような気がして、ほんの一瞬間ではありますけれど、何とも形容の出来ない、愉快な気持になるのでございます。

私の果敢《はか》ない妄想は、なおとめどもなく増長して参ります。この私が、貧乏な、醜い、一職人に過ぎない私が、妄想の世界では、気高い貴公子になって、私の作った立派な椅子に、腰かけているのでございます。そして、その傍《かたわら》には、いつも私の夢に出て来る、美しい私の恋人が、におやかにほほえみながら、私のお話に聞入っております。そればかりではありません。私は妄想の中で、その人と手をとり合って、甘い恋の睦言《むつごと》を、囁《ささや》き交しさえするのでございます。

ところが、いつの場合にも、私のこの、フーワリとした紫の夢は、忽《たちま》ちにして、近所のお神《かみ》さんの姦《やかま》しい話声や、ヒステリーのように泣き叫ぶ、その辺《あたり》の病児の声に妨げられて、私の前には、またしても、醜い現実が、あの灰色のむくろをさらけ出すのでございます。現実に立帰った私は、そこに、夢の貴公子とは似てもつかない、哀れにも醜い、自分自身の姿を見出します。そして、今の先、私にほほえみかけてくれた、あの美しい人は。……そんなものが、全体どこにいるのでしょう。その辺に、埃《ほこり》まみれになって遊んでいる、汚らしい子守女でさえ、私なぞには、見向いてもくれはしないのでございます。ただ一つ、私の作った椅子だけが、今の夢の名残《なご》りのように、そこに、ポツネンと残っております。でも、その椅子は、やがて、いずことも知れぬ、私たちのとは全く別な世界へ、運び去られてしまうのではありませんか。

私は、そうして、一つ一つ椅子を仕上げる度《たび》ごとに、いい知れぬ味気なさに襲われるのでございます。その、何とも形容の出来ない、いやあな、いやあな心持は、月日が経つに従って、段々、私には堪えきれないものになって参りました。

「こんな、うじ虫のような生活を、続けて行くくらいなら、いっそのこと、死んでしまった方が勝《ま》しだ。」私は、真面目に、そんなことを思います。仕事場で、コツコツと鑿《のみ》を使いながら、釘を打ちながら、あるいは、刺戟の強い塗料をこね回しながら、その同じことを、執拗《しつよう》に考え続けるのでございます。「だが、待てよ、死んでしまうくらいなら、それほどの決心が出来るなら、もっと外《ほか》に、方法がないものであろうか。例えば……。」そうして、私の考えは、段々恐ろしい方へ、向いて行くのでありました。

ちょうどその頃、私は、かつて手がけたことのない、大きな皮張りの肘掛椅子《ひじかけいす》の、製作を頼まれておりました。この椅子は、同じY市で外人の経営している、あるホテルへ納める品で、一体なら、その本国から取寄せるはずのを、私の傭《やと》われていた商館が運動して、日本にも舶来品に劣らぬ椅子職人がいるからというので、やっと註文を取ったものでした。それだけに、私としても、寝食を忘れてその製作に従事しました。本当に魂をこめて、夢中になってやったものでございます。

さて、出来上った椅子を見ますと、私はかつて覚えない満足を感じました。それは、我ながら、見とれるほどの、美事《みごと》な出来ばえであったのです。私は例によって、四脚一組になっているその椅子の一つを、日当りのよい板の間へ持出して、ゆったりと腰を下《おろ》しました。何という座り心地のよさでしょう。フックラと、硬《こわ》すぎず軟《やわら》かすぎぬクッションのねばり具合、わざと染色を嫌って、灰色の生地のまま張りつけた、鞣革《なめしがわ》の肌触り、適度の傾斜を保って、そっと背中をささえてくれる、豊満な凭れ、デリケートな曲線を描いて、オンモリとふくれ上った、両側の肘掛け、それらのすべてが、不思議な調和を保って、渾然として、「安楽《コンフォート》」という言葉を、そのまま形に現しているように見えます。

私は、そこへ深々と身を沈め、両手で、丸々とした肘掛けを愛撫しながら、うっとりとしていました。すると、私の癖として、止めどもない妄想が、五色の虹《にじ》のように、まばゆいばかりの色彩を以て、次から次へと湧き上って来るのです。あれを幻というのでしょうか、心に思うままが、あんまりはっきりと、眼の前に浮んで来ますので、私は、もしや気でも違うのではないかと、空恐ろしくなったほどでございます。

そうしています内に、私の頭に、ふとすばらしい考《かんがえ》が浮んで参りました。悪魔の囁《ささや》きというのは、多分ああした事を指すのではありますまいか。それは、夢のように荒唐無稽《こうとうむけい》で、非常に不気味な事柄でした。でも、その無気味さが、いいしれぬ魅力となって、私をそそのかすのでございます。

最初は、ただただ、私の丹誠を籠《こ》めた美しい椅子を、手離したくない、出来ることなら、その椅子と一緒に、どこまでもついて行きたい、そんな単純な願いでした。それが、うつらうつらと妄想の翼を拡《ひろ》げております内に、いつの間にやら、その日頃私の頭に醱酵《はっこう》しておりました、ある恐ろしい考えと、結びついてしまったのでございます。そして、私はまあ、何という気違いでございましょう、その奇怪極《きわま》る妄想を、実際に行ってみようと思い立ったのでありました。

私は大急ぎで、四つの内で一番よく出来たと思う肘掛椅子を、バラバラに毀《こわ》してしまいました。そして、改めて、それを、私の妙な計画を実行するに、都合のよいように造り直しました。

それは、極《ご》く大型のアームチェーアですから、掛ける部分は、床にすれすれまで皮で張りつめてありますし、その外、凭れも肘掛けも、非常に分厚に出来ていて、その内部には、人間一人が隠れていても、決して外から分らないほどの、共通した、大きな空洞《うつろ》があるのです。無論、そこには、頑丈《がんじょう》な木の枠と、沢山なスプリングが取りつけてありますけれど、私は、それらに適当な細工を施して、人間が、掛ける部分に膝を入れ、凭れの中へ首と胴とを入れ、ちょうど椅子の形に座れば、その中にしのんでいられるほどの、余裕を作ったのでございます。

そうした細工は、お手のものですから、十分手際よく、便利に仕上げました。例えば、呼吸《いき》をしたり外部の物音を聞くために、皮の一部に、外からは少しも分らぬような隙間を拵《こしら》えたり、凭れの内部の、ちょうど頭のわきの所へ、小さな棚をつけて、何かを貯蔵出来るようにしたり、ここへ、水筒と、軍隊用の堅パンとを詰め込みました。ある用途のために、大きなゴムの袋を備えつけたり、その外様々の考案を回《めぐら》して、食料さえあれば、その中に、二日三日這入《はい》りつづけていても、決して不便を感じないようにしつらえました。謂《い》わば、その椅子が、人間一人の部屋になった訳でございます。

私はシャツ一枚になると、底に仕掛けた出入口の蓋《ふた》をあけて、椅子の中へ、すっぽりと、もぐり込みました。それは、実に変てこな気持ちでございました。まっ暗な、息苦しい、まるで墓場の中へ這入ったような、不思議な感じが致します。考えてみれば、墓場に相違ありません。私は、椅子の中へ這入ると同時に、ちょうど、隠《かく》れ蓑《みの》でも着たように、この人間世界から、消滅してしまう訳ですから。

間もなく、商会から使《つかい》のものが、四脚の肘掛椅子を受取るために、大きな荷車を持って、やって参りました。私の内弟子が(私はその男と、たった二人暮しだったのです)何も知らないで、使のものと応待しております。車に積み込む時、一人の人夫が「こいつは馬鹿に重いぞ」と怒鳴《どな》りましたので、椅子の中の私は、思わずハッとしましたが、一体、肘掛椅子そのものが、非常に重いのですから、別段あやしまれることもなく、やがて、ガタガタという、荷車の振動が、私の身体《からだ》にまで、一種異様の感触を伝えて参りました。

非常に心配しましたけれど、結局、何事もなく、その日の午後にはもう、私の這入った肘掛椅子は、ホテルの一室に、どっかりと、据えられておりました。後で分ったのですが、それは、私室ではなくて、人を待合せたり、新聞を読んだり、煙草《タバコ》をふかしたり、色々な人が頻繁《ひんぱん》に出入りする、ローンジとでもいうような部屋でございました。

もうとっくに、お気づきでございましょうが、私の、この奇妙な行いの第一の目的は、人のいない時を見すまして、椅子の中から抜け出し、ホテルの中をうろつき回って、盗みを働くことでありました。椅子の中に人間が隠れていようなどと、そんな馬鹿馬鹿しいことを、誰《だ》れが想像致しましょう。私は、影のように、自由自在に、部屋から部屋を、荒し回ることが出来ます。そして、人々が、騒ぎ始める時分には、椅子の中の隠家《かくれが》へ逃げ帰って、息をひそめて、彼らの間抜けな捜索を、見物していればよいのです。あなたは、海岸の波打際などに、「やどかり」という一種の蟹《かに》のいるのを御存知でございましょう。大きな蜘蛛《くも》のような恰好《かっこう》をしていて、人がいないと、その辺を我物顔に、のさばり歩いていますが、ちょっとでも人の足音がしますと、恐ろしい速さで、貝殻の中へ逃げ込みます。そして、気味の悪い、毛むくじゃらの前足を、少しばかり貝殻から覗《のぞ》かせて、敵の動静を伺っております。私はちょうどあの「やどかり」でございました。貝殻の代りに、椅子という隠家を持ち、海岸ではなくて、ホテルの中を、我物顔に、のさばり歩くのでございます。

さて、この私の突飛《とっぴ》な計画は、それが突飛であっただけ、人々の意表外に出《い》でて、美事に成功致しました。ホテルに着いて三日目には、もう、たんまりと、一仕事済ませていたほどでございます。いざ盗みをするという時の、恐ろしくも、楽しい心持、うまく成功した時の、何とも形容しがたい嬉しさ、それから、人々が私のすぐ鼻の先で、あっちへ逃げた、こっちへ逃げたと大騒ぎをやっているのを、じっと見ているおかしさ、それらがまあ、どのように不可思議な魅力を以て、私を楽しませたことでございましょう。

でも、私は今、残念ながら、それを詳しくお話している暇はありません。私はそこで、そんな盗みなどよりは、十倍も二十倍も、私を喜ばせたところの、奇怪極《きわま》る快楽を発見したのでございます。そして、それについて、告白することが、実は、この手紙の本当の目的なのでございます。

お話を、前に戻して、私の椅子が、ホテルのローンジに置かれた時のことから、始めなければなりません。

椅子が着くと、一《ひと》しきり、ホテルの主人たちが、その座り具合を見回って行きましたが、あとは、ひっそりとして、物音一つ致しません。多分部屋には、誰もいないのでしょう。でも、到着匆々《そうそう》、椅子から出ることなど、とても恐ろしくて出来るものではありません。私は、非常に長い間(ただそんなに感じたのかもしれませんが)少しの物音も聞き洩《もら》すまいと、全神経を耳に集めて、じっとあたりの様子を伺っておりました。

そうして、暫《しばら》くしますと、多分廊下の方からでしょう、コツコツと、重々しい足音が響いて来ました。それが、二、三間《げん》向うまで近づくと、部屋に敷かれた絨毯のために、殆ど聞きとれぬほどの低い音に代りましたが、間もなく、荒々しい男の鼻息が聞え、ハッと思う間に、西洋人らしい大きな身体が、私の膝の上にドサリと落ちて、フカフカと二、三度はずみました。私の太股《ふともも》と、その男のガッシリした偉大な臀部《でんぶ》とは、薄い鞣皮一枚を隔てて、暖味《あたたかみ》を感じるほども密接しています。幅の広い彼の肩は、ちょうど私の胸のところへ凭れかかり、重い両手は、革を隔てて、私の手と重なり合っています。そして、男がシガーをくゆらしているのでしょう。男性的な、豊かな薫が、革の隙間を通して漾《ただよ》って参ります。

奥様、仮りにあなたが、私の位置にあるものとして、その場の様子を想像してごらんなさいませ。それはまあ、何という、不思議千万な情景でございましょう。私はもう、あまりの恐ろしさに、椅子の中の暗闇で、堅く堅く身を縮めて、わきの下からは、冷《つめた》い汗をタラタラ流しながら、思考力もなにも失ってしまって、ただもう、ボンヤリしていたことでございます。

その男を手始めに、その日一日、私の膝の上には、色々な人が、入り替り立替り、腰を下しました。そして、誰も、私がそこにいることを――彼らが柔《やわらか》い、クッションだと信じ切っているものが、実は私という人間の、血の通った太股であるということを――少しも悟らなかったのでございます。

まっ暗で、身動きも出来ない革張りの中の天地。それがまあどれほど、怪しくも魅力ある世界でございましょう。そこでは、人間というものが、日頃目で見ている、あの人間とは、全然別な不思議な生きものとして感ぜられます。彼らは声と、鼻息と、足音と、衣《きぬ》ずれの音と、そして、幾つかの丸々とした弾力に富む肉塊に過ぎないのでございます。私は、彼らの一人一人を、その容貌の代りに、肌触りによって識別することが出来ます。あるものは、デブデブと肥え太って、腐った肴《さかな》のような感触を与えます。それとは正反対に、あるものは、コチコチに瘦《や》せひからびて、骸骨のような感じが致します。その外《ほか》、背骨の曲り方、肩胛骨《けんこうこつ》の開き具合、腕の長さ、太股の太さ、あるいは尾骶骨《びていこつ》の長短など、それらのすべての点を綜合してみますと、どんな似寄った背恰好《せかっこう》の人でも、どこか違ったところがあります。人間というものは、容貌や指紋の外に、こうしたからだ全体の感触によっても、完全に識別することが出来るのに相違ありません。

異性についても、同じことが申されます。普通の場合は、主として容貌の美醜によって、それを批判するのでありましょうが、この椅子の中の世界では、そんなものは、まるで問題外なのでございます。そこには、まる裸の肉体と、声音と、匂とがあるばかりでございます。

奥様、あまりにあからさまな私の記述に、どうか気を悪くしないで下さいまし。私はそこで、一人の女性の肉体に、(それは私の椅子に腰かけた最初の女性でありました。)烈しい愛着を覚えたのでございます。

声によって想像すれば、それは、まだうら若い異国の乙女でございました。ちょうどその時、部屋の中には誰もいなかったのですが、彼女は、何か嬉しいことでもあった様子で、小声で、不思議な歌を歌いながら、躍るような足どりで、そこへ這入って参りました。そして、私のひそんでいる肘掛椅子の前まで来たかと思うと、いきなり、豊満な、それでいて、非常にしなやかな肉体を、私の上へ投げつけました。しかも、彼女は何がおかしいのか、突然アハアハ笑い出し、手足をバタバタさせて、網の中の魚のように、ピチピチとはね回るのでございます。

それから、殆ど半時間ばかりも、彼女は私の膝の上で、時々歌を歌いながら、その歌に調子を合せでもするように、クネクネと、重い身体を動かしておりました。

これは実に、私に取っては、まるで予期しなかった驚天動地の大事件でございました。女は神聖なもの、いやむしろ怖いものとして、顔を見ることさえ遠慮していた私でございます。その私が、今、見も知らぬ異国の乙女と、同じ部屋に、同じ椅子に、それどころではありません。薄い鞣革一重を隔てて、肌のぬくみを感じるほども、密接しているのでございます。それにもかかわらず、彼女は何の不安もなく、全身の重みを私の上に委ねて、見る人のない気安さに、勝手気儘《かってきまま》な姿態《したい》を致しております。私は椅子の中で、彼女を抱きしめる真似をすることも出来ます。皮のうしろから、その豊《ゆたか》な首筋に接吻することも出来ます。その外、どんなことをしようと、自由自在なのでございます。

この驚くべき発見をしてからというものは、私は最初の目的であった盗みなどは第二として、ただもう、その不思議な感触の世界に、惑溺《わくでき》してしまったのでございます。私は考えました。これこそ、この椅子の中の世界こそ、私に与えられた、本当のすみかではないかと。私のような醜い、そして気の弱い男は、明るい、光明の世界では、いつもひけ目を感じながら、恥かしい、みじめな生活を続けて行く外に、能のない身体でございます。それが、一度《ひとたび》、住む世界を換えて、こうして椅子の中で、窮屈な辛抱をしていさえすれば、明るい世界では、口を利くことは勿論《もちろん》、側へよることさえ許されなかった、美しい人に接近して、その声を聞き、肌に触れることも出来るのでございます。

椅子の中の恋(!) それがまあ、どんなに不可思議な、陶酔的な魅力を持つか、実際に椅子の中へ這入ってみた人でなくては、分るものではありません。それは、ただ、触覚と、聴覚と、そして僅《わず》かの嗅覚のみの恋でございます。暗闇の世界の恋でございます。決してこの世のものではありません。これこそ、悪魔の国の愛欲なのでございますまいか。考えてみれば、この世界の、人目につかぬ隅々では、どのように異形《いぎょう》な、恐ろしい事柄が、行われているか、ほんとうに想像の外でございます。

無論始めの予定では、盗みの目的を果しさえすれば、すぐにもホテルを逃げ出すつもりでいたのですが、世に奇怪な喜びに、夢中になった私は、逃げ出すどころか、いつまでも、いつまでも、椅子の中を永住のすみかにして、その生活を続けていたのでございます。

夜々《よなよな》の外出には、注意に注意を加えて、少しも物音を立てず、また人目に触れないようにしていましたので、当然、危険はありませんでしたが、それにしても、数カ月という、長の月日を、そうして少しも見つからずに、椅子の中に暮していたというのは我ながら実に驚くべき事でございます。

殆《ほとん》ど二六時中《にろくじちゅう》、椅子の中の窮屈な場所で、腕を曲げ、膝を折っているために、身体中が痺《しび》れたようになって、完全に直立することが出来ず、しまいには、料理場や化粧室への往復を、躄《いざり》のように、這って行ったほどでございます。私という男は、何という気違いでありましょう。それほどの苦しみを忍んでも、不思議な感触の世界を、見捨てる気になれなかったのでございます。

中には、一カ月も二カ月も、そこを住《すま》いのようにして、泊りつづけている人もありましたけれど、元来ホテルのことですから、絶えず客の出入りがあります。随って、私の奇妙な恋も、時とともに相手が変って行くのを、どうすることも出来ませんでした。そして、その数々の不思議な恋人の記憶は、普通の場合のようにその容貌によってではなく、主として、身体の恰好によって、私の心に刻みつけられているのでございます。

あるものは、仔馬《こうま》のように精悍《せいかん》で、すらりと引締《ひきしま》った肉体を持ち、あるものは、蛇のように妖艶で、クネクネと自在に動く肉体を持ち、あるものは、ゴム鞠《まり》のように肥え太って、脂肪と弾力に富む肉体を持ち、またあるものは、ギリシャの彫刻のように、ガッシリと力強く、円満に発達した肉体を持っておりました。その外、どの女の肉体にも、一人一人、それぞれの特徴があり魅力があったのでございます。

そうして、女から女へと移って行く間に、私はまた、それとは別の、不思議な経験をも味《あじわ》いました。

その一つは、ある時、欧洲のある強国の大使が(日本人のボーイの噂話によって知ったのですが)その偉大な体軀《たいく》を、私の膝の上にのせたことでございます。それは、政治家としてよりも、世界的な詩人として、一層よく知られていた人ですが、それだけに、私は、その偉人の肌を知ったことが、わくわくするほども、誇らしく思われたのでございます。彼は私の上で、二、三人の同国人を相手に、十分ばかり話をすると、そのまま立去ってしまいました。無論、何をいっていたのか、私にはさっぱり分りませんけれど、ジェスチュアをする度《たび》に、ムクムクと動く、常人よりも暖いかと思われる肉体の、くすぐるような感触が、私に一種名状すべからざる刺戟を、与えたのでございます。

その時、私はふとこんなことを想像しました。もし、この革のうしろから、鋭いナイフで、彼の心臓を目がけて、グサリと一突きしたなら、どんな結果を惹起《ひきおこ》すであろう。無論、それは彼に、再び起《た》つことの出来ぬ、致命傷を与えるに相違ない。彼の本国は素《もと》より、日本の政治界は、そのために、どんな大騒ぎを演じることであろう。新聞は、どんな激情的な記事を掲げることであろう。それは、日本と彼の本国との外交関係にも、大きな影響を与えようし、また、芸術の立場から見ても、彼の死は世界の一大損失に相違ない。そんな大事件が、自分の一挙手によって、やすやすと実現出来るのだ。それを思うと、私は、不思議な得意を感じないではいられませんでした。

もう一つは、有名なある国のダンサーが来朝した時、偶然彼女がそのホテルに宿泊して、たった一度ではありましたが、私の椅子に腰かけたことでございます。その時も、私は、大使の場合と似た感銘を受けましたが、その上、彼女は私に、かつて経験したことのない理想的な肉体美の感触を与えてくれました。私は、そのあまりの美しさに、卑しい考《かんがえ》などは起す暇もなく、ただもう、芸術品に対する時のような、敬虔《けいけん》な気持で、彼女を讃美したことでございます。

その外、私はまだ色々と、珍らしい、不思議な、あるいは気味悪い、数々の経験を致しましたが、それらを、ここに細叙《さいじょ》することは、この手紙の目的でもありませんし、それに大分長くもなりましたから、急いで、肝腎《かんじん》の点にお話を進めることに致しましょう。

さて、私がホテルへ参りましてから、何カ月かの後、私の身の上に一つの変化が起ったのでございます。といいますのは、ホテルの経営者が、何かの都合で帰国することになり、あとを居抜きのまま、ある日本人の会社に譲り渡したのであります。すると、日本人の会社は、従来の贅沢な営業方針を改め、もっと一般向きの旅館として、有利な経営を目論《もくろ》むことになりました。そのために不用になった調度などは、ある大きな家具商に委托して、競売せしめたのでありますが、その競売目録の内に、私の椅子も加わっていたのでございます。

私は、それを知ると、一時はガッカリ致しました。そして、それを機として、もう一度娑婆《しゃば》へ立帰り、新しい生活を始めようかと思ったほどでございます。その時分には、盗みためた金が相当の額に上っていましたから、たとえ、世の中へ出ても、以前のように、みじめな暮しをすることはないのでした。が、また思返《おもいかえ》してみますと、外人のホテルを出たということは、一方においては、大きな失望でありましたけれど、他方においては、一つの新しい希望を意味するものでございました。といいますのは、私は、数カ月の間も、それほど色々の異性を愛したにもかかわらず、相手がすべて異国人であったために、それがどんな立派な、好もしい肉体の持主であっても、精神的に妙な物足らなさを感じない訳には行きませんでした。やっぱり、日本人は、同じ日本人に対してでなければ、本当の恋を感じることが出来ないのではあるまいか。私は段々、そんな風に考えていたのでございます。そこへ、ちょうど私の椅子が競売に出たのであります。今度は、ひょっとすると、日本人に買いとられるかもしれない。そして、日本人の家庭に置かれるかもしれない。それが、私の新しい希望でございました。私は、ともかくも、もう少し椅子の中の生活を続けてみることに致しました。

道具屋の店先で、二、三日の間、非常に苦しい思いをしましたが、でも、競売が始まると、仕合せなことには、私の椅子は早速買手がつきました。古くなっても、十分人目を引くほど、立派な椅子だったからでございましょう。

買手はY市から程遠からぬ、大都会に住んでいた、ある官吏でありました。道具屋の店先から、その人の邸まで、何里かの道を、非常に震動の烈しいトラックで運ばれた時には、私は椅子の中で死ぬほどの苦しみを嘗《な》めましたが、でも、そんなことは、買手が、私の望み通り日本人であったという喜びに比べては、物の数でもございません。

買手のお役人は、かなり立派な邸の持主で、私の椅子は、そこの洋館の、広い書斎に置かれましたが、私にとって非常に満足であったことには、その書斎は、主人よりは、むしろ、その家の、若く美しい夫人が使用されるものだったのでございます。それ以来、約一カ月の間、私は絶えず、夫人とともにおりました。夫人の食事と、就寝の時間を除いては、夫人のしなやかな身体は、いつも私の上に在《あ》りました。それというのが、夫人は、その間、書斎につめきって、ある著作に没頭していられたからでございます。

私がどんなに彼女を愛したか、それは、ここに管々《くだくだ》しく申上げるまでもありますまい。

彼女は、私の始めて接した日本人で、しかも十分美しい肉体の持主でありました。私は、そこに、始めて本当の恋を感じました。それに比べては、ホテルでの、数多い経験などは、決して恋と名づくべきものではございません。その証拠には、これまで一度も、そんなことを感じなかったのに、その夫人に対してだけ、私は、ただ秘密の愛撫を楽しむのみではあき足らず、どうかして、私の存在を知らせようと、色々苦心したのでも明《あき》かでございましょう。

私は、出来るならば、夫人の方でも、椅子の中の私を意識して欲しかったのでございます。そして、虫のいい話ですが、私を愛してもらいたく思ったのでございます。でも、それをどうして合図致しましょう。もし、そこに人間が隠れているということを、あからさまに知らせたなら、彼女はきっと、驚きのあまり、主人や召使たちに、その事を告げるに相違ありません。それではすべてが駄目になってしまうばかりか、私は、恐ろしい罪名を着て、法律上の刑罰をさえ受けなければなりません。

そこで、私は、せめて夫人に、私の椅子を、この上にも居心地よく感じさせ、それに愛着を起させようと努めました。芸術家である彼女は、きっと常人以上の、微妙な感覚を備えているに相違ありません。もしも、彼女が、私の椅子に生命を感じてくれたなら、ただの物質としてではなく、一つの生きものとして愛着を覚えてくれたなら、それだけでも、私は十分満足なのでございます。

私は、彼女が私の上に身を投げた時には、出来るだけフーワリと優しく受けるように心掛けました。彼女が私の上で疲れた時分には、分らぬほどにソロソロと膝を動かして、彼女の身体の位置を換えるように致しました。そして、彼女が、うとうとと、居眠りを始めるような場合には、私は、極《ご》く極く幽《かす》かに、膝をゆすって、揺籃《ようらん》の役目を勤めたことでございます。

その心遣《こころや》りが報いられたのか、それとも、単に私の気の迷いか、近頃では、夫人は、何となく私の椅子を愛しているように思われます。彼女は、ちょうど嬰児《あかんぼ》が母親の懐《ふところ》に抱かれる時のような、または、乙女が恋人の抱擁に応じる時のような、甘い優しさを以て私の椅子に身を沈めます。そして、私の膝の上で、身体を動かす様子までが、さも懐《なつか》しげに見えるのでございます。

かようにして、私の情熱は、日々に烈しく燃えて行くのでした。そして、遂には、ああ奥様、遂には、私は、身の程をわきまえぬ、大それた願いを抱くようになったのでございます。たった一目、私の恋人の顔を見て、そして、言葉を交すことが出来たなら、そのまま死んでもいいとまで、私は、思いつめたのでございます。

奥様、あなたは、無論、とっくに御悟りでございましょう。その私の恋人と申しますのは、あまりの失礼をお許し下さいませ。実は、あなたなのでございます。あなたの御主人が、あのY市の道具店で、私の椅子を御買取りなすって以来、私はあなたに及ばぬ恋をささげていた、哀れな男でございます。

奥様、一生の御願いでございます。たった一度、私にお逢い下さる訳には行かぬでございましょうか。そして、一言でも、この哀れな醜い男に、慰めのお言葉をおかけ下さる訳には行かぬでございましょうか。私は決してそれ以上を望むものではありません。そんなことを望むには、あまりに醜く、汚《けが》れ果てた私でございます。どうぞどうぞ、世にも不幸な男の、切なる願いを御聞き届け下さいませ。

私は昨夜、この手紙を書くために、お邸を抜け出しました。面と向って、奥様にこんなことをお願いするのは、非常に危険でもあり、かつ私にはとても出来ないことでございます。

そして、今、あなたがこの手紙をお読みなさる時分には、私は心配のために青い顔をして、お邸のまわりを、うろつき回っております。

もし、この、世にも無躾なお願いをお聞き届け下さいますなら、どうか書斎の窓の撫子《なでしこ》の鉢植に、あなたのハンカチをおかけ下さいまし、それを合図に、私は、何気なき一人の訪問者としてお邸の玄関を訪れるでございましょう。

そして、この不思議な手紙は、ある熱烈な祈りの言葉を以て結ばれていた。

佳子は、手紙の半程《なかほど》まで読んだ時、すでに恐ろしい予感のために、まっ青になってしまった。

そして、無意識に立上ると、気味悪い肘掛椅子の置かれた書斎から逃げ出して、日本建ての居間の方へ来ていた。手紙のあとの方は、いっそ読まないで、破り棄ててしまおうかとも思ったけれど、どうやら気懸りなままに、居間の小机の上で、ともかくも、読みつづけた。

彼女の予感はやっぱり当っていた。

これはまあ、何という恐ろしい事実であろう。彼女が毎日腰かけていた、あの肘掛椅子の中には、見も知らぬ一人の男が、蠢《うごめ》いていたのであるか。

「オオ、気味の悪い。」

彼女は、背中から冷水をあびせられたような、悪寒《おかん》を覚えた。そして、いつまでたっても、不思議な身震いがやまなかった。

彼女は、あまりのことに、ボンヤリしてしまって、これをどう処置すべきか、まるで見当がつかぬのであった。椅子を調べてみる(?)　どうしてどうして、そんな気味の悪いことが出来るものか。そこにはたとえ、もう人間がいなくても、食物その他の、彼に附属した汚いものが、まだ残されているに相違ないのだ。

「奥様、お手紙でございます。」

ハッとして、振り向くと、それは、一人の女中が、今届いたらしい封書を持って来たのだった。

佳子は、無意識にそれを受取って、開封しようとしたが、ふと、その上書きを見ると、彼女は、思わずその手紙を取りおとしたほども、ひどい驚きに打たれた。そこには、さっきの不気味な手紙と寸分違わぬ筆癖をもって、彼女の名宛が書かれてあったのだ。

彼女は、長い間、それを開封しようか、しまいかと迷っていた。が、とうとう、最後にそれを破って、ビクビクしながら、中身を読んで行った。手紙はごく短いものであったけれど、そこには、彼女を、もう一度ハッとさせたような、奇妙な文言が記されていた。

突然御手紙を差上げます無躾を、幾重《いくえ》にもお許し下さいまし。私は日頃、先生のお作を愛読しているものでございます。別封お送り致しましたのは、私の拙《まず》い創作でございます。御一覧の上、御批評が頂けますれば、この上の幸《さいわい》はございません。ある理由のために、原稿の方は、この手紙を書きます前に投函致しましたから、すでに御覧済みかと拝察致します。如何《いかが》でございましたでしょうか。もし、拙作がいくらかでも、先生に感銘を与え得たとしますれば、こんな嬉しいことはないのでございますが。

原稿には、わざと省いておきましたが、表題は「人間椅子」とつけたい考《かんがえ》でございます。

では、失礼を顧みず、お願いまで。匆々。

火星の運河

またあすこへ来たなという、寒いような魅力が私を戦《おのの》かせた。にぶ色の暗《やみ》が私の全世界を覆《おお》いつくしていた。恐らくは音も匂も、触覚さえもが私の身体《からだ》から蒸発してしまって、煉羊羹《ねりようかん》の濃《こま》やかに澱《よど》んだ色彩ばかりが、私のまわりを包んでいた。

頭の上には夕立雲のように、まっくらに層をなした木の葉が、音もなく鎮《しずま》り返って、そこからは巨大な黒褐色の樹幹《じゅかん》が、滝をなして地上に降り注ぎ、観兵式の兵列のように、目も遥《はる》かに四方にうち続いて、末は奥知れぬ暗の中に消えていた。

幾層の木の葉の暗のその上には、どのようなうららかな日が照っているか、あるいは、どのような冷《つめた》い風が吹きすさんでいるか、私には少しも分らなかった。ただ分っていることは、私が今、果てしも知らぬ大森林の下闇《したやみ》を、行方《ゆくえ》定めず歩き続けている、その単調な事実だけであった。歩いても歩いても、幾抱《いくかか》えの大木の幹を、次から次へと、迎え見送るばかりで、景色は少しも変らなかった。足の下には、この森が出来て以来、幾百年の落葉が、湿気の充ちたクッションを為《な》して、歩くたびに、ジクジクと、音を立てているに相違なかった。

聴覚のない薄暗《うすやみ》の世界は、この世からあらゆる生物が死滅したことを感じさせた。あるいはまた、不気味にも、森全体がめしいたる魑魅魍魎《ちみもうりょう》に充ち満《み》ちているが如くにも、思われないではなかった。くちなわのような山蛭《やまびる》が、まっくらな天井から、雨垂《あまだ》れをなして、私の襟《えり》くびにそそいでいるのが想像された。私の眼界《がんかい》には一物の動くものとてなかったけれど、背後には、くらげの如きあやしの生きものが、ウヨウヨと身をすり合せて、声なき笑いを合唱しているのかもしれなかった。

でも、暗闇と、暗闇の中に住むものとが、私を怖がらせたのはいうまでもないけれど、それらにもまして、いつもながらこの森の無限が、奥底の知れぬ恐怖を以て、私に迫った。それは、生れ出たばかりの嬰児《えいじ》が、広々とした空間に畏怖《いふ》して、手足をちぢめ、恐れ戦くが如き感じであった。

私は「母さん、怖いよう」と、叫びそうになるのを、やっとこらえながら、一刻も早く、暗の世界を逃れ出そうと、あがいた。

しかし、あがけばあがくほど、森の下闇は、益々暗さをまして行った。何年の間、あるいは何十年の間、私はそこを歩き続けたことであろう！　そこには時というものがなかった。日暮れも夜明けもなかった。歩き始めたのが昨日《きのう》であったか、何十年の昔であったか、それさえ曖昧《あいまい》な感じであった。

私は、ふと未来永劫この森の中に、大きな大きな円を描いて歩きつづけているのではないかと疑い始めた。外界の何物よりも、私自身の歩幅の不確実が恐ろしかった。私はかつて、右足と左足との歩きぐせにたった一吋《インチ》の相違があったために、沙漠の中を円を描いて歩き続けた旅人の話を聞いていた。沙漠には雲がはれて、日も出よう、星もまたたこう。しかし、暗闇の森の中には、いつまで待っても、何の目印も現れてはくれないのだ。世にためしなき恐れであった。私はその時の、心の髄からの戦きを、何と形容すればよいのであろう。

私は生れてから、この同じ恐れを、幾度《いくたび》と知れず味《あじわ》った。しかし、一度《ひとたび》ごとに、いい知れぬ恐怖の念は、そして、それに伴うあるとしもなき懐《なつか》しさは、ともに増しこそすれ、決して減じはしなかった。そのように度々のことながら、どの場合にも、不思議なことには、いつどこから森に入って、いつまたどこから森を抜け出すことが出来たのやら、少しも記憶していなかった。一度ずつ、全く新たなる恐怖が私の魂を圧し縮めた。

巨大なる死の薄暗を、豆つぶのような私という人間が、息を切り汗を流して、いつまでもいつまでも歩いていた。

ふと気がつくと、私の周囲には異様な薄明《うすあかり》が漂い初めていた。それは例えば、幕に映った幻燈の光のように、この世の外《ほか》の明るさではあったけれど。でも、歩くに随って闇はしりえに退《しりぞ》いて行った。「ナンダ、これが森の出口だったのか。」私はそれをどうして忘れていたのであろう。そして、まるで永久にそこにとじ込められた人のように、おじ恐れていたのであろう。

私は水中を駆けるに似た抵抗を感じながら、でも次第に光りの方へ近づいて行った。近づくに従って、森の切れ目が現れ、懐しき大空が見え初めた。しかし、あの空の色は、あれが私たちの空であったのだろうか。そして、その向うに見えるものは(?)　アア、私はやっぱりまだ森を出ることが出来ないのだった。

森の果てとばかり思い込んでいた所は、その実森の真中であったのだ。

そこには、直径一町ばかりの丸い沼があった。沼のまわりは、少しの余地も残さず、直ちに森が囲んでいた。そのどちらの方角を見渡しても、末はあやめも知れぬ闇となり、今まで私の歩いて来たのより浅い森はないように見えた。

度々《たびたび》森をさ迷いながら、私はかような沼のあることを少しも知らなかった。それ故、パッと森を出離れて、沼の岸に立った時、そこの景色の美しさに、私はめまいを感じた。

万花鏡《まんげきょう》を一転して、ふと幻怪な花を発見した感じである。しかし、そこには万花鏡のような華《はなや》かな色彩がある訳ではなく、空も森も水も、空はこの世のものならぬいぶし銀、森は黒ずんだ緑と茶、そして水は、それらの単調な色どりを映しているに過ぎないのだ。それにもかかわらず、この美しさは何物の業であろう。銀鼠《ぎんねず》の空の色か、巨大な蜘蛛《くも》が今餌《え》ものをめがけて飛びかかろうとしているような、奇怪なる樹木たちの枝ぶりか、箇体のようにおし黙って、無限の底に空を映した沼の景色か、それもそうだ。しかしもっと外にある。えたいの知れぬものがある。

音もなく、匂いもなく、肌触りさえない世界の故か。そして、それらの聴覚、嗅覚、触覚が、たった一つの視覚に集められているためか。それもそうだ。しかしもっと外にある。空も森も水も、何者かを待ち望んで、ハチ切れそうに見えるではないか。彼らの貪婪極《どんらんきわま》りなき欲情が、いぶきとなってふき出しているのではないか。しかしそれが、何《な》故《ぜ》なればかくも私の心をそそるのか。

私は何気なく、眼《め》を外界から私自身の、いぶかしくも裸かの身体《からだ》に移した。そして、そこに、男のではなくて、豊満なる乙女の肉体を見出した時、私が男であったことをうち忘れて、さも当然のようにほほえんだ。ああこの肉体だ(!)　私はあまりの嬉しさに、心臓が喉《のど》の辺まで飛び上るのを感じた。

私の肉体は、（それは不思議にも私の恋人のそれと、そっくり生《い》き写《うつ》しなのだが、）何とまあすばらしい美しさであったろう。ぬれ鬘《がつら》の如く、豊《ゆた》かにたくましき黒髪、アラビヤ馬に似て、精悍《せいかん》にはり切った五体、蛇の腹のように、つややかに青白き皮膚の色、この肉体を以て、私は幾人の男子を征服して来たか。私という女王の前に、彼らがどのような有様でひれ俯《ふ》したか。

今こそ、何もかも明白になった。私は不思議な沼の美しさを、漸《よう》や く悟ることが出来たのだ。

「オオ、お前たちはどんなに私を待ちこがれていたことであろう。幾千年、幾万年、お前たち、空も森も水も、ただこの一刹那《せつな》のために生き永らえていたのではないか。お待ち遠さま（！）さあ、今、私はお前たちの烈しい願《ねがい》をかなえて上げるのだよ。」

この景色の美しさは、それ自身完全なものではなかった。何かの背景としてそうであったのだ。そして今、この私が、世にもすばらしい俳優として彼らの前に現われたのだ。闇の森に囲まれた底なし沼の、深く濃《こまや》かな灰色の世界に、私の雪白《せっぱく》の肌《はだえ》が、如何《いか》に調和よく、如何に輝かしく見えたことであろう。何という大芝居だ。何という、奥底知れぬ美しさだ。

私は一歩沼の中に足を踏み入れた。そして、黒い水の中央に、同じ黒さで浮んでいる、一つの岩をめがけて、静かに泳ぎ初めた。水は冷たくも暖かくもなかった。油のようにトロリとして、手と足を動かすにつれて、その部分だけ波立つけれど、音もしなければ、抵抗も感じない。私は胸のあたりに、二筋三筋の静かな波紋を描いて、ちょうど真白な水鳥が、風なき水面をすべるように、音もなく進んで行った。やがて、中心に達すると、黒くヌルヌルした岩の上に這《は》い上《あが》る。その様は、例えば夕凪《ゆうなぎ》の海に踊る人魚のようにも見えたであろうか。

今、私はその岩の上にスックと立上った。オオ、何という美しさだ。私は顔を空《そら》ざまにして、あらん限りの肺臓の力を以て、花火のような一声を上げた。胸と喉《のど》の筋肉が無限のように伸びて、一点のようにちぢんだ。

それから、極端な筋肉の運動が始められた。それがまあ、どんなにすばらしいものであったか。青大将が真二つにちぎられてのたうち回るのだ。尺取虫と芋虫とみみずの断末魔だ。無限の快楽に、あるいは無限の痛苦にもがくけだものだ。

踊り疲れると、私は喉をうるおすために、黒い水中に飛び込んだ。そして、胃の腑の受け容《い》れるだけ、水銀のように重い水を飲んだ。

そうして踊り狂いながらも、私は何か物足らなかった。私ばかりでなく周囲の背景たちも、不思議に緊張をゆるめなかった。彼らはこの上に、まだ何事を待ち望んでいるのであろう。

「そうだ、紅《くれない》の一《ひと》いろだ。」

私はハッとそこに気がついた。このすばらしい画面には、たった一つ、紅の色が欠けている。もしそれを得ることが出来たならば、蛇の目が生きるのだ。奥底知れぬ灰色と、光り輝く雪の肌と、そして紅の一点、そこで、何物にもまして美しい蛇の目が生きるのだ。

したが、私はどこにその絵の具を求めよう。この森の果てから果てを探したとて、一輪の椿さえ咲いてはいないのだ。立並ぶ彼《か》の蜘蛛の木の外に木はないのだ。

「待ち給え、それ、そこに、すばらしい絵の具があるではないか。心臓というシボリ出し、こんな鮮かな紅を、どこの絵の具屋が売っている。」

私は薄く鋭い爪を以て、全身に、縦横無尽のかき傷を拵《こしら》えた。豊《ゆたか》なる乳房、ふくよかな腹部、肉つきのよい肩、はり切った太股《ふともも》、そして美しい顔にさえも。傷口からしたたる血のりが川を為して、私の身体《からだ》は真赤なほりものに覆われた。血潮の網シャツを着たようだ。

それが沼の水面に映っている。火星の運河(!)　私の身体はちょうどあの気味悪い火星の運河だ。そこには水の代りに赤い血のりが流れている。

そして、私はまた狂暴なる舞踊を始めた。キリキリ回れば、紅白だんだら染めの独楽《こま》だ。のたうち回れば、今度こそ断末魔の長虫だ。ある時は胸と足をうしろに引いて、極度に腰を張り、ムクムクと上って来る太股《ふともも》の筋肉のかたまりを、出来る限り上の方へ引きつけてみたり、ある時は岩の上に仰臥《ぎょうが》して、肩と足とで弓のようにそり返り、尺取虫が這うように、その辺を歩き回ったり、ある時は、股《また》をひろげその間に首をはさんで、芋虫のようにゴロゴロと転《ころが》ってみたり、または切られたみみずをまねて、岩の上をピンピンとはね回って、腕といわず肩といわず、腹といわず腰といわず、所きらわず、力を入れたり抜いたりして、私はありとあらゆる曲線表情を演じた。命の限り、このすばらしい大芝居の、はれの役目を勤めた。

「あなた、あなた、あなた。」

遠くの方で誰かが呼んでいる。その声が一ことごとに近くなる。地震のように身体がゆれる。

「あなた。何をうなされていらっしゃるの。」

ボンヤリ目を開《あ》くと、異様に大きな恋人の顔が、私の鼻先に動いていた。

「夢を見た。」

私は何気なく呟《つぶや》いて、相手の顔を眺めた。見ると、ベッドの枕のところに、大型の天文学書が開いてあった。昨夜《ゆうべ》、私はそれを読みながら寝てしまったのだ。開かれた頁《ページ》には、紙面一杯に、火星の想像図が描かれていた。そこには、地球の人類には夢想だも出来ぬ、偉大なる運河が、不気味に交錯しているのだ。私は怖いものでも見るように、その書物をとじると、もう一度恋人の顔をふり返った。

（お詫《わ》び）　読者が失望された如く、これは無論探偵小説ではない。一月《ひとつき》ばかり私は健康を害していて、筆を執《と》る気力もないのです。しかしこの号には、編集方針からいっても、どうあっても何か書かねばならず、止《や》むなく拵《こさ》えものの難をさけて流れ出すままの易《い》についた。片々《へんぺん》たる拙文、何とも申訳ありません。一言読者の寛恕《かんじょ》を乞う次第です。

お勢《せい》登場

一

肺病やみの格太郎《かくたろう》は、今日もまた細君においてけぼりを食って、ぼんやりと留守を守っていなければならなかった。最初のほどは、如何《いか》なお人好《ひとよ》しの彼も、激憤を感じ、それを種に離別を目論《もくろ》んだことさえあったのだけれど、病という弱味が段々彼をあきらめっぽくしてしまった。先の短い自分の事、可愛い子供のことなど考えると、乱暴な真似は出来なかった。その点では、第三者であるだけ、弟の格二郎などの方がテキパキした考《かんがえ》を持っていた。彼は兄の弱気を歯痒《はがゆ》がって、時々意見めいた口を利くこともあった。

「なぜ兄さんはそうなんだろう。僕だったらとっくに離縁にしてるんだがな。あんな人に憐《あわれ》みをかけるところがあるんだろうか。」

だが、格太郎にとっては、単に憐みというようなことばかりではなかった。なるほど、今おせいを離別すれば、文なしの書生っぽに相違ない彼女の相手とともに、たちまちそに困る身の上になることは知れていたけれど、その憐みもさることながら、彼にはもっと外《ほか》の理由があったのだ。子供の行末も無論案じられたし、それに、恥しくて弟などには打開《うちあ》けられもしないけれど、彼には、そんなにされても、まだおせいをあきらめ兼《かね》るところがあった。それ故、彼女が彼から離れ切ってしまうのを恐れて、彼女の不倫を責めることさえ遠慮しているほどなのであった。

おせいの方では、この格太郎の心持を、知り過ぎるほど知っていた。大げさにいえば、そこには暗黙の妥協に似たものが成り立っていた。彼女は隠し男との遊戯の暇には、その余力を以て格太郎を愛撫することを忘れないのだった。格太郎にしてみれば、この彼女の僅《わず》かばかりのおなさけに、不甲斐《ふがい》なくも満足している外はない心持だった。

「でも、子供のことを考えるとね。そう一概なことも出来ないよ。この先一年もつか二年もつかしれないが、俺の寿命は極《きま》っているのだし、そこへ持って来て母親までなくしては、あんまり子供が可哀相だからね。まあもうちっと我慢してみるつもりだ。なあに、その内にはおせいだって、きっと考え直す時が来るだろうよ。」

格太郎はそう答えて、一層弟を歯痒がらせるのを常とした。

だが、格太郎の仏心《ほとけごころ》に引かえて、おせいは考え直すどころか、一日一日と、不倫の恋に溺《おぼ》れて行った。それには、窮迫して、長病《ながわずら》いで寝たきりの、彼女の父親がだしに使われた。彼女は父親を見舞いに行くのだと称しては、三日にあげず家を外にした。果して彼女が里へ帰っているかどうかを検《しら》べるのは、無論訳のないことだったけれど、格太郎はそれすらしなかった。妙な心持である。彼は自分自身に対してさえ、おせいを庇《かば》うような態度を取った。

今日もおせいは、朝から念入りの身じまいをして、いそいそと出掛けて行った。

「里へ帰るのに、お化粧はいらないじゃないか。」

そんないやみが、口まで出かかるのを、格太郎はじっと堪《こら》えていた。この頃では、そうしていいたいこともいわないでいる、自分自身のいじらしさに、一種の快感をさえ覚えるようになっていた。

細君が出て行ってしまうと、彼は所在なさに趣味を持ち出した盆栽いじりを始めるのだった。跣足《はだし》で庭へ下りて、土にまみれていると、それでもいくらか心持が楽になった。また一つには、そうして趣味に夢中になっている様を装うことが、他人に対しても自分に対しても、必要なのであった。

おひる時分になると、女中が御飯を知らせに来た。

「あのおひるの用意が出来ましたのですが、もうちっと後《のち》になさいますか。」

女中さえ、遠慮勝ちに、いたいたしそうな目で自分を見るのが、格太郎はつらかった。

「ああ、もうそんな時分かい。じゃおひるとしようか。坊やを呼んで来るといい。」彼は虚勢を張って、快活らしく答えるのであった。この頃では、何につけても虚勢が彼の習慣になっていた。

そういう日に限って、女中たちの心づくしか、食膳にはいつもより御馳走が並ぶのであった。でも、格太郎はこの一月ばかりというもの、おいしい御飯をたべたことがなかった。子供の正一も家の冷《つめた》い空気に当ると、外の餓鬼大将が俄《にわ》かにしおしおしてしまうのだった。

「ママどこへ行ったの。」

彼はある答えを予期しながら、でも聞いてみないでは安心しないのである。

「おじいちゃまのところへいらっしゃいましたの。」

女中が答えると、彼は七歳の子供に似合わぬ冷笑のようなものを浮べて、「フン」といったきり、御飯をかき込むのであった。子供ながら、それ以上質問を続けることは、父親に遠慮するらしく見えた。それと彼にはまた彼だけの虚勢があるのだ。

「パパ、お友達を呼んで来てもいい。」

御飯がすんでしまうと、正一は甘えるように父親の顔を覗《のぞ》き込んだ。格太郎は、それがいたいけな子供の精一杯の追従《ついしょう》のような気がして、涙ぐましいいじらしさと、同時に自分自身に対する不快とを感じないではいられなかった。でも、彼の口をついて出た返事は、いつもの虚勢以外のものではないのだった。

「アア、呼んで来てもいいがね。おとなしく遊ぶんだよ。」

父親の許しを受けると、それもまた子供の虚勢かもしれないのだが、正一は「嬉しい嬉しい」と叫びながら、さも快活に表の方へ飛び出して行って、間もなく三、四人の遊び仲間を引っぱって来た。そして、格太郎がお膳の前で楊子《ようじ》を使っているところへ、子供部屋の方から、もうドタンバタンという物音が聞え始めた。

二

子供たちは、いつまでも子供部屋の中にじっとしていなかった。鬼ごっこか何かを始めたと見えて、部屋から部屋へ走り回る物音や、女中がそれを制する声などが、格太郎の部屋まで聞えて来た。中には戸惑いをして、彼のうしろの襖《ふすま》を開ける子供さえあった。

「アッ、おじさんがいらあ。」

彼らは格太郎の顔を見ると、きまり悪そうにそんなことを叫んで、向うへ逃げて行った。しまいには、正一までが彼の部屋へ闖入《ちんにゅう》した。そして、「ここへ隠れるんだ」などといいながら、父親の机の下へ身をひそめたりした。

それらの光景を見ていると、格太郎はたのもしい感じで、心が一杯になった。そして、ふと、今日は植木いじりをよして、子供らの仲間入りをして遊んでみようかという気になった。

「坊や、そんなにあばれるのはよしにして、パパが面白いお噺《はなし》をして上げるから、皆を呼んどいで。」

「やあ、嬉しい。」

それを聞くと、正一はいきなり机の下から飛び出して、駆けて行った。

「パパは、とてもお噺が上手なんだよ。」

やがて正一は、そんなこまっちゃくれた紹介をしながら、同勢を引《ひき》つれた格好《かっこう》で、格太郎の部屋へ入って来た。

「サア、お噺しとくれ。恐いお噺がいいんだよ。」

子供たちは、目白押しにそこへ座って、好奇の目を輝かしながら、あるものは恥しそうに、おずおずして、格太郎の顔を眺めるのであった。彼らは格太郎の病気のことなど知らなかったし、知っていても子供のことだから、大人の訪問客のように、いやに用心深い態度など見せなかった。格太郎にはそれも嬉しいのである。

彼はそこで、この頃になく元気づいて、子供たちの喜びそうなお噺を思い出しながら、

「昔ある国によくの深い王様があったのだよ」と始めるのであった。一つのお噺を終っても、子供たちは「もっともっと」といって諾《き》かなかった。彼は望まれるままに、二つ三つとお噺の数を重ねて行った。そうして、子供たちと一緒にお伽噺《とぎばなし》の世界をさまよっている内に、彼は益々上機嫌になって来るのだった。

「じゃ、お噺はよして、今度は隠れん坊をして遊ぼうか。おじさんも入るのだよ。」

しまいに、彼はそんなことをいい出した。

「ウン、隠れん坊がいいや。」

子供たちは我意を得たといわぬばかりに、立処《たちどころ》に賛成した。

「じゃね、ここの家中で隠れるのだよ。いいかい。さあ、ジャンケン。」

ジャンケンポンと、彼は子供のようにはしゃぎ始めるのだった。それは病気のさせる業《わざ》であったかもしれない。それともまた、細君の不行跡《ふぎょうせき》に対する、それとなき虚勢であったかもしれない。いずれにしろ、彼の挙動に、一種の自棄気味《やけぎみ》の混っていたことは事実だった。

最初二、三度は、彼はわざと鬼になって、子供たちの無邪気な隠れ場所を探し回った。それにあきると隠れる側になって、子供たちと一緒に押入れの中だとか、机の下だとかへ、大きな身体《からだ》を隠そうと骨折った。

「もういいか」「まあだだよ」という掛声が、家中に狂気めいて響き渡った。格太郎はたった一人で、彼の部屋の暗い押入れの中に隠れていた。鬼になった子供が「何々ちゃんめっけた」と呼びながら部屋から部屋を回っているのが幽《かす》かに聞えた。中には「ワーッ」と怒鳴《どな》って隠れ場所から飛び出す子供などもあった。やがて、銘々《めいめい》発見されて、あとは彼一人になったらしく、子供たちは一緒になって、部屋部屋を探し歩いている気配がした。

「おじさんどこへ隠れたんだろう。」

「おじさあん、もう出ておいでよ。」

などと口々に喋《しゃべ》るのが聞えて、彼らは段々押入れの前へ近づいて来た。

「ウフフ、パパはきっと押入れの中にいるよ。」

正一の声で、すぐ戸の前で囁《ささや》くのが聞えた。格太郎は見つかりそうになると、もう少しじらしてやれという気で、押入れの中にあった古い長持《ながもち》の蓋《ふた》をそっと開いて、その中へ忍び、元の通り蓋をして、息をこらした。中にはフワフワした夜具かなんかが入っていて、ちょうど寝台にでも寝たようで、居心地が悪くなかった。

彼が長持の蓋を閉めるのと引違いに、ガラッと重い板戸が開く音がして、

「おじさん、めっけた。」

という叫び声が聞えた。

「アラッ、いないよ。」

「だって、さっき音がしていたよ、ねえ何々ちゃん。」

「あれは、きっと鼠《ねずみ》だよ。」

子供たちはひそひそ声で無邪気な問答をくり返していたが、(それが密閉された長持の中では、非常に遠くからのように聞えた。)いつまでたっても、薄暗い押入れの中は、ヒッソリして人の気配もないので、

「おばけだあ。」

と誰かが叫ぶと、ワーッといって逃げ出してしまった。そして、遠くの部屋で、

「おじさあん、出ておいでよ。」

と口々に呼ぶ声が幽《かす》かに聞えた。まだその辺の押入れなどを開けて、探している様子だった。

三

まっ暗な、樟脳《しょうのう》臭い長持の中は、妙に居心地がよかった。格太郎は少年時代の懐しい思出《おもいで》に、ふと涙ぐましくなっていた。この古い長持は、死んだ母親の嫁入り道具の一つ

だった。彼はそれを舟になぞらえて、よく中へ入って遊んだことを覚えていた。そうしていると、やさしかった母親の顔が、闇の中へ幻のように浮んで来る気さえした。

だが、気がついてみると、子供たちの方は、探しあぐんでか、ヒッソリしてしまった様子だった。暫《しばら》く耳をすましていると、

「つまんないなあ、表へ行って遊ばない。」

どこの子供だか、興《きょう》ざめ顔に、そんなことをいうのが、ごく幽かに聞えて来た。

「パパちゃあん。」

正一の声であった。それを最後に彼も表へ出て行く気配だった。

格太郎は、それを聞くと、やっと長持を出る気になった。飛び出して行って、じれきった子供たちを、ウンと驚かせてやろうと思った。そこで、勢込《いきおいこ》んで長持の蓋を持上げようとすると、どうしたことか、蓋は密閉されたままビクとも動かないのだった。でも、最初は別段何んでもない事のつもりで、何度もそれを押し試みていたが、その内に恐ろしい事実が分って来た。彼は偶然長持の中へとじ込められてしまったのだ。

長持の蓋には穴の開いた蝶交《ちょうつがい》の金具がついていて、それが下の突出した金具にはまる仕掛けなのだが、さっき蓋をしめた時、上に上げてあったその金具が、偶然おちて、錠前を卸《おろ》したのと同じ形になってしまったのだ。昔物の長持は、堅い板の隅々に鉄板をう

ちつけた、いやというほど巌丈《がんじょう》な代物《しろもの》だし、金具も同様に堅牢に出来ているのだから、病身の格太郎には、とても打破ることなど出来そうもなかった。

彼は大声を上げて正一の名を呼びながら、ガタガタと蓋の裏を叩いてみた。だが、子供たちは、あきらめて表へ遊びに出てしまったのか、何の答えもない。そこで、彼は今度は女中たちの名前を連呼して、出来るだけの力をふりしぼって、長持の中であばれてみた。ところが、運の悪い時には仕方のないもので、女中どもはまた井戸端で油を売っているのか、それとも女中部屋にいても聞えぬのか、これも返事がないのだ。その押入れのある彼の部屋というのが、最も奥まった位置な上に、キッシリ密閉された箱の中で叫ぶのでは、二間《ふたま》三間向うまで、声が通るかどうかも疑問だった。それに、女中部屋となると、一番遠い台所の側にあるのだから、殊更《ことさら》耳でもすましていない限り、先《ま》ず聞えそうもないのだ。

格太郎は、段々上ずった声を出しながら、このまま誰も来ないで、長持の中で死んでしまうのではないかと考えた。馬鹿馬鹿しいそんなことがあるものかと、一方ではむしろふき出したいほど滑稽《こっけい》な感じもするのだけれど、それがあながち滑稽でないようにも思われる。気がつくと、空気に敏感な病気の彼には、なんだかそれが乏しくなったようで、もがいたためばかりでなく、一種の息苦しさが感じられる。昔出来の丹念な拵《こしら》えなので、密閉された長持には、恐らく息の通う隙間《すきま》もないのに相違なかった。

彼はそれを思うと、さい前《ぜん》から過激な運動に、尽きてしまったかと見える力を、更《さ》らにふりしぼって、叩いたり蹴ったり、死にもの狂いにあばれてみた。彼がもし健全な身体《からだ》の持主だったら、それほどもがけば、長持のどこかへ、一カ所ぐらいの隙間を作るのは、訳のないことであったかもしれぬけれど、弱り切った心臓と、痩せ細った手足では、到底そのような力をふるうことは出来ない上に、空気の欠乏による息苦しさは、刻々と迫って来る、疲労と、恐怖のために、喉《のど》は呼吸をするのも痛いほど、カサカサに乾いて来る。彼のその時の気持を、何と形容すればよいのであろうか。

もしこれが、もう少しどうかした場所へとじ込められたのなら、病《やまい》のために遅かれ早かれ死なねばならぬ身の格太郎は、きっとあきらめてしまったに相違ない。だが、自家の押入れの長持の中で窒息するなどとは、どう考えてみても、ありそうもない、滑稽至極なことなので、もろくも、そのような喜劇じみた死に方をするのはいやだった。こうしている内にも、女中がこちらへやって来ないものでもない。そうすれば彼は夢のように助かることが出来るのだ。この苦しみを一場の笑い話として済《す》ましてしまうことが出来るのだ。助かる可能性が多いだけに、彼はあきらめ兼ねた。そして、怖さ苦しさも、それに伴って大きかった。

彼はもがきながら、かすれた声で罪もない女中どもを呪《のろ》った。息子の正一をさえ呪った。距離にすれば恐らく二十間《けん》とは隔《へだ》っていない彼らの、悪意なき無関心が、悪意なきが故に猶更《なおさ》らうらめしく思われた。

闇の中で、息苦しさは刻一刻と募《つの》って行った。最早《もは》や声も出なかった。引く息ばかりが妙な音を立てて、陸《おか》に上った魚のように続いた。口が大きく大きく開いて行った。そして骸骨《がいこつ》のような上下の白歯が歯ぐきの根まで現れて来た。そんなことをしたところで、何の甲斐もないと知りつつ、両手の爪は、夢中に蓋の裏を、ガリガリと引掻いた。爪のはがれることなど、彼はもう意識さえしていなかった。断末魔の苦しみであった。しかし、その際《きわ》になっても、まだ救いの来ることを一縷《いちる》の望みに、死をあきらめ兼ねていた彼の身の上は、いおうようもない残酷なものであった。それは、どのような業病に死んだ者も、あるいは死刑囚さえもが、味《あじわ》ったことのない大苦痛といわねばならなかった。

四

不倫の妻おせいが、恋人との逢瀬《おうせ》から帰って来たのは、その日の午後三時頃、ちょうど格太郎が長持の中で、執念深くも最後の望みを捨て兼ねて、最早《もは》や虫の息で、断末魔の苦しみをもがいている時だった。

家を出る時は、殆《ほとん》ど夢中で、夫の心持など顧る暇《いとま》もないのだけれど、彼女とても帰った時にはさすがにやましい気がしないではなかった。いつになく開け放された玄関などの様子を見ると、日頃ビクビクもので気づかっていた破綻《はたん》が、今日こそ来たのではないかと、もう心臓が躍り出すのだった。

「只今。」

女中の答えを予期しながら、呼んでみたけれど、誰も出迎えなかった。開け放された部屋部屋には人の影もなかった。第一、あの出無精《でぶしょう》な夫の姿の見えないのがいぶかしかった。

「誰もいないのかい。」

茶の間へ来ると、甲高《かんだか》い声でもう一度呼んでみた。すると、女中部屋の方から、

「ハイ、ハイ。」

と頓狂な返事がして、うたた寝でもしていたのか、一人の女中が脹《は》れぼったい顔をして出て来た。

「お前一人なの。」

おせいは癖の癇《かん》が起って来るのを、じっと堪《こら》えながら聞いた。

「あの、お竹どんは裏で洗濯をしているのでございます。」

「で、檀那様は。」

「お部屋でございましょう。」

「だっていらっしゃらないじゃないか。」

「あら、そうでございますか。」

「なんだね。お前きっと昼寝をしてたんでしょう。困るじゃないか。そして、坊やは。」

「さあ、さい前《ぜん》まで、お家《うち》で遊んでいらしったのですが、あの、檀那様も御一緒で隠れん坊をなすっていたのでございますよ。」

「まあ、檀那様が、しようがないわね。」それを聞くと彼女はやっと日頃の彼女を取返しながら、「じゃ、きっと檀那様も表なんだよ。お前探しといで、いらっしゃればそれでいいんだから、お呼びしないでもいいからね。」

とげとげしく命令を下しておいて、彼女は自分の居間へ入ると、ちょっと鏡の前に立ってみてから、さて、着換えを始めるのであった。

そして、今帯を解きにかかろうとした時であった。ふと耳をすますと、隣の夫の部屋から、ガリガリという妙な物音が聞えて来た。虫が知らせるのか、それがどうも鼠などの音ではないように思われた。それに、よく聞くと、何だかかすれた人の声さえするような気がした。

彼女は帯を解くのをやめて、気味の悪いのを辛抱しながら、間の襖を開けてみた。すると、さっきは気づかなかった、押入れの板戸の開いていることが分った。物音はどうやらその中から聞えて来るらしく思われるのだ。

「助けてくれ、俺だ。」

幽《かす》かな幽かな、あるかなきかのふくみ声ではあったが、それが異様にハッキリとおせいの耳を打った。まぎれもない夫の声なのだ。

「まあ、あなた、そんな長持の中なんかに、一体どうなすったんですの。」

彼女もさすがに驚いて長持の側へ走り寄った。そして、掛け金をはずしながら、

「ああ、隠れん坊をなすっていたのですね。ほんとうに、つまらないいたずらをなさるものだから……でも、どうしてこれがかかってしまったのでしょうか。」

もしおせいが生れつきの悪女であるとしたなら、その本質は、人妻の身で隠し男を拵《こしら》えることなどよりも、恐らくこうした、悪事を思い立つことの素早《すば》やさというようなところにあったのではあるまいか。彼女は掛け金をはずして、ちょっと蓋を持ち上げようとしただけで、何を思ったのか、また元々通りグッと押えつけて、再び掛け金をかけてしまった。その時、中から格太郎が、多分それが精一杯であったのだろう、しかしおせ

いの感じでは、ごく弱々しい力で、持ち上げる手ごたえがあった。それを押しつぶすように、彼女は蓋を閉じてしまったのだ。後に至って、無残な夫殺しのことを思い出す度《たび》ごとに、最もおせいを悩ましたのは、外の何事よりも、この長持を閉じた時の、夫の弱々しい手ごたえの記憶だった。彼女にとっては、それが血みどろでもがき回る断末魔の光景などよりは、幾層倍も恐ろしいものに思われたことである。

それはともかく、長持を元々通りにすると、ピッシャリと板戸を閉めて、彼女は大急ぎで自分の部屋に帰った。そして、さすがに着換えをするほどの大胆さはなく、真青《まっさお》になって、箪笥《たんす》の前に座ると、隣の部屋からの物音を消すためでもあるように、用もない箪笥の抽出《ひきだし》を、開けたり閉めたりするのだった。

「こんなことをして、果して自分の身が安全かしら。」

それが物狂わしいまで気に懸《かか》った。でも、その際ゆっくり考えてみる余裕などあろうはずもなく、ある場合には、物を思うことすら、どんなに不可能だかということを痛感しながら、立ったり座ったりするばかりであった。とはいうものの、後になって考えたところによっても、彼女のその咄嗟《とっさ》の場合の考えには、少しの疎漏《そろう》もあった訳ではなかった。掛け金は独手《ひとりで》にしまることは分っているのだし、格太郎が子供たちと隠れん坊をしていて、誤って長持の中へとじ込められたであろうことも、子供たちや女中どもが十分証言してくれるに相違はなく、長持の中の物音や叫声《さけびごえ》が聞えなかったという点も、広い建物のことで気づかなかったといえばそれまでなのだ。現に女中どもでさえ何も知らずにいたほどではないか。

そんな風に深く考えた訳ではなかったけれど、おせいの悪に鋭い直感が、理由を考えるまでもなく、「大丈夫だ、大丈夫だ」と囁いてくれるのだった。

子供を探しにやった女中はまだ戻らなかった。裏で洗濯をしている女中も、家《うち》の中へ入って来た気配はない。早く、今の内に、夫のうなり声や物音が止まってくれればいい、それればかりが、彼女の頭一杯の願いだった。だが、押入れの中の、執念深い物音は、殆ど聞取れぬほどに衰えてはいたけれど、まるで意地の悪いゼンマイ仕掛けのように、絶えそうになっては続いた。気のせいではないかと思って、押入れの板戸に耳をつけて(それを開くことはどうしても出来なかった)聞いてみても、やっぱり物凄い摩擦音《すりおと》は止んではいなかった。そればかりか、恐らく乾き切ってコチコチになっているであろう舌で、殆ど意味をなさぬ世迷言《よまいごと》をつぶやく気配さえ感じられた。それがおせいに対する恐ろしい呪いの言葉であることは、疑うまでもなかった。彼女はあまりの恐ろしさに、危く決心を翻《ひるがえ》して長持を開こうかとまで思ったが、しかし、そんなことをすれば、一層彼女の立場が取返しのつかぬものになることは分りきっていた。一たん殺意を悟られてしまった今更ら、どうして彼を助けることが出来よう。

それにしても、長持の中の格太郎の心持はどのようであったろう。加害者の彼女すら、決心を翻《ひるが》えそうかと迷ったほどである。しかし彼女の想像などは、当人の世にも稀なる大苦悶に比して、千分一、万分一にも足らぬものであったに相違ない。一たんあきらめかけたところへ、思いがけぬ、たとえ姦婦《かんぷ》であるとはいえ、自分の女房が現れて、掛金をはずしさえしたのである。その時の格太郎の大歓喜は、何に比べるものもなかったであろう。日頃恨んでいたおせいが、この上二重三重の不倫を犯したとしても、まだおつりが来るほど有難く、かたじけなく思われたに相違ない。いかに病弱の身とはいえ、死の間際《まぎわ》を味《あじわ》った者にとって、命はそれほど惜しいのだ。だが、その束《つか》の間《ま》の歓喜から、彼は更《さ》らに、絶望などという言葉ではいい尽せぬほどの、無間地獄へつきおとされてしまったのである。もし救いの手が来ないで、あのまま死んでしまったとしても、その苦痛は決してこの世のものではなかったのに、更らに更らに、幾層倍、幾十層倍の、いうばかりなき大苦悶は、姦婦の手によって彼の上に加えられたのである。

おせいは、それほどの苦悶を想像しようはずはなかったけれど、彼女の考え得た範囲だけでも、夫の悶死を憐み、彼女の残虐を悔いない訳には行かなかった。でも、悪女の運命的な不倫の心持は、悪女自身にもどうしようもなかった。彼女は、いつのまにか静まり返ってしまった押入れの前に立って、犠牲者の死を弔《とむら》う代りに、懐しい恋人のおもかげを描いているのだった。一生遊んで暮せる以上の夫の遺産、恋人との誰はばからぬ楽しい生活、それを想像するだけで、死者に対するさばかりの憐みの情を忘れるのには十分なのだ。

彼女は、かくて取返した、常人には想像することも出来ぬ平静を以て、次の間に退《しりぞ》くと、唇の隅に、冷い苦笑をさえ浮べて、さて、帯を解きはじめるのであった。

五

その夜《よ》八時頃になると、おせいによって巧みにも仕組まれた、死体発覚の場面が演じられ、北村家は上を下への大騒ぎとなった。親戚、出入の者、医師、警察官、急を聞いてはせつけたそれらの人々で、広い屋敷が一杯になった。検死の形式を略する訳には行かず、わざと長持の中にそのままにしてあった格太郎の死体のまわりには、やがて係官たちが立並んだ。真底《しんそこ》から嘆き悲しんでいる弟の格二郎、偽《いつわ》りの涙に顔を汚したおせい、係官に混ってその席に列《つらな》ったこの二人が、局外者からは、少しの甲乙もなく、どのように愁傷《しゅうしょう》らしく見えたことであろう。

長持は座敷の真中に持ち出され、一警官の手によって、無雑作に蓋が開かれた。五十燭光《しょっこう》の電燈が、醜く歪《ゆが》んだ、格太郎の苦悶《くもん》の姿を照し出した。日頃綺麗になでつけた頭髪が、逆立つばかりに乱れた様、断末魔そのものの如き手足のひっつり、飛び出した眼球、これ以上に開きようのないほど開いた口、もしおせいの身内に、悪魔そのものがひそんででもいない限り、一目この姿を見たならば、立所《たちどころ》に悔悟自白すべきはずである。それにもかかわらず、彼女はさすがにそれを正視することは出来ない様子であったが、何の自白をもしなかったばかりか、白々しい嘘八百を、涙にぬれて申立てるのだ。彼女自身でさえ、どうしてこうも落ちつくことが出来たのか、たとえ人一人《ひとひとり》殺した上の糞度《くそど》胸《きょう》とはいえ、不思議に思うほどであった。数時間前、不義の外出から帰って、玄関にさしかかった時、あのように胸騒がせた彼女とは（その時もすでに十分悪女であったに相違ないのだが）我ながら別人の観があった。これを見ると、彼女の身内には、生れながらに、世に恐るべき悪魔が巣喰っていて、今その正体を現し始めたものであろうか。これは、後《のち》ほど彼女が出逢ったある危機における、想像を絶した冷静さに徴《ちょう》しても、外《ほか》に判断の下し方はないように見えるのだ。

やがて検死の手続きは、別段の故障なく終り、死体は親族の者の手によって、長持の中から他の場所へ移された。そしてその時、少しばかり余裕を取返した彼らは、初めて長持の蓋の裏の掻き傷に注意を向けることが出来たのである。

もし、何の事情も知らず、格太郎の惨死体を目撃せぬ人が見たとしても、その掻き傷は異様に物凄いものに相違なかった。そこには死人の恐るべき妄執が、如何《いか》なる名画も及ばぬ鮮《あざや》かさを以て、刻まれているのだ。何人《なんぴと》も一目見て顔をそむけ、二度とそこへ目をやろうとはしないほどであった。

その中で、掻き傷の画面から、ある驚くべきものを発見したのは、当のおせいと格二郎の二人だけであった。彼らは死骸と一緒に別間に去った人々のあとに残って、長持の両端から、蓋の裏に現れた影のようなものに異様な凝視をつづけていた。おお、そこには一体何があったのであるか。

それは影のようにおぼろげに、狂者の筆のようにたどたどしいものではあったけれど、よく見れば、無数の掻き傷の上を覆って、一字は大きく、一字は小さく、あるものは斜めに、あるものはやっと判読出来るほどの歪み方で、まざまざと、「オセイ」の三文字が現れているのであった。

「姉さんのことですね。」

格二郎は凝視の目を、そのままおせいに向けて、低い声でいった。

「そうですわね。」

ああ、この世にも冷静な言葉が、その際のおせいの口をついて出たことは、何と驚くべき事実であったか。無論、彼女がその文字の意味を知らぬはずはないのだ。瀕死の格太郎が、命の限りを尽して、やっと書くことの出来た、おせいに対する呪いの言葉、最後の「イ」に至って、その一線を画《かく》すると同時に悶死をとげた彼の妄執、彼はそれに続けて、おせいこそ下手人である旨《むね》を、如何《いか》ほどか書きたかったであろうに、不幸そのものの如き格太郎は、それさえ得せずして、千秋《せんしゅう》の遺恨を抱いて、ほし固《かたま》ってしまったのである。

しかし、格二郎にしては、彼自身善人であるだけに、そこまで疑念を抱くことは出来なかった。単なる「オセイ」の三字が何を意味するか、それが下手人を指し示すものであろうとは、想像の外《ほか》であった。彼がそこから得た感じは、おせいに対する漠然たる疑惑と、兄が未練にも、死際《しにぎわ》まで彼女のことを忘られず、苦悶の指先にその名を書き止めた無残の気持ばかりであった。

「まあ、それほど私のことを心配していて下すったのでしょうか。」

暫《しばら》くしてから、言外に相手がすでに感づいているであろう不倫を悔いた意味をもこめて、おせいはしみじみと嘆いた。そして、いきなりハンカチを顔にあてて、(どんな名優だって、これほど空涙《そらなみだ》をこぼし得るものはないであろう)さめざめと泣くのであった。

六

格太郎の葬式を済ませると、第一におせいの演じたお芝居は、無論上べだけではあるが、不義の恋人と、切れることであった。そして、類なき技巧を以て、格二郎の疑念をはらすことに専念した。しかも、それはある程度まで成功した。たとえ一時だったとはいえ、格二郎はまんまと妖婦の欺瞞に陥《おちい》ったのである。

かくておせいは、予期以上の分配金に預《あずか》り、息子の正一とともに、住みなれた邸を売って、次から次と住所を変え、得意のお芝居の助けをかりて、いつとも知れず、親族たちの監視から遠ざかって行くのだった。

問題の長持は、おせいが強いて貰《もら》い受けて、彼女から密《ひそ》かに古道具屋に売払われた。その長持は今何人《なんぴと》の手に納められたことであろう。あの掻《か》き瑕《きず》と無気味な仮名文字とが、新しい持主の好奇心を刺戟するようなことはなかったであろうか。彼は掻き傷にこもる恐ろしい妄執にふと心戦《おのの》くことはなかったか。そしてまた、「オセイ」という不可思議なる三字に、彼は果して如何《いか》なる女性を想像したであろう。ともすれば、それは世の醜さを知り初《そ》めぬ、無垢《むく》の乙女の姿であったかもしれないのだが。

（附記）勧善懲悪を好む読者諸君に、この物語があまりに無残であることを御詫びしなければなりません。しかしながら、この物語の後において、おせいがどのような運命に遭遇したか、いよいよつのる悪業に、どんな恐ろしい罪を重ねて行ったか。そして、その最後が、諸君の望まれる如く悪人亡び善人栄えて終ったか、どうか、それはこの物語の作者のみが知っているところであります。もし作者の気持が許すならば、この物語を一つの序曲として、他日明智小五郎《あけちこごろう》対北村お勢の、世にも奇怪なる争闘譚を、諸君にお目にかけることが出来るかもしれないことを申し加えておきましょうか。

鏡地獄

「珍らしい話をとおっしゃるのですか、それではこんな話はどうでしょう。」

ある時、五、六人の者が、怖《こ》わい話や、珍奇な話を、次々と語り合っていた時、友達のKが、最後にこんな風に始めた。本当にあったことか、Kの作り話なのか、その後尋ねてみたこともないので、私には分らぬけれど、色々不思議な物語を聞かされたあとだったのと、ちょうどその日の天候が、春も終りに近い頃の、いやにドンヨリと曇った日で、空気が、まるで深い海の底のように、重々しく淀んで、話すものも、聞くものも、何となく狂気めいた気分になっていたからでもあったのか、その話は、異様に私の心をうったのである。話というのは……

＊

私に一人の不幸な友達があるのです。名前は仮りに彼と申しておきましょうか、その彼にはいつの頃からか、世にも不思議な病気が取りついていたのです。ひょっとしたら、先祖に何かそんな病気の人があって、それが遺伝したのかもしれませんね。というのは、まんざら根のない話でもないので、一体彼のうちは、お祖父《じい》さんか、曾祖父《ひいじい》さんかが、切支丹《キリシタン》の邪宗に帰依していたことがあって、古めかしい横文字の書物や、マリヤ様の像や、基督《キリスト》さまのはりつけの絵などが、葛籠《つづら》の底にしまってあるのですが、そんなものと一緒に、伊賀越道中双六《いがごえどうちゅうすごろく》に出て来るような、一世紀も前の望遠鏡だとか、妙な恰好の磁石だとか、当時ギヤマンとかビイドロとかいったのでしょう、美しいガラスの器物だとかが同じ葛籠にしまい込んであって、彼はまだ小さい時分からよくそれを出してもらっては遊んでいたものなのです。

考えてみますと、彼はそんな時分から、物の姿の映る物、例えばガラスとか、レンズとか鏡とかいうものに、不思議な嗜好《しこう》を持っていたようです。それが証拠には、彼のおもちゃといえば、幻燈器械だとか、遠眼鏡《とおめがね》だとか、虫眼鏡だとか、その外《ほか》それに類した、将門《まさかど》眼鏡、万花鏡《まんげきょう》、目に当てると人物や道具などが、細長くなったり、平たくなったりする、プリズムのおもちゃだとか、そんなものばかりでした。

それから、やっぱり彼の少年時代なのですが、こんなことのあったのも覚えております。ある日彼の勉強部屋を訪れますと、机の上に古い桐の箱が出ていて、多分その中に入っていたのでしょう、彼は手に昔物の金《かね》で出来た鏡を持って、それを日光に当てて暗い壁に影を映しているのでした。

「どうだ、面白いだろう、あれを見給え、こんな平《たいら》な鏡が、あすこへ映ると、妙な字の形が出来るだろう。」

彼にそういわれて、壁を見ますと、驚いたことには、白い丸形の中に、多少形がくずれてはいましたけれど、壽《ことぶき》という文字が、白金のような強い光りで現れているのです。

「不思議だね、一体どうしたんだろう。」

何だか神業《かみわざ》というような気がして、子供の私には、珍しくもあり、怖わくもあったのです。思わず、そんな風に聞返しました。

「分るまい。種明《たねあか》しをしようか。種明しをしてしまえば、何んでもないことなんだよ。さあ、ここを見給え、この鏡の裏を、ね、壽という字が浮彫りになっているだろう。これが表へすき通るのだよ。」

なるほど、見れば彼のいう通り、青銅のような色をした鏡の裏には、立派な浮彫りがあるのです。でも、それが、どうして表面まですき通って、あのような影を作るのでしょう。鏡の表は、どの方角からすかして見ても、滑《なめら》かな平面で、顔がでこぼこに映る訳でもないのに、それの反射だけが、不思議な影を作るのです。まるで魔法みたいな気がするのです。

「これはね、魔法でも何でもないのだよ。」彼は私のいぶかし気《げ》な顔色を見て、説明を始めるのでした。「父さんに聞いたんだがね、金の鏡という奴は、ガラスと違って、時々みがきをかけないと、曇りが来て見えなくなるんだ。この鏡なんか、随分古くから僕の家《うち》に伝わっている品で、何度となく磨きをかけている。でね、その磨きをかける度《たび》に、裏の浮彫りの所と、そうでない薄い所とでは、金の減り方が目に見えぬほどずつ違って来るのだよ。厚い部分は手ごたえが多く、薄い部分はそれが少い訳だからね。その目にも見えぬ、減り方の違いが、恐ろしいもので、反射させると、あんなに現れるのだそうだ。分ったかい。」

その説明を聞きますと、一応は理由が分ったものの、今度は、顔を映してもでこぼこに見えない滑かな表面が、反射させると明《あきら》かに凹凸《おうとつ》が現れるという、このえたいの知れぬ事実が、例えば、顕微鏡で何かを覗いた時に味わう、微細なるものの不思議さ、それに似た感じで、私をゾッとさせるのでした。

この鏡のことは、あまり不思議だったので、特別によく覚えているのですが、これはただ一例に過ぎないので、彼の少年時代の遊戯というものは、殆どそのような事柄ばかりで充たされていた訳です。妙なもので、私までが彼の感化を受けて、今でも、レンズというようなものに、人一倍の好奇心を持っているのですよ。

でも少年時代はまだ、さほどでもなかったのですが、それが中学の上級生に進んで、物理学を教わるようになりますと、御承知の通り物理学にはレンズや鏡の理論がありますね、彼はもうあれに夢中になってしまって、その時分から、病気といってもいいほどの、謂《い》わばレンズ狂に変って来たのです。それにつけて思い出すのは、教室で、凹面鏡のことを教わる時間でしたが、小さな凹面鏡の見本を、生徒の間に回して、次々に皆の者が、自分の顔を映して見ていたのです。私はその時分ひどいニキビ面《づら》で、それが何だか性欲的な事実に関係しているような気がして、恥しくてしようがなかったのですが、何気なく凹面鏡を覗いて見ますと、思わずアッと声を立てるほど驚いたことには、私の顔の一つ一つのニキビが、まるで望遠鏡で見た月の表面のように、恐ろしい大きさに拡大されて映ったのです。

小山とも見えるニキビの先端が、柘榴《ざくろ》のようにはぜて、そこからドス黒い血のりが、芝居の殺し場の絵看板の感じで物凄くにじみ出しているのです。ニキビという引け目があったせいでもありましょうが、凹面鏡に映った私の顔がどんなに恐ろしく、不気味なものであったか、それから後《のち》というものは、凹面鏡を見ると、それがまた、博覧会だとか、盛り場の見世物などには、よく並んでいるのですが、私はもう、おぞけを振《ふる》って、逃げ出すようになったほどなんです。

ですが、彼の方では、その時やっぱり凹面鏡を覗いて、これはまた私とあべこべで、恐ろしく思うよりは、非常な魅力を感じたものと見え、教室全体に響き渡るような声で、ホウと感嘆の叫びを上げたものなんです。それがあまり頓狂に聞えたものですから、その時は大笑いになりましたが、さてそれからというものは、彼はもう凹面鏡で夢中なんです。大小様々の凹面鏡を買い込んで、針金だとかボール紙などを使い、複雑なからくり仕掛けを拵《こしら》えては、独りほくそ笑んでいる始末でした。さすがに好きの道だけあって、彼はまた人の思いもつかぬような、変てこな装置を考案する才能を持っていて、もっとも手品の本などを、わざわざ外国から取り寄せたりしたのですけれど、今でも不思議に堪えないのは、これもある時彼の部屋を訪れて、驚かされたのですが、魔法の紙幣というからくり仕掛けでありました。

それは、二尺四方ほどの、四角なボール箱で、前の方に建物の入口のような穴が開いていて、そこのところに一円札が五、六枚、ちょうど状差しの中のハガキのように、差してあるのです。

「このお札を取ってごらん。」

その箱を私の前に持出して、彼は何食わぬ顔で紙幣を取れというのです。そこで、私はいわれるままに、手を出して、ヒョイとその紙幣を取ろうとしたのですが、何とまあ不思議なことには、ありありと目に見えているその札が、手を持って行ってみますと、煙のように何もないではありませんか。あんな驚いたことはありませんね。

「オヤ。」

とたまげている私の顔を見て、彼はさも面白そうに笑いながら、さて説明してくれたところによりますと、それは英国でしたかの物理学者が考案した、一種の手品で、種はやっぱり凹面鏡なのです。詳しい理窟はよくも覚えていませんけれど、本物の紙幣は箱の下へ横に置いて、その上に斜《ななめ》に凹面鏡を装置し、電燈を箱の内部に引込み、光線が紙幣にだけ当るようにすると、凹面鏡の焦点からどれだけの距離にある物体は、どういう角度で、どの辺にその像を結ぶという理論によって、うまく箱の穴のところへ紙幣が現れるのだそうです。普通の鏡ですと、決して本物がそこにあるようには見えませんけれど、凹面鏡では、不思議にもそんな実像を結ぶというのですね。本当にもう、ありありとそこにあるのですからね。

かようにして、彼のレンズや鏡に対する異常なる嗜好《しこう》は、段々嵩《こう》じて行くばかりでしたが、やがて、中学を卒業しますと、彼は上の学校に入ろうともしないで、一つは親たちも甘過ぎたのですね。息子のいうことならば、大抵は無理を通してくれるものですから、学校を出ると、もう一かど大人になった気で、庭の空地にちょっとした実験室を新築して、その中で、例の不思議な道楽を始めたものなんです。

　これまでは、学校というものがあって、いくらか時間を束縛されていたので、それほどでもなかったのが、さて、そうして朝から晩まで実験室にとじ籠《こも》ることになりますと、彼の病勢は俄《にわ》かに恐るべき加速度を以て、昂進《こうしん》し始めました。元来友達の少なかった彼ですが、卒業以来というものは、彼の世界は、狭い実験室の中に限られてしまって、どこへ遊びに出るというではなく、僅かに彼の部屋を訪れるのは、彼の家の人を除くと、私ただ一人ぐらいになってしまったのでした。

　それも極《ご》く時たまのことなんですが、私は彼を訪問する度《たび》に、彼の病気が段々募《つの》って行って、今ではむしろ狂気に近い状態になっているのを目撃して、私に戦慄《せんりつ》を禁じ得ないのでした。彼のこの病癖に持って来て、更《さ》らにいけなかったことは、ある年の流行感冒のために、不幸にも彼の両親が、揃ってなくなってしまったものですから、彼は今は誰に遠慮の必要もなく、その上莫大《ばくだい》な財産を受ついで、思うがままに、彼の妙な実験を行うことが出来るようになったのと、それに今一つは、彼も二十歳を越して、女というものに興味を抱き始め、そんな変てこな嗜好を持つほどの彼ですから、情欲の方も、ひどく変態的で、それが持前のレンズ狂と結びついて、双方が一層勢《いきおい》を増す形になって来たことでした。そして、お話というのは、その結果遂に恐ろしい大団円を招くことになった、ある出来事なのですが、それを申上げる前に、彼の病勢が、どのようにひどくなっていたかということを、二つ三つ、実例によってお話ししておきたいと思うのです。

彼の家は山の手のある高台にあって、今いう実験室は、そこの広々とした庭園の片隅の、街々の甍《いらか》を眼下に見下《みお》ろす位置に建てられたのですが、そこで彼が最初始めたのは、実験室の屋根を天文台のような形に拵えて、そこにかなりの天体観測鏡を据えつけ、星の世界に耽溺《たんでき》することでした。その時分には、彼は独学で、一通り天文学の知識を備えていた訳なのです。が、そのようなありふれた道楽で満足する彼ではありません。その一方では、度の強い望遠鏡を窓際に置いて、それを様々の角度にしては、眼の下に見える人家の、開け放った室内を盗見《ぬすみみ》るという、罪の深い、秘密の楽しみを味《あじわ》っているのでありました。

それがたとえ板塀の中であったり、外《ほか》の家の裏側に向い合っていたりして、当人たちではどこからも見えぬつもりで、まさかそんな遠くの山の上から望遠鏡で覗かれようとは気づくはずもなく、あらゆる秘密の行いを、したい三昧《ざんまい》にふるまっている、それが彼には、まるで目の前の出来事のように、あからさまに眺められるのです。

「こればかりは、止《よ》せないよ。」

彼はそういいいいしては、その窓際の望遠鏡を覗《のぞ》くことを、こよなき楽しみにしていましたが、考えてみれば、随分面白いいたずらに相違ありません。私も時には覗かしてもらうこともありましたけれど、偶然妙なものを、すぐ目の前に発見したりして、いっそ顔の赤らむようなこともないではありませんでした。

その外《ほか》、例えば、サブマリン、テレスコープといいますか、潜航艇の中から海上を眺める、あの装置を拵えて、彼の部屋にいながら傭人《ようにん》たちの、殊に若い小間使《こまづかい》などの私室を、少しも相手に悟られることなく、覗いてみたり、そうかと思うと、虫眼鏡や顕微鏡によって、微生物の生活を観察したり、それについて奇抜なのは、彼が蚤《のみ》の類を飼育していたことで、それを虫眼鏡や度の弱い顕微鏡の下で、這《は》わせてみたり、自分の血を吸うところだとか、虫同士を一つにして同性であれば喧嘩をしたり、異性であれば仲よくしたりする有様を眺めたり、中にも気味の悪いのは、私は一度それを覗かされてからというもの、今まで何とも思っていなかったあの虫が、妙に恐ろしくなったほどなのですが、蚤を半殺しにしておいて、そのもがき苦しむ有様を、非常に大きく拡大してみることでした。五十倍の顕微鏡でしょうが、覗いた感じでは、一匹の蚤が眼界一杯に拡《ひろが》って、吻《くち》から、足の爪、身体《からだ》に生えている小さな一本一本の毛までがハッキリと分って、妙な比喩《ひゆ》ですが、まるで猪《いのしし》のように恐ろしい大きさに見えるのです。それがドス黒い血の海の中で、(僅《わず》か一滴の血潮がそんなに見えるのです)背中半分をペチャンコにつぶされて、手足で空を摑《つか》んで、吻を出来るだけ伸《の》ばして、断末魔の物凄い形相を示しています。何かその吻から恐ろしい悲鳴が聞えて来るようにすら感じられるのです。

そうした細々《こまごま》したことを一々申上げていては際限がありませんから、大抵は省くことにしますが、実験室建築当初の、かような道楽が月日とともに深まって行って、ある時はまた、こんなこともあったのです。ある日のこと、彼を訪ねて、何気なく実験室の扉を開きますと、なぜかブラインドを卸《おろ》して部屋の中が薄暗くなっていましたが、その正面の壁一杯に、そうですね一間四方もあったでしょうか、何かモヤモヤと蠢《うごめ》いているものがあるのです。気のせいかと思って、目をこすってみるのですが、やっぱり何だか動いている。私は戸口に佇《たたず》んだまま、息を呑んでその怪物を見つめたものです。すると、見ているに従って、霧みたいなものが段々ハッキリして来て、針を植えたような黒い叢《くさむら》、その下にギョロギョロと光っている盥《たらい》ほどの目、瞳の茶色がかった虹彩《こうさい》から、白目の中の血管の川までも、ちょうどソフト、フォーカスの写真のように、ぼんやりしているようでいて、妙にハッキリと見えるのです。それから棕櫚《しゅろ》のような鼻毛の光る、洞《ほら》穴《あな》みたいな鼻の穴、そのままの大きさで座蒲団を二枚重ねたかと見える、いやに真赤な唇、その間からギラギラと瓦のような白歯《しらは》が覗いている、つまり部屋一杯の人の顔、それが生きて蠢いているのです。活動写真などでないことは、その動きの静かなのと、正《しょう》物《ぶつ》そのままの色艶とで明瞭です。不気味よりも、恐ろしさよりも、私は自分が気でも違ったのではあるまいかと、思わず驚きの叫び声を上げました。すると、

「驚いたかい、僕だよ、僕だよ。」

と別の方角から彼の声がして、ハッと私を飛び上らせたことには、その声の通りに、壁の怪物の唇と舌が動いて、盥のような目が、ニヤリと笑ったのです。

「ハハハハハ……、どうだいこの趣向は。」

突然部屋が明《あか》るくなって、一方の暗室から彼の姿が現れました。それと同時に壁の怪物が消え去ったのは申すまでもありません。皆さんも大方想像なすったでしょうが、これはつまり実物幻燈、――鏡とレンズと強烈な光の作用によって、実物そのままを幻燈に写す、子供のおもちゃにもありますね、あれを彼独特の工風によって、異常に大きくする装置を作ったのです。そして、そこへ彼自身の顔を映したのです。聞いてみれば何でもないことですが、かなり驚かせるものですよ。まあ、こういったことが彼の趣味なんですね。

似たようなので、一層不思議に思われたのは、今度は別段部屋が薄暗い訳でもなく、彼の顔も見えていて、そこへ変てこな、ゴチャゴチャと鏡を立て並べた器械を置きますと、彼の目なら目だけが、これもまた盥ほどの大きさで、ポッカリと、私の目の前の空

間に浮き出す仕掛けなのです。突然そいつをやられた時には、悪夢でも見ているようで、身がすくんで、殆《ほと》んど生きた空《そら》もありませんでした。ですが、種を割ってみれば、これがやっぱり、先ほどお話しした魔法の紙幣と同じことで、ただ沢山凹面鏡を使って、像を拡大したものに過ぎないのでした。でも、理窟の上では出来るものと分っていても、随分費用と時間のかかることでもあり、そんな馬鹿馬鹿しい真似《まね》を、やってみた人もありませんので、謂《い》わば彼の発明といってもよく、続けざまにそのようなものを見せられますと、何かこう、彼が恐ろしい魔物のようにさえ思われるのでありました。

そんなことがあってから、二、三カ月もたった時分でしたが、彼は今度は何を思ったのか、実験室を小さく区切って上下左右を鏡の一枚板で張りつめた、俗にいう鏡の部屋を作りました。ドアも何もすっかり鏡なのです。彼はその中へ一本の蠟燭《ろうそく》を持って、たった一人で長い間入っているというのです。一体何のためにそんな真似をするのか誰にも分りません。が、その中で彼が見るであろう光景は大体想像することが出来ます。六方を鏡で張りつめた部屋の真中に立てば、そこには彼の身体のあらゆる部分が、鏡と鏡が反射し合うために、無限の像となって映るものに相違ありません。彼の上下左右に、彼と同じ数限りもない人間が、ウジャウジャと殺到する感じに相違ありません。考えただけでもゾッとします。私は子供の時分に八幡《やわた》の藪《やぶし》知らずの見世物で、型ばかりの代物《しろもの》ではありましたが、鏡の部屋を経験したことがあるのです。その不完全極まるものでさえ、私にはどのように恐ろしく感じられたことでしょう。それを知っているものですから、一度彼から鏡の部屋へ入れと勧められた時にも、私は固く拒んで入ろうとはしませんでした。

その内に、鏡の部屋へ入るのは、彼一人だけでないことが分って来ました。その彼の外《ほか》の人間というのは、外でもありません。彼のお気に入りの小間使でもあり、同時に彼のただ一人の恋人でもあったところの、当時十八歳の美しい娘でした。彼は口癖のように、

「あの子のたった一つの取柄《とりえ》は、身体中に数限りもなく、非常に深い濃《こま》やかな陰影があることだ。色艶も悪くはないし、肌も濃やかだし、肉附も海獣のように弾力に富んではいるが、そのどれにもまして、あの女の美しさは、陰影の深さにある。」

といっていた、その娘と一緒に、彼は鏡の国に遊ぶのです。締め切った実験室の中の、それをまた区切った鏡の部屋の中ですから、外部から伺うべくもありませんが、時としては一時間以上も、彼らはそこにとじ籠っているという噂を聞きました。無論彼が一人きりの場合も度々あるのですが、ある時などは、鏡の部屋へ入ったまま、あまり長い間物音一つしないので、召使が心配のあまりドアを叩いたといいます。すると、いきなり

ドアが開いて、素裸の彼が一人で出て来て、一言も物をいわないで、そのままプイと母《おも》屋《や》の方へ行ってしまったというような、妙な話もあるのでした。

その頃から、元々あまりよくなかった彼の健康が、日一日と害《そこな》われて行くように見えました。が、肉体が衰えるのと反比例に、彼の異様な病癖は益々募るばかりでした。彼は莫大の費用を投じて、様々の形をした鏡を集め始めました。平面、凸面、凹面、波型、筒型と、よくもあんなに変った形のものが集《あつま》ったものです。広い実験室の中は、日々担ぎ込まれる、変形鏡で埋《うずま》ってしまうほどでありました。ところが、それればかりではありません。驚いたことには、彼は広い庭の中央に、ガラス工場を建て始めたのです。それは彼独特の設計のもので、特殊の製品については、日本では類のないほど、立派なものでありました。技師や職工なども、選みに選んで、そのためには、彼は残りの財産を全部投げ出しても惜しくない意気込みでした。

不幸にも、彼には意見を加えてくれるような親族が一軒もなかったのです。召使たちの中には見るに見兼ねて意見めいたことをいうものもありましたが、そんなことがあれば直様《すぐさま》お払い箱で、残っている者どもは、ただもう法外に高い給金目当ての、さもしい連中ばかりでした。その場合、彼に取っては天にも地にも、たった一人の友人である私としては、何とか彼をなだめて、この暴挙をとめなければならなかったのですが、無論幾度となくそれは試みてみたのですが、いっかな狂気の彼の耳には入らず、それに事柄が、別段悪事というではなく、彼自身の財産を、彼が勝手に使うのであってみれば、外《ほか》にどう分別のつけようもないのでした。私はただもう、ハラハラしながら、日々に消えて行く彼の財産と、彼の命とを、眺めている外はないのです。

そんな訳で、私はその頃から、かなり足繁く彼の家に出入りするようになりました。せめては彼の行動を、監視なりともしていようという心持だったのです。従って、彼の実験室の中で、目まぐろしく変化する彼の魔術を見まいとしても見ない訳には行きませんでした。それは実に驚くべき怪奇と幻想の世界でありました。彼の病癖が絶頂に達するとともに、彼の不思議な天才もまた、残るところなく発揮されたのでありましょう。走馬燈のように移り変る、それが悉《ことごと》くこの世のものではないところの、怪しくも美しい光景。私はその当時の見聞を、どのような言葉で形容すればよいのでしょう。

外部から買入れた鏡と、それで足らぬところや、外《ほか》では仕入れることの出来ない形のものは、彼自《みず》からの工場で製造した鏡によって補い、彼の夢想は次から次へと実現されて行くのでした。ある時は、彼の首ばかりが、胴ばかりが、あるいは足ばかりが、実験室の空中を漂っている光景です。それはいうまでもなく、巨大な平面鏡を室一杯に斜《ななめ》に張りつめて、その一部に穴をあけ、そこから首や手足を出している、あの手品師の常套《じょうとう》手段《しゅだん》に過ぎないのですけれど、それを行う本人が手品師ではなくて、病的に生真面目な私の友達なのですから、異様の感にうたれないではいられません。ある時は部屋全体が、凹面鏡、凸面鏡、波型鏡、筒型鏡の洪水です。その中央で踊り狂う彼の姿は、あるいは巨大に、あるいは微小に、あるいは長細く、あるいは平べったく、あるいは曲《まが》りくねり、あるいは胴ばかりが、あるいは首の下に首がつながり、あるいは一つの顔に目が四つ出来、あるいは唇が上下に無限に延び、あるいは縮み、その影がまた互《たがい》に反射し、交錯して、紛然雑然、まるで狂人の幻想か、地獄の饗宴です。

ある時は部屋全体が巨大なる万花鏡です。からくり仕掛けで、カタリカタリと回る、数十尺の鏡の三角筒の中に、花屋の店を空にして集めて来た、千紫万紅《せんしばんこう》が、阿片の夢のように、花弁一枚の大きさが畳一畳にも映って、それが何千何万となく、五色の虹となり、極地のオーロラとなって、見る者の世界を覆いつくす。その中で、大入道の彼の裸体が月の表面のような、巨大な毛穴を見せて舞うのです。

その外、種々雑多の、それ以上であっても、決してそれ以下ではないところの、恐るべき魔術、それを見た刹那《せつな》、人間は気絶し、盲目となったであろうほどの、魔界の美、私にそれをお伝えする力もありませんし、またたとえお話ししてみたところで、どうまあ信じて頂けましょう。

そして、そんな狂乱状態が続いたあとで、遂に悲しむべき破滅がやって来たのです。私の最も親しい友達であった彼は、到頭本物の気違いになってしまったのです。これまでとても、彼の所業は決して正気の沙汰とは思われませんでした。しかし、そんな狂態を演じながらも、彼は一日の多くの時間を、常人の如く過しました。読書もすれば、痩《や》せさらばえた肉体を使駆《しく》して、ガラス工場の監督指揮にも従い、私と逢えば、昔ながらの彼の不可思議なる唯美思想を語るのに、何のさし触りもないのでした。それが、あのような無残な終末を告げようとは、どうして予想することが出来ましょう。恐らくこれは、彼の身内に巣食っていた悪魔の所業か、そうでなければ、あまりにも魔界の美に耽溺した彼に対する神の怒りでもあったのでしょうか。

ある朝、私は彼のところからの使いのものに、慌ただしく叩き起されたのです。

「大変です。奥様が、すぐにおいで下さいますようにとおっしゃいました。」

「大変！　どうしたのだ。」

「私どもにも分りませんのです。ともかく、大急ぎでいらしって頂けませんでしょうか。」

使《つかい》の者と私とは、双方とも、もう青ざめてしまって、早口にそんな問答を繰り返すと、私は取るものも取りあえず彼の邸へと駆けつけました。場所はやっぱり実験室です。飛び込むように中へ入ると、そこには、今では奥様と呼ばれている彼の愛した小間使を初め、数人の召使たちが、あっけに取られた形で、立《たち》すくんだまま、一つの妙な物体を見つめているのでした。

その物体というのは、玉乗りの玉をもう一層大きくしたようなもので、外部には一面に布が張りつめられ、それが広々と取り片づけられた実験室の中を、生あるもののように、右に左に転《ころが》り回っているのです。そして、もっと気味悪いのは、多分その内部からでしょう、動物のとも人間のともつかぬ、笑い声のような唸《うな》りが、シューシューと響いているのでした。

「一体どうしたというのです。」

私はかの小間使を捕《とら》えて、先《ま》ずこう尋ねる外はありませんでした。

「さっぱり分りませんの、なんだか中にいるのは旦那様ではないかと思うのですけれど、こんな大きな玉がいつの間に出来たのか、思いもかけないことですし、それに手をつけようにも気味が悪くて、……さっきから何度も呼んでみたのですけれど、中からは妙な笑い声しか戻って来ないのですもの。」

その答を聞くと私は、いきなり、玉に近づいて、声の洩れて来る箇所を調べました。そして、転る玉の表面に、二つ三つの小さな、空気抜きとも見える穴を見つけるのは、訳のないことでした。で、その穴の一つに目を当てて怖《こ》わごわ玉の内部を覗いてみたのですが、中は何か妙に目をさすような光が、ギラギラしているばかりで、人の蠢《うごめ》く気配と、不気味な、狂気めいた笑い声が聞えて来る外には少しも様子が分りません。そこから二、三度彼の名を呼んでもみましたけれど、相手は人間なのか、それとも人間ではない外の者なのか、一向手答《てごた》えがないのです。

ところが、そうして暫くの間、転《ころが》る玉を眺めている内に、ふとその表面の一箇所に、妙な四角の切り食わせが出来ているのを発見しました。それがどうやら、玉の中へ入る扉らしく、押せばガタガタ音はするのですけれど、取手も何もないために、開くことも出来ません。なおよく見れば、取手の跡らしく、金物の穴が残っています。これは、ひょっとしたら、人間が中へ入ったあとで、どうかして取手が抜け落ちて、外からも、中からも、扉が開かぬようになったのではあるまいか。とすると、この男は一晩中玉の中にとじ籠《こ》められていたことになるのでした。では、その辺に取手が落ちてはいまいかと、あたりを見回しますと、もう私の想像通りに違いなかったことには、部屋の一方の隅に、丸い金具が落ちていて、それを今の金物の穴にあててみれば、寸法はきっちり合うのです。しかし困ったことには、柄《え》が折れてしまっていて、今更《いまさら》穴に差し込んでみたところで、扉が開くはずもないのでした。

でも、それにしてもおかしいのは、中にとじこめられた人が、助けを呼びもしないで、ただゲラゲラ笑っていることでした。

「もしや。」

私はある事に気づいて、思わず青くなりました。もう何を考える余裕もありません、ただこの玉をぶちこわす一方です。そうして、ともかくも中の人間を助け出す外はないのです。

私はいきなり工場に駆けつけて、ハンマーを拾うと、元の部屋に引返し、玉を目がけて、烈《はげ》しい一撃を加えました。と、驚いたことには、内部は厚いガラスで出来ていたとみえ、ガチャンと、恐ろしい音とともに、玉は夥《おびただ》しい破片に、割れくずれてしまいました。

そして、その中から這い出して来たのは、まぎれもない、私の友達の彼だったのです。もしやと思っていたのが、やっぱりそうだったのです。それにしても、人間の相好《そうごう》が、僅《わず》か一日の間に、あのようにも変るものでしょうか。昨日《きのう》までは衰《おとろ》えてこそいましたけれど、どちらかといえば、神経質に引締った顔で、ちょっと見ると怖《こ》わいほどでしたのが、今はまるで死人の相好のように、顔面のすべての筋がたるんでしまい、引かき回したように乱れた髪の毛、血走っていながら、異様に空《うつろ》な目、そして口をだらしなく開いて、ゲラゲラと笑っている姿は、二目と見られたものではないのです。それは、あのように彼の寵愛《ちょうあい》を受けていた、かの小間使さえもが、恐れをなして、飛びのいたほどでありました。

いうまでもなく、彼は発狂していたのです。しかし、何が彼を発狂させたのでありましょう。玉の中にとじ込められたくらいで、気の狂う男とも見えません。それに第一、あの変てこな玉は、一体全体何の道具なのか、どうして彼がその中へ這入っていたのか、玉のことは、そこにいた誰もが知らぬというのですから、恐らく彼が工場に命じて秘密に拵えさせたものでもありましょうが、彼はまあ、この玉乗りのガラス玉を、一体どうするつもりだったのでありましょうか。

部屋の中をうろうろしながら、笑い続ける彼、やっと気を取り直して、涙ながらに、その袖を捉える女、その異常な昂奮《こうふん》の中へ、ヒョッコリ出勤して来たのは、ガラス工場の技師でした。私はその技師を捉えて彼の面食《めんくら》うのも構わずに、矢継《やつ》ぎ早《ばや》の質問をあびせました。そして、ヘドモドしながら彼の答えたところを要約しますと、つまりこういう次第であったのです。

技師は大分以前から、直径四尺に二分ほどの厚味を持った中空のガラス玉を作ることを命じられ、秘密の内に作業を急いで、それが昨夜遅くやっと出来上ったのでした。技師たちは勿論その用途を知るべくもありませんが、玉の外側に水銀を塗って、その内側を一面の鏡にすること、内部には数カ所に強い光の小電燈を装置し、玉の一箇所に人の出入出来るほどの扉を設けること、というような不思議な命令に従って、その通りのものを作ったのです。出来上ると、夜中にそれを実験室に運び、小電燈のコードには、室内燈の線を連結して、それを主人に引渡したまま、帰宅したのだと申します。それ以上の事は、技師にはまるで分らないのでした。

私は技師を帰し、狂人は召使たちに看護を頼んでおいて、その辺に散乱した不思議なガラス玉の破片を眺めながら、どうかして、この異様な出来事の謎を解こうと、悶《もだ》えました。長い間、ガラス玉との睨《にら》めっこでした。が、やがて、ふと気づいたのは、彼は、彼の知力の及ぶ限りの鏡装置を試みつくし、楽しみ尽して、最後に、このガラス玉を考案したのではないか、そして、自からその中に這入って、そこに映るであろう不思議な影像を眺めようと試みたのではないかということでした。

が、彼は何故《なにゆえ》発狂しなければならなかったか。いや、それよりも、彼はガラス玉の内部で何を見たか。一体全体何を見たのか。そこまで考えた私は、その刹那《せつな》、脊髄《せきずい》の中心を、氷の棒で貫かれた感じで、そして、その世の常ならぬ恐怖のために、心《しん》の臓まで冷《つめた》くなるのを覚えました。彼はガラス玉の中に這入って、ギラギラした小電燈の光で、彼自身の影像を一目見るなり、発狂したのか、それともまた、玉の中を逃げ出そうとして、誤って扉の取手を折り、出るにも出られず、狭い球体の中で、死の苦しみをもがきながら、遂に発狂したのか、そのいずれかではなかったでしょうか。では、何物がそれほどまでに彼を恐怖せしめたか。

それは、到底人間の想像を許さぬところです。球体の鏡の中心に這入った人が、かつて一人だってこの世にあったでしょうか。その球壁に、どのような影が映るものか、物理学者とて、これを算出することは不可能でありましょう。それは、ひょっとしたら、我々には、夢想することも許されぬ、恐怖と戦慄の人外境《じんがいきょう》ではなかったのでしょうか。世にも恐るべき悪魔の世界ではなかったのでしょうか。そこには、彼の姿が彼としては映らないで、もっと別のもの、それがどんな形相を示したかは、想像の外ですけれど、ともかく、人間を発狂させないではおかぬほどの、あるものが、彼の宇宙を覆いつくして、映し出されたのではありますまいか。

ただ、我々にかろうじて出来ることは、球体の一部であるところの、凹面鏡の恐怖を、球体にまで延長して見る外にはありません。あなた方は、定《さだ》めし凹面鏡の恐怖なれば、御存じでありましょう。あの自分自身を顕微鏡にかけて、覗いてみるような、悪夢の世界、球体の鏡はその凹面鏡が果てしもなく連《つらな》って、我々の全身を包むのと同じ訳なのです。それだけでも単なる凹面鏡の恐怖の、幾層倍、幾十層倍に当りますが、そのように想像したばかりで、我々はもう身の毛がよ立つではありませんか。

私の不幸な友達は、そうして、彼のレンズ狂、鏡気違いの、最端を極めようとして、極めてはならぬところを極めようとして、神の怒りにふれたのか、悪魔の誘いに敗れたのか、遂に、恐らく彼自身を亡ぼさねばならなかったのでありましょう。

彼はその後、狂ったままこの世を去ってしまいましたので、事の真相を確《たしか》むべきよすがとてもありませんが、でも、少くとも私だけは、彼は鏡の玉の内部を冒《おか》したばっかりに、遂にその身を亡ぼしたのだという想像を、今日に至るまでも捨て兼ねているのでございます。

木馬は廻る

「ここはお国を何百里、離れて遠き満州の……」

ガラガラ、ゴットン、ガラガラ、ゴットン、廻転木馬は廻《まわ》るのだ。

今年五十幾《いく》歳の格二郎《かくじろう》は、好きからなったラッパ吹きで、昔はそれでも、郷里の町の活動館の、花形音楽師だったのが、やがてはやり出した管絃楽というものに、けおされて、「ここはお国」や「風と波と」では、一向《いっこう》雇い手がなく、遂には披露目《ひろめ》やの、徒歩楽隊となり下って、十幾年の長の年月を、荒い浮世の波風に洗われながら、日にち毎日、道行く人の嘲笑《ちょうしょう》の的となって、でも、好きなラッパが離されず、たとい離そうと思ったところで、外《ほか》にたつきの道とてはなく、一つは好きの道、一つはしょうことなしの、楽隊暮しを続けているのだった。

それが、去年の末、披露目やから差向けられて、この木馬館へやって来たのが縁となり、今では常傭《じょうやと》いの形で、ガラガラ、ゴットン、ガラガラ、ゴットン、廻る木馬の真中の、一段高い台の上で、台には紅白の幔幕《まんまく》を張《は》り廻《めぐ》らし、彼らの頭の上からは、四方に万国旗が延びている、そのけばけばしい装飾台の上で、金モールの制服に、赤ラシャの楽隊帽、朝から晩まで、五分ごとに、監督さんの合図の笛がピリピリと鳴り響くごとに、「ここはお国を何百里、離れて遠き満州の……」と、彼の自慢のラッパをば、声はり上げて吹き鳴らすのだ。

世の中には、妙な商売もあったものだな。一年三百六十五日、手垢《てあか》で光った十三匹の木馬と、クッションの利かなくなった五台の自動車と、三台の三輪車と、背広服の監督さんと、二人の女切符切りと、それが、廻り舞台のような板の台の上でうまずたゆまず廻っている。すると、嬢《じょ》っちゃんや坊ちゃんが、お父さんやお母さんの手を引っぱって、大人は自動車、子供は木馬、赤ちゃんは三輪車、そして、五分間のピクニックをば、何とまあ楽しそうに乗り廻していることか。藪入《やぶい》りの小僧さん、学校帰りの腕白、中には色気盛りの若い衆までが「ここはお国を何百里」と、喜び勇んで、お馬の背中で躍るのだ。

すると、それを見ているラッパ吹きも、太鼓叩きも、よくもまあ、あんな仏頂面《ぶっちょうづら》がしていられたものだと、よそ目には滑稽《こっけい》にさえ見えているのだけれど、彼らとしては、そうして思い切り頬をふくらしてラッパを吹きながら、撥《ばち》を上げて太鼓を叩きながら、いつの間にやら、お客様と一緒になって、木馬の首を振る通りに楽隊を合せ、無我夢中で、メリイ、メリイ、ゴー、ラウンドと、彼らの心も廻るのだ。廻れ廻れ、時計の針のように、絶えまなく。お前が廻っている間は、貧乏のことも、古い女房のことも、鼻たれ小僧の泣き声も、南京米《なんきんまい》のお弁当のことも、梅干一つのお菜のことも、一切がっさい忘れている。この世は楽しい木馬の世界だ。そうして今日も暮れるのだ。明日も、あさっても暮れるのだ。

毎朝六時がうつと、長屋の共同水道で顔を洗って、ポンポンと、よく響く柏手《かしわで》で、今日様《こんにちさま》を礼拝して、今年十二歳の、学校行きの姉娘が、まだ台所でごてごてしている時分に、格二郎は、古女房の作ってくれた弁当箱をさげて、いそいそと木馬館へ出勤する。姉娘がお小遣をねだったり、癇持《かんも》ちの六歳の弟息子《むすこ》が泣きわめいたり、何ということだ、彼にはその下にまだ三歳の小せがれさえあって、それが古女房の背中で鼻をならしたり、そこへ持って来て、当の古女房までが、頼母子講《たのもしこう》の月掛けが払えないといっては、ヒステリイを起したり、そういうもので充《み》たされた、裏長屋の九尺二間をのがれて、木馬館の別天地へ出勤することは、彼にはどんなにか楽しいものであったのだ。そして、その上に、あの青いペンキ塗りの、バラック建ての木馬館には、「ここはお国を何百里」と日ねもす廻《めぐ》る木馬の外に、吹きなれたラッパの外に、もう一つ、彼を慰めるものが、待っていさえしたのである。

木馬館では、入口に切符売場がなくて、お客様は、勝手に木馬に乗ればよいのだ。そして半分ほども木馬や自動車がふさがってしまうと、監督さんが笛を吹く、ドンガラガッガと木馬が廻る。すると、二人の青い布の洋服みたいなものを着た女たちが、肩から車掌のような鞄《かばん》をさげて、お客様の間を廻り歩き、お金と引換えに、切符を切って渡すのだ。その女車掌の一方は、もう三十を大分過ぎた、彼の仲間の太鼓叩きの女房で、おさんどんが洋服を着た格好《かっこう》なのだが、もう一方のは十八歳の小娘で、無論木馬館へ雇われるほどの娘だから、とてもカフェの女給のように美しくはないけれど、でも女の十八といえば、やっぱり、どことなく人を惹きつけるところがあるものだ。青い木綿の洋服が、しっくり身について、それの小皺《こじわ》の一つ一つにさえ、豊《ゆたか》な肉体のうねりが、艶《なまめ》かしく現れているのだし、青春の肌の薫《かお》りが、木綿を通してムッと男の鼻をくすぐるのだし、そして、きりょうはといえば、美しくはないけれど、どことなくいとしげで、時々は、大人の客が切符を買いながら、からかってみることもあり、そんな場合には、娘の方でも、ガクンガクンと首を振る、木馬のたてがみに手をかけて、いくらか嬉しそうに、からかわれてもいたのである。名はお冬といって、それが格二郎の、日ごとの出勤を楽しくさせたところの、実をいえば、最も主要な原因であったのだ。

年齢《とし》がひどく違っている上に、彼の方にはチャンとした女房もあり、三人の子供まで出来ている、それを思えば、「色恋」の沙汰はあまりに恥しく、事実また、そのような感情からではなかったのかもしれないけれど、格二郎は、毎朝、煩わしい家庭をのがれて、木馬館に出勤して、お冬の顔を一目見ると、妙に気持がはればれしくなり、口を利き合えば、青年のように胸が躍って、年にも似合わず臆病になって、それ故に一層嬉しく、もし彼女が欠勤でもすれば、どんなに意気込んでラッパを吹いても、何かこう気が抜けたようで、あの賑《にぎや》かな木馬館が、妙にうそ寒く、物淋しく思われるのであった。

どちらかといえば、みすぼらしい、貧乏娘のお冬を、彼がそんな風に思うようになったのは、一つは己《おの》れの年を顧みて、そのみすぼらしいところが、かえって、気安く、ふさわしく感じられもしたのであろうが、また一つには、偶然にも、彼とお冬とが同じ方角に家を持っていて、館がはねて帰る時には、いつも道連れになり、口を利き合う機会が多く、お冬の方でも、なついて来れば、彼の方でも、そんな小娘と仲をよくすることを、そう不自然に感じなくても済むという訳であった。

「じゃあ、またあしたね。」

そして、ある四つ辻で別れる時には、お冬は極《きま》ったように、少し首をかしげて、多少甘ったるい口調で、このような挨拶をしたのである。

「ああ、あしたね。」

　すると格二郎も、ちょっと子供になって、あばよ、しばよ、というような訳で、弁当箱をガチャガチャいわせて、手をふりながら挨拶するのだ。そして、お冬のうしろ姿を、それが決して美しい訳ではないのだが、むしろあまりにみすぼらしくさえあるのだが、眺め眺め、幽《かす》かに甘い気持にもなるのであった。

　お冬の家の貧乏も、彼の家のと、大差のないことは、彼女が館から帰る時に、例の青木綿の洋服をぬいで、着換えをする着物からでも、充分に想像することが出来るのだし、また彼と道づれになって、露店の前などを通る時、彼女が目を光らせて、さも欲しそうに覗いている装身具の類を見ても、「あれ、いいわねえ」などと、往来の町家の娘たちの身なりを羨望する言葉を聞いても、可哀相に彼女のお里は、すぐに知れてしまうのであった。

　だから、格二郎にとって、彼女の歓心を買うことは、彼の軽い財布を以てしても、ある程度まではさして難しい訳でもないのだ。一本の花かんざし、一杯のおしるこ、そんなものにでも、彼女は充分、彼のために可憐な笑顔を見せてくれるのであった。

「これ、駄目でしょ。」彼女はある時、彼女の肩にかかっている流行おくれのショールを、指の先でもてあそびながらいったものである。だから、無論それはもう寒くなり始めた頃なのだが、「おとしのですもの、みっともないわね。あたしあんなのを買うんだわ。ね、あれいいでしょ。あれが今年のはやりなのよ。」彼女はそういって、ある洋品店の、ショーウインドウの中の立派なのではなくて、軒の下に下っている、値の安い方のを指《ゆびさ》しながら、「ああ、早く月給日が来ないかな」とため息をついたものである。

なるほど、これが今年の流行だな。格二郎は始めてそれに気がついて、お冬の身にしては、さぞ欲しいことであろう。もし安いものなら財布をはたいて買ってやってもいい、そうすれば彼女はまあどんな顔をして喜ぶだろう。と軒下へ近づいて、正札を見たのだが、金七円何十銭というのに、とても彼の手に合わないことを悟ると、同時に、彼自身の十二歳の娘のことなども思い出されて、今更《いまさら》ながら、この世が淋しくなるのであった。

その頃から、彼女は、ショールのことを口にせぬ日がないほどに、それを彼女自身のものにするのを、つまり月給を貰う日を待ち兼ねていたものだ。ところが、それにもかかわらず、さて月給日が来て、二十幾円かの袋を手にして、帰り途《みち》で買うのかと思っていると、そうではなくて、彼女の収入は、一度全部母親に手渡さなければならないらしく、そのまま例の四辻で、彼と別れたのだが、それから、今日は新しいショールをして来るか、明日は、かけて来るかと、格二郎にしても、我事《わがこと》のように待っていたのだけれど、一向その様子がなく、やがて半月ほどにもなるのに、妙なことには、彼女はその後少しもショールのことを口にしなくなり、あきらめ果てたかのように、例の流行おくれの品を肩にかけて、でも、しょっちゅう、つつましやかな笑顔を忘れないで、木馬館への通勤を怠らぬのであった。

その可憐な様子を見ると、格二郎は、彼自身の貧乏については、かつて抱いたこともない、ある憤りの如きものを感じぬ訳には行かなかった。僅か七円何十銭のおあしが、そうかといって、彼にもままにならぬことを思うと、一層むしゃくしゃしないではいられなかった。

「やけに、鳴らすね。」

彼の隣に席をしめた、若い太鼓叩きが、ニヤニヤしながら彼の顔を見たほども、彼は、滅茶苦茶《めっちゃくちゃ》にラッパを吹いてみた。

「どうにでもなれ」というやけくそな気持ちだった。いつもは、クラリネットに合せて、それが節を変えるまでは、同じ唱歌を吹いているのだが、その規則を破って、彼のラッパの方からドシドシ節を変えて行った。

「金比羅《こんぴら》舟々《ふねふね》、……おいてに帆《ほ》かけて、しゅらしゅしゅしゅら」と彼は首をふりふり、吹き立てた。

がったほどである。

「奴《やっこ》さん、どうかしてるぜ。」

外の三人の楽隊たちが、思わず目を見合せて、この老ラッパ手の、狂燥《きょうそう》を、いぶかしがったほどである。

それは、ただ一枚のショールの問題には止《とど》まらなかった。日頃のあらゆる憤懣《ふんまん》が、ヒステリイの女房のこと、やくざな子供たちのこと、貧乏のこと、老後の不安のこと、もはや帰らぬ青春のこと、それらが、金比羅舟々の節廻しを以て、やけにラッパを鳴らすのであった。

そして、その晩もまた、公園をさまよう若者たちが「木馬館のラッパが、馬鹿によく響くではないか。あのラッパ吹き奴《め》、きっと嬉しいことでもあるんだよ」と、笑い交すほども、それ故に、格二郎は、彼とお冬との嘆きをこめて、いやいや、そればかりではないのだ、この世のありとある、嘆きの数々を一管《ひとくだ》のラッパに託して、公園の隅から隅まで響けとばかり、吹き鳴らしていたのである。

無神経の木馬どもは、相変らず時計の針のように、格二郎たちを心棒にして、絶え間もなく廻っていた。それに乗るお客たちも、それを取《とり》まく見物たちも、彼らもまた、あの胸の底には、数々の苦労を秘めているのであろうか。でも、上辺《うわべ》はさも楽しそうに、木馬と一緒に首をふり、楽隊の調子に合せて足を踏み、「風と波とに送られて……」と、しばし浮世の波風を、忘れ果てた様《さま》である。

だが、その晩は、この何の変化もない、子供と酔っぱらいのお伽《とぎ》の国に、というよりは、老ラッパ手格二郎の心に、少しばかりの波風を、齎《もたら》すものがあったのである。

あれは、公園雑沓《ざっとう》の最高潮に達する、夜の八時から九時の間であったかしら、その頃は木馬を取りまく見物も、大げさにいえば黒山のようで、そんな時に限って、生酔《なまよ》いの職人などが、木馬の上で妙な格好をして見せて、見物の間に、なだれのような笑い声が起るのだが、そのどよめきをかき分けて、決して生酔いではない、一人の若者が、丁度《ちょうど》止った木馬台の上へヒョイと飛びのったものである。

たとい、その若者の顔が少しばかり青ざめていようと、そぶりがそわそわしていようと、雑沓の中で、誰《たれ》気づく者もなかったが、ただ一人、装飾台の上の格二郎だけは、若者の乗った木馬がちょうど彼の目の前にあったのと、乗るがいなや、待兼《まちか》ねたように、お冬がそこへ駆けつけて、切符を切ったのとで、つまり半《なか》ばねたみ心から、若者の一挙一動を、ラッパを吹きながら正面を切った、その眼界の及ぶ限り、謂《い》わば見張っていたのである。どうした訳か、切符を切って、もう用事は済んだはずなのに、お冬は若者の側から立去らず、そのすぐ前の自動車の凭《もた》れに手をかけて、思わせぶりに身体《からだ》をくねらせて、じっとしているのが、彼にしては、一層気に懸《かか》りもしたのであろうか。

が、その彼の見張りが、決して無駄でなかったことには、やがて木馬が二廻りもしない間に、木馬の上で、妙な格好で片方の手を懐中に入れていた若者が、その手をスルスルと抜き出して、目は何食わぬ顔で外の方を見ながら、前に立っているお冬の洋服の、お尻のポケットへ、何か白いものを、それが格二郎には、確かに封筒だと思われたのだが、手早くおし込んで、元の姿勢に帰ると、ホッと安心のため息を洩したように見えたのだ。

「附文《つけぶみ》かな。」

ハッと息を呑んで、ラッパを休んで、格二郎の目は、お冬のお尻へ、そこのポケットから封筒らしいものの端が、糸のように見えているのだが、それに釘づけにされた形であった。もし彼が、以前のように冷静であったなら、その若者の、顔は綺麗だが、いやに落ちつきのない目の光りだとか、異様にそわそわした様子だとか、それからまた、見物の群衆に混って、若者の方を意味ありげに睨《にら》んでいる、顔なじみの角袖の姿などに、気づいたでもあろうけれど、彼の心は、もっと外の物で充《み》たされていたものだから、それどころではなく、ただもうねたましさと、いい知れぬ淋しさで、胸が一杯なのだ。だから、若者のつもりでは、角袖の眼をくらまそうとして、さも平気らしく、そばのお冬に声をかけてみたり、はては、からかったりしているのが、格二郎には一層腹立たしくて、悲しくて、それにまた、あのお冬奴《め》、いい気になって、いくらか嬉しそうにさえして、からかわれている様子はない。ああ、俺は、どこに取柄《とりえ》があってあんな恥知らずの、貧乏娘と仲よしになったのだろう。馬鹿奴、馬鹿奴、お前は、あのすべた奴に、もし出来れば、七円何十銭のショールを買ってやろうとさえしたではないか。ええ、どいつもこいつも、くたばってしまえ。

「赤い夕日に照らされて、友は野末の石の下」

そして、彼のラッパは益々威勢よく、益々快活に鳴り渡るのである。

さて、暫《しばら》くして、ふと見ると、もう若者はどこへ行ったか、影もなく、お冬は、外の客の側に立って、何気なく、彼女の勤めの切符切りにいそしんでいる。そして、そのお尻のポケットには、やっぱり糸のような封筒の端が見えているのだ。彼女は附文されたことなど少しも知らないでいるらしい。それを見ると、格二郎はまたしても、未練がましく、そうなると、やっぱり無邪気に見える彼女の様子がいとしくて、あの綺麗な若者と競争をして、打勝つ自信などは毛頭ないのだけれど、出来ることなら、せめて一日でも二日でも、彼女との間柄を、今まで通り混り気のないものにしておきたいと思うのである。

もしお冬が附文を読んだなら、そこには、どうせ歯の浮くような殺し文句が並べてあるのだろうが、世間知らずの彼女にしては、恐らく生れて始めての恋文でもあろうし、それに相手があの若者であってみれば、(その時分外に若い男のお客なぞはなく、殆《ほとん》ど子供と女ばかりだったので、附文の主は立所《たちどころ》に分るはずだ)どんなにか胸躍らせ、顔をほてらせて、甘い気持になることであろう。それからは、定《さだ》めし物思い勝ちになって、彼とも以前のようには口を利いてもくれなかろう。ああ、そうだ、一層のこと、折を見て、彼女があの附文を読まない先に、そっとポケットから引抜いて、破り捨ててしまおうかしら。無論、そのような姑息《こそく》な手段で、若い男女の間を裂き得ようとも思わぬけれど、でも、たった今宵一夜《こよいひとよ》さでも、これを名残《なご》りに、元のままの清い彼女と言葉が交しておきたかった。

それから、やがて十時頃でもあったろうか。活動館がひけたかして、一《ひと》しきり館の前の人通りが賑《にぎや》かになったあとは、一時にひっそりとしてしまって、見物たちも、公園生《は》え抜《ぬ》きのチンピラどもの外は、大抵帰ってしまい、お客様も二、三人来たかと思うと、あとが途絶えるようになった。そうなると、館員たちは帰りを急いで、中には、そっと板囲いの中の洗面所へ、帰支度《かえりじたく》の手を洗いに入ったりするのである。格二郎も、お客の隙を見て、楽隊台を降りて、別に手を洗うつもりはなかったけれど、お冬の姿が見えぬので、もしや洗面所ではないかと、その板囲いの中へ入ってみた。すると、偶然にも、ちょうどお冬が洗面台に向うむきになって、一生懸命顔を洗っている、そのムックリとふくらんだお尻のところに、さい前の附文が、半分ばかりもはみ出して、今にも落ちそうに見えるのだ。格二郎は、最初からその気で来たのではなかったけれど、それを見ると、ふと抜取《ぬきと》る心になって、

「お冬坊、手廻しがいいね。」

といいながら、何気なく彼女の背後《うしろ》に近寄り、手早く封筒を引抜くと、自分のポケットへ落し込んだ。

「アラ、びっくりしたわ。アア、おじさんなの、あたしゃまた、誰かと思った。」

すると彼女は、何か彼がいたずらでもしたのではないかと気を廻して、お尻を撫で廻しながら、ぬれた顔をふり向けるのであった。

「まあ、たんと、おめかしをするがいい。」

彼はそういい捨てて、板囲いを出ると、その隣の機械場《きかいば》の隅に隠れて、抜取った封筒を開いて見た。と、今それをポケットから出す時に、ふと気がついたのだが、手紙にしては何だか少し重味が違うように思われるのだ。で、急いで封筒の表を見たが、宛名《あてな》は、妙なことには、お冬ではなくて、四角な文字で、難しい男名前が記され、裏はと見ると、どうしてこれが恋文なものか、活版刷りで、どこかの会社の名前が、所番地、電話番号

までも、こまごまと印刷されてあるのだった。そして、中味は、手の切れるような十円札が、ふるえる指先で勘定してみると、ちょうど十枚。外《ほか》でもない、それは何人《なんぴと》かの月給袋なのである。

一瞬間、夢でも見ているか、何か飛んでもない間違いを仕出来《しでか》した感じで、ハッとうろたえたけれど、よくよく考えてみれば、一途《いちず》に附文だと思い込んだのが彼の誤りで、さっきの若者は、多分スリででもあったのか、そして、巡査に睨《にら》まれて、逃げ場に困り、呑気《のんき》そうに木馬に乗ってごまかそうとしたのだけれど、まだ不安なので、スリ取ったこの月給袋を、ちょうど前にいたお冬のポケットに、そっと入れておいたものに相違ない、ということが分って来た。

すると、その次の瞬間には、彼は何か大儲けをしたような気持ちになって来るのであった。名前が書いてあるのだから、スラれた人は分っているけれど、どうせ当人はあきらめているだろうし、スリの方にしても、自分の身体の危いことだから、まさか、あれは俺のだといって、取返しに来ることもなかろう。もし来たところで、知らぬといえば、何の証拠もないことだ。それに本人のお冬は実際少しも知らないのだから、結局うやむやに終ってしまうのは知れている。とすると、この金は俺の自由に使ってもいい訳だな。だが、それでは、今日《こんにち》さまに済むまいぞ。勝手な云《い》い訳《わけ》をつけてみたところで、結局は盗人の上前をはねることだ。今日さまは見通しだ。どうしてそのまま済むものか。だが、お前は、そうしてお人好しにビクビクしていたばっかりに、今日が日まで、このみじめな有様を続けているのではないか。天から授かったこのお金を、むざむざ捨てることがあるものか。済む済まぬは第二として、これだけの金があれば、あの可哀相な、いじらしいお冬のために、思う存分の買物がしてやれるのだ。いつか見たショーウィンドウの高い方のショールや、あの子の好きな臙脂《えんじ》色《いろ》の半襟《はんえり》や、ヘヤピンや、それから帯だって、着物だって、倹約をすれば一通りは買い揃えることが出来るのだ。

そうして、お冬の喜ぶ顔を見て、真から感謝をされて、一緒に御飯でもたべたら……ああ、今俺には、ただ決心さえすれば、それがなんなく出来るのだ。ああ、どうしよう、どうしよう。

と、格二郎は、その月給袋を胸のポケット深く納めて、その辺をうろうろと行ったり来たりするのであった。

「アラ、いやなおじさん。こんなところで、何をまごまごしてるのよ。」

それがたとい安白粉《やすおしろい》にもせよ、のびが悪くて顔がまだらに見えるにもせよ、ともかく、お冬がお化粧をして、洗面所から出て来たのを見ると、そして、彼にしては、胸の奥をくすぐられるようなその声を聞くと、ハッと妙な気になって、夢のように、彼はとんでもないことを口走ったのである。

「オオ、お冬坊、今日は帰りに、あのショールを買ってやるぞ。俺は、ちゃんと、そのお金を用意して来ているのだ。どうだ。驚いたか。」

だが、それをいってしまうと、外《ほか》の誰にも聞えぬほどの小声ではあったものの、思わずハッとして、口を蓋《ふた》したい気持だった。

「アラ、そうお、どうも有難う。」

ところが、可憐《かれん》なお冬坊は、外の娘だったら、何とか常談口《じょうだんぐち》の一つも利《き》いて、からかい面《づら》をしようものを、すぐ真に受けて、真から嬉しそうに、少しはにかんで、小腰をかがめさえしたものだ。となると、格二郎も今更《いまさら》後へは引かれぬ訳である。

「いいとも、館がはねたら、いつもの店で、お前のすきなのを買ってやるよ。」

でも、格二郎は、さも浮々《うきうき》と、そんなこと受合いながらも、一つには、いい年をした爺《じい》さんが、こうして、十八の小娘に夢中になっているかと思うと、消えてしまいたいほど恥しく、一こと物をいったあとでは、何とも形容の出来ぬ、胸の悪くなるような、はかないような、寂しいような、変な気持に襲われるのと、もう一つは、その恥しい快楽を、自分の金でもあることか、泥棒のうわ前をはねた、不正の金によって、得ようとしている浅間《あさま》しさ、みじめさが、じっとしていられぬほどに心を責め、お冬のいとしい姿の向うには、古女房のヒステリイ面《づら》、十二を頭に三人の子供たちのおもかげ、そんなものが、頭の中を卍巴《まんじどもえ》とかけ巡って、最早《もはや》物事を判断する気力もなく、ままよ、なるようになれとばかり、彼は突如として大声に叫び出すのであった。

「機械場のお父《とっ》つぁん、一つ景気よく馬を廻しておくんなさい。俺あ一度こいつに乗ってみたくなった。お冬坊、手がすいているなら、お前も乗んな。そっちのおばさん、いや失敬失敬、お梅さんも、乗んなさい。ヤア、楽隊屋さん。一つラッパ抜きで、やっつけてもらおうかね。」

「馬鹿馬鹿しい。お止《よ》しよ。それよか、もう早く片づけて、帰ることにしようじゃないか。」

お梅という年増の切符切りが、仏頂面をして応じた。

「イヤ、なに、今日はちっとばかり、心嬉しいことがあるんだよ。ヤア、皆さん、あとで一杯ずつおごりますよ。どうです。一つ廻してくれませんか。」

「ヒヤヒヤ、よかろう。お父つぁん、一廻し廻してやんな。監督さん、合図の笛を願いますぜ。」

太鼓叩きが、お調子にのって怒鳴《どな》った。

「ラッパさん、今日はどうかしているね。だがあまり騒がないように頼みますぜ。」

監督さんが苦笑いをした。

で結局、木馬は廻り出したものだ。

「サァ、一廻り、それから、今日は俺がおごりだよ。お冬坊も、お梅さんも、監督さんも、木馬に乗った、木馬に乗った。」

酔っぱらいのようになった格二郎の前を、背景の、山や川や海や、木立や、洋館の遠見などが、ちょうど汽車の窓から見るように、うしろへ、うしろへと走り過ぎた。

「バンザーイ。」

たまらなくなって、格二郎は、木馬の上で両手を拡げると、万歳を連呼した。ラッパ抜きの、変妙な楽隊が、それに和して鳴り響いた。

「ここはお国を何百里、離れて遠き満州の……」

そして、ガラガラ、ゴットン、ガラガラ、ゴットン、廻転木馬は廻るのだ。

作者申す、探偵小説にするつもりのが、中途からそうならなくなって、変なものが出来上り、申訳ありません。頁《ページ》の予定があるので、止《や》むなくこのまま入れてもらいます。

押絵と旅する男

　この話が私の夢か私の一時的狂気の幻でなかったならば、あの押絵と旅をしていた男こそ狂人であったに相違ない。だが、夢が時として、どこかこの世界と喰違《くいちが》った別の世界を、チラリと覗《のぞ》かせてくれるように、また狂人が、我々の全く感じ得ぬ物事を見たり聞いたりすると同じに、これは私が、不可思議な大気のレンズ仕掛けを通して、一刹那《せつな》、この世の視野の外《ほか》にある、別の世界の一隅を、ふと隙見《すきみ》したのであったかもしれない。

　いつとも知れぬ、ある暖《あたたか》い薄曇った日のことである。その時、私はわざわざ魚津《うおづ》へ蜃《しん》気楼《きろう》を見に出掛けた帰り途《みち》であった。私がこの話をすると、時々、お前は魚津なんかへ行ったことはないじゃないかと、親しい友達に突込《つっこ》まれることがある。そういわれてみると、私は何時《いつ》の何日に魚津へ行ったのだと、ハッキリ証拠を示すことが出来ぬ。それではやっぱり夢であったのか。だが、私はかつて、あのように濃厚な色彩を持った夢を見たことがない。夢の中の景色は、映画と同じに、全く色彩を伴わぬものであるのに、あの折の汽車の中の景色だけは、それもあの毒々しい押絵の画面が中心になって、紫と臙脂《えんじ》の勝った色彩で、まるで蛇の眼の瞳孔のように、生々しく私の記憶に焼きついている。着色映画の夢というものがあるのであろうか。

私はその時、生れて初めて蜃気楼というものを見た。蛤《はまぐり》の息の中に美しい竜宮城の浮んでいる、あの古風な絵を想像していた私は、本物の蜃気楼を見て、膏汗《あぶらあせ》のにじむような、恐怖に近い驚きに撃《う》たれた。

魚津の浜の松並木に豆粒のような人間がウジャウジャと集《あつま》って、息を殺して、眼界一杯の大空と海面とを眺めていた。私はあんな静かな、唖のようにだまっている海を見たことがない。日本海は荒海と思い込んでいた私には、それもひどく意外であった。その海は、灰色で、全く小波《さざなみ》一つなく、無限の彼方にまで打続く沼かと思われた。そして、太平洋の海のように、水平線はなくて、海と空とは、同じ灰色に溶け合い、厚さの知れぬ靄《もや》に覆《おお》いつくされた感じであった。空だとばかり思っていた、上部の靄の中を、案外にもそこが海面であって、フワフワと幽霊のような、大きな白帆が滑って行ったりした。

蜃気楼とは、乳色のフィルムの表面に墨汁をたらして、それが自然にジワジワとにじんで行くのを、途方もなく巨大な映画にして、大空に映し出したようなものであった。

遥かな能登半島の森林が、喰違った大気の変形レンズを通して、すぐ目の前の大空に、焦点のよく合わぬ顕微鏡の下の黒い虫みたいに、曖昧に、しかも馬鹿馬鹿しく拡大されて、見る者の頭上におしかぶさって来るのであった。それは、妙な形の黒雲と似ていたけれど、黒雲なればその所在がハッキリ分っているに反し、蜃気楼は、不思議にも、それと見る者との距離が非常に曖昧なのだ。遠くの海上に漂う大入道のようでもあり、ともすれば、眼前一尺に迫る異形の靄かと見え、はては、見る者の角膜の表面に、ポッツリと浮んだ、一点の曇りのようにさえ感じられた。この距離の曖昧さが、蜃気楼に、想像以上の不気味な気違いめいた感じを与えるのだ。

曖昧な形の、真黒な巨大な三角形が、塔のように積み重なって行ったり、またたく間にくずれたり、横に延びて長い汽車のように走ったり、それが幾つかにくずれ、立並ぶ檜《ひのき》の梢と見えたり、じっと動かぬようでいながら、いつとはなく、全く違った形に化けて行った。

蜃気楼の魔力が、人間を気違いにするものであったなら、恐らく私は、少くとも帰り途の汽車の中までは、その魔力を逃れることが出来なかったのであろう。二時間の余も立ち尽して、大空の妖異を眺めていた私は、その夕方魚津を立って、汽車の中に一夜を過《すご》すまで、全く日常と異《ことな》った気持でいたことは確かである。もしかしたら、それは通り魔のように、人間の心をかすめ冒すところの、一時的狂気の類ででもあったであろうか。

魚津の駅から上野への汽車に乗ったのは、夕方の六時頃であった。不思議な偶然であろうか、あの辺の汽車はいつでもそうなのか、私の乗った二等車は、教会堂のようにガランとしていて、私の外《ほか》にたった一人の先客が、向うの隅のクッションに蹲《うずくま》っているばかりであった。

汽車は淋しい海岸の、けわしい崖《がけ》や砂浜の上を、単調な機械の音を響かせて、際《はて》しもなく走っていた。沼のような海上の、靄の奥深く、黒血《くろち》の色の夕焼けが、ボンヤリと感じられた。異様に大きく見える白帆が、その中を、夢のように滑っていた。少しも風のない、むしむしする日であったから、ところどころ開かれた汽車の窓から、進行につれて忍び込むそよ風も、幽霊のように尻切れとんぼであった。沢山の短いトンネルと雪除《ゆきよ》けの柱の列が、広漠たる灰色の空と海とを、縞目《しまめ》に区切って通り過ぎた。

親不知《おやしらず》の断崖を通過する頃、車内の電燈と空の明るさとが同じに感じられたほど、夕闇が迫って来た。ちょうどその時分向うの隅のたった一人の同乗者が、突然立上って、クッションの上に大きな黒繻子《くろじゅす》の風呂敷を拡げ、窓に立てかけてあった、二尺に三尺ほどの、扁平な荷物を、その中へ包み始めた。それが私に何とやら奇妙な感じを与えたのである。

その扁平なものは、多分額に相違ないのだが、それの表側の方を、何か特別の意味でもあるらしく、窓ガラスに向けて立てかけてあった。一度風呂敷に包んであったものを、わざわざ取出して、そんな風に外に向けて立てかけたものとしか考えられなかった。それに、彼が再び包む時にチラと見たところによると、額の表面に描かれた極彩色の絵が、妙に生々しく、何となく世の常ならず見えたことであった。

私は更《あらた》めて、この変てこな荷物の持主を観察した。そして、持主その人が、荷物の異様さにもまして、一段と異様であったことに驚かされた。

彼は非常に古風な、我々の父親の若い時分の色あせた写真でしか見ることの出来ないような、襟《えり》の狭い、肩のすぼけた、黒の背広服を着ていたが、しかしそれが、背が高くて、足の長い彼に、妙にシックリと合って、甚《はなは》だ意気にさえ見えたのである。顔は細面で、両眼が少しギラギラし過ぎていた外は、一体によく整っていて、スマートな感じであった。そして、綺麗に分けた頭髪が、豊かに黒々と光っているので、一見四十前後であったが、よく注意して見ると、顔中に夥《おびただ》しい皺《しわ》があって、一飛《ひとと》びに六十ぐらいにも見えぬことはなかった。この黒々とした頭髪と、色白の顔面を縦横にきざんだ皺との対照が、初めてそれに気附いた時、私をハッとさせたほども、非常に不気味な感じを与えた。

彼は叮嚀《ていねい》に荷物を包み終ると、ひょいと私の方に顔を向けたが、ちょうど私の方でも熱心に相手の動作を眺めていた時であったから、二人の視線がガッチリとぶっつかってしまった。すると、彼は何か恥しそうに唇の隅を曲げて、幽《かす》かに笑って見せるのであった。私も思わず首を動かして挨拶を返した。

それから、小駅を二、三通過する間、私たちはお互《たがい》の隅に座ったまま、遠くから、時々視線をまじえては、気まずく外方《そっぽ》を向くことを、繰返していた。外は全く暗闇になっていた。窓ガラスに顔を押しつけて覗いてみても、時たま沖の漁船の舷燈が遠く遠くポッツリと浮んでいる外には、全く何の光もなかった。際涯《はてし》のない暗闇の中に、私たちの細長い車室だけが、たった一つの世界のように、いつまでもいつまでも、ガタンガタンと動いて行った。そのほの暗い車室の中へ、私たち二人だけを取り残して、全世界が、あらゆる生物《いきもの》が、跡方もなく消え失《う》せてしまった感じであった。

私たちの二等車には、どの駅からも一人の乗客もなかったし、列車ボーイや車掌《しゃしょう》も一度も姿を見せなかった。そういう事も今になって考えてみると、甚《はなは》だ奇怪に感じられるのである。

私は、四十歳にも六十歳にも見える、西洋の魔術師のような風采《ふうさい》のその男が、段々怖くなって来た。怖さというものは、外《ほか》にまぎれる事柄のない場合には、無限に大きく、身体中《からだじゅう》一杯に拡がって行くものである。私は遂には、産毛《うぶげ》の先までも怖さが満ちて、たまらなくなって、突然立上ると、向うの隅のその男の方へツカツカと歩いて行った。その男がいとわしく、恐ろしければこそ、私はその男に近づいて行ったのであった。

　私は彼と向き合ったクッションへ、そっと腰をおろし、近寄れば一層異様に見える彼の皺だらけの白い顔を、私自身が妖怪でもあるような、一種不可思議な、顚倒《てんとう》した気持で、目を細め息を殺してじっと覗き込んだものである。

　男は、私が自分の席を立った時から、ずっと目で私を迎えるようにしていたが、そうして私が彼の顔を覗込《のぞきこ》むと、待ち受けていたように、顎《あご》で傍《かたわら》の例の扁平な荷物を指示《さしし》め、何の前置きもなく、さもそれが当然の挨拶でもあるように、

「これでございますか。」

といった。その口調が、あまり当り前であったので、私はかえって、ギョッとしたほどであった。

「これが御覧になりたいのでございましょう。」

　私が黙っているので、彼はもう一度同じことを繰返した。

「見せて下さいますか。」

　私は相手の調子に引込《ひきこ》まれて、つい変なことをいってしまった。私は決してその荷物を見たいために席を立った訳ではなかったのだけれど。

「喜んでお見せ致しますよ。わたくしは、さっきから考えていたのでございますよ。

あなたはきっとこれを見にお出《い》でなさるだろうとね。」

男は――むしろ老人といった方がふさわしいのだが――そういいながら、長い指で、器用に大風呂敷をほどいて、その額みたいなものを、今度は表を向けて、窓のところへ立てかけたのである。

私は一目チラッと、その表面を見ると、思わず目をとじた。何故であったか、その理由は今でも分らないのだが、何となくそうしなければならぬ感じがして、数秒の間目をふさいでいた。再び目を開いた時、私の前に、かつて見たことのないような、奇妙なものがあった。といって、私はその「奇妙」な点をハッキリと説明する言葉を持たぬのだが。

額には歌舞伎芝居の御殿の背景みたいに、幾つもの部屋を打抜いて、極度の遠近法で、青畳と格子天井が遥か向うの方まで続いているような光景が、藍《あい》を主とした泥絵具で毒々しく塗りつけてあった。左手の前方には、墨黒々と無細工な書院風の窓が描かれ、同じ色の文机《ふづくえ》が、その傍《そば》に角度を無視した描き方で、据《す》えてあった。それらの背景は、あの絵馬札の絵の独特な画風に似ていたといえば、一番よく分るであろうか。

その背景の中に、一尺ぐらいの丈《たけ》の二人の人物が浮き出していた。浮き出していたというのは、その人物だけが、押絵細工で出来ていたからである。黒天鵞絨《くろびろうど》の古風な洋服を着た白髪《しらが》の老人が、窮屈そうに座っていると(不思議なことには、その容貌《ようぼう》が、髪の色を除くと、額の持主の老人にそのままなばかりか、着ている洋服の仕立方までそっくりであった)緋鹿《ひが》の子《こ》の振袖に、黒繻子《くろじゅす》の帯の映りのよい十七、八の水のたれるような結綿《ゆいわた》の美少女が、何ともいえぬ嬌羞《きょうしゅう》を含んで、その老人の洋服の膝にしなだれかかっている、謂《い》わば芝居の濡場に類する画面であった。

洋服の老人と色娘の対照が、甚だ異様であったことはいうまでもないが、だが私が「奇妙」に感じたというのは、そのことではない。

背景の粗雑に引かえて、押絵の細工の精巧なことは驚くばかりであった。顔の部分は、白絹に凹凸《おうとつ》を作って、細《こま》かい皺まで一つ一つ現わしてあったし、娘の髪は、本当の毛髪を一本一本植えつけて、人間の髪を結うように結ってあり、老人の頭は、これも多分本物の白髪を、丹念に植えたものに相違なかった。洋服には正しい縫目があり、適当な場所に粟粒《あわつぶ》ほどの釦《ボタン》までつけてあるし、娘の乳のふくらみといい、腿《もも》のあたりの艶《なま》めいた曲線といい、こぼれた緋縮緬《ひぢりめん》、チラと見える肌の色、指には貝殻のような爪が生えていた。虫眼鏡で覗いてみたら、毛穴や産毛まで、ちゃんと拵《こしら》えてあるのではないかと思われたほどである。

私は押絵といえば、羽子板の役者の似顔の細工しか見たことがなかったが、そして、羽子板の細工にも、随分精巧なものもあるのだけれど、この押絵は、こんなものとは、まるで比較にもならぬほど、巧緻《こうち》を極めていたのである。恐らくその道の名人の手に成ったものであろうか。だが、それが私のいわゆる「奇妙」な点ではなかった。

額全体がよほど古いものらしく、背景の泥絵具はところどころはげ落ちていたし、娘の緋鹿の子も、老人の天鵞絨も、見る影もなく色あせていたけれど、はげ落ち色あせたなりに、名状しがたき毒々しさを保ち、ギラギラと、見る者の眼底に焼きつくような生気を持っていたことも、不思議といえば不思議であった。だが、私の「奇妙」という意味はそれでもない。

それは、もし強いていうならば、押絵の人物が二つとも、生きていたことである。

文楽の人形芝居で、一日の演技の内に、たった一度か二度、それもほんの一瞬間、名人の使っている人形が、ふと神の息吹をかけられでもしたように、本当に生きていることがあるものだが、この押絵の人物は、その生きた瞬間の人形を、命の逃げ出す隙《すき》を与えず、咄嗟《とっさ》の間に、そのまま板にはりつけたという感じで、永遠に生きながらえているかと見えたのである。

私の表情に驚きの色を見て取ったからか、老人は、いともたのもしげな口調で、殆《ほとん》ど叫ぶように、

「アア、あなたは分って下さるかもしれません」

といいながら、肩から下げていた、黒革のケースを、叮嚀《ていねい》に鍵で開いて、その中から、いとも古風な双眼鏡を取り出し、それを私の方へ差出すのであった。

「コレ、この遠眼鏡で一度御覧下さいませ。イエ、そこからでは近すぎます。失礼ですが、もう少しあちらの方から。さよう、ちょうどその辺がようございましょう。」

誠に異様な頼みではあったけれど、私は限りなき好奇心のとりことなって、老人のいうがままに、席を立って額から五、六歩遠ざかった。老人は私の見やすいように、両手で額を持って、電燈にかざしてくれた。今から思うと、実に変てこな、気違いめいた光景であったに相違ないのである。

遠眼鏡というのは、恐らく二、三十年も以前の舶来品であろうか、私たちが子供の時分、よく眼鏡屋の看板で見かけたような、異様な形のプリズム双眼鏡であったが、それが手摺《てず》れのために、黒い覆皮《おおいがわ》がはげて、ところどころ真鍮《しんちゅう》の生地が現われているという、持主の洋服と同様に、如何《いか》にも古風な、物懐かしい品物であった。

私は珍しさに、暫《しばら》くその双眼鏡をひねくり回していたが、やがて、それを覗くために、両手で眼の前に持って行った時である。突然、実に突然、老人が悲鳴に近い叫声《さけびごえ》を立てたので、私は危《あや》うく眼鏡を取落すところであった。

「いけません。いけません。それはさかさですよ。さかさに覗いてはいけません。いけません。」

老人は、真青になって、目をまんまるに見開いて、しきりと手を振っていた。双眼鏡を逆に覗くことが、何故それほど大変なのか、私は老人の異様な挙動を理解することが出来なかった。

「なるほど、なるほど、さかさでしたっけ。」

私は双眼鏡を覗くことに気を取られていたので、この老人の不審な表情を、さして気にもとめず、眼鏡を正しい方向に持ち直すと、急いでそれを目に当てて、押絵の人物を覗いたのである。

焦点が合って行くに従って、二つの円形の視野が、徐々に一つに重なり、ボンヤリとした虹のようなものが、段々ハッキリして来ると、びっくりするほど大きな娘の胸から上が、それが全世界ででもあるように、私の眼界一杯に拡《ひろが》った。

あんな風な物の現われ方を、私はあとにも先にも見たことがないので、読む人に分らせるのが難儀なのだが、それに近い感じを思出《おもいだ》してみると、例えば、舟の上から、海にもぐった蜑《あま》の、ある瞬間の姿に似ていたとでも形容すべきであろうか。蜑の裸身《はだかみ》が、底の方にある時は、青い水の層の複雑な動揺のために、その身体《からだ》が、まるで海草《うみぐさ》のように、不自然にクネクネと曲り、輪廓《りんかく》もぼやけて、白っぽいお化《ばけ》みたいに見えているが、それが、つうッと浮上って来るに従って、水の層の青さが段々薄くなり、形がハッキリして来て、ポッカリと水上に首を出すと、その瞬間、ハッと目が覚めたように、水中の白いお化が、忽《たちま》ち人間の正体を現わすのである。ちょうどそれと同じ感じで、押絵の娘は、双眼鏡の中で、私の前に姿を現わし、実物大の、一人の生きた娘として、蠢《うごめ》き始めたのである。

十九世紀の古風なプリズム双眼鏡の玉の向側《むこうがわ》には、全く私たちの思いも及ばぬ別世界があって、そこに結綿《ゆいわた》の色娘と、古風な洋服の白髪男《しらがおとこ》とが、奇怪な生活を営んでいる。覗いては悪いものを、私は今魔法使に覗かされているのだ。といったような形容の出来ない変てこな気持で、しかし私は憑《つ》かれたように、その不可思議な世界に見入ってしまった。

娘は動いていた訳ではないが、その全身の感じが、肉眼で見た時とは、ガラリと変って、生気に満ち、青白い顔がやや桃色に上気し、胸は脈打ち(実際私は心臓の鼓動をさえ聞いた)肉体からは縮緬《ちりめん》の衣裳を通して、むしむしと、若い女の生気が蒸発しているように思われた。

私は一渡《ひとわた》り、女の全身を、双眼鏡の先で、嘗《な》め回してから、その娘がしなだれ掛《かか》っている、仕合せな白髪男の方へ、眼鏡を転じた。

老人も、双眼鏡の世界で、生きていたことは同じであったが、見たところ四十ほども年の違う、若い女の肩に手を回して、さも幸福そうな形でありながら、妙なことには、レンズ一杯の大きさに写った、彼の皺の多い顔が、その何百本の皺の底で、いぶかしき苦悶《くもん》の相を現わしているのである。それは、老人の顔がレンズのために、眼前一尺の近さに、異様に大きく迫っていたからでもあったであろうが、見つめていればいるほど、ゾッと怖くなるような、悲痛と恐怖との混り合った一種異様の表情であった。

それを見ると、私はうなされたような気分になって、双眼鏡を覗いていることが、耐え難く感じられたので、思わず、目を離して、キョロキョロとあたりを見廻《みま》わした。すると、それはやっぱり淋しい夜の汽車の中であって、押絵の額も、それをささげた老人の姿も、元のままで、窓の外は真暗《まっくら》だし、単調な車輪の響《ひびき》も、変りなく聞えていた。悪夢から醒めた気持であった。

「あなた様は、不思議そうな顔をしておいでなさいますね。」

老人は額を、元の窓のところへ立てかけて、席につくと、私にもその向側《むこうがわ》へ座るように、手真似《てまね》をしながら、私の顔を見つめて、こんなことをいった。

「私の頭が、どうかしているようです。いやに蒸しますね。」

私はてれ隠しみたいな挨拶をした。すると老人は、猫背になって、顔をぐっと私の方へ近寄せ、膝の上で細長い指を合図でもするように、ヘラヘラと動かしながら、低い低い囁《ささや》き声になって、

「あれらは、生きておりましたろう。」

といった。そして、さも一大事を打開《うちあ》けるといった調子で、一層猫背になって、ギラギラした目を、まん丸に見開いて、私の顔を穴のあくほど見つめながら、こんなことを囁くのであった。

「あなたは、あれらの、本当の身の上話を聞きたいとはおぼしめしませんかね。」

私は汽車の動揺と、車輪の響のために、老人の低い、呟《つぶや》くような声を、聞き間違えたのではないかと思った。

「身の上話とおっしゃいましたか。」

「身の上話でございますよ。」老人はやっぱり低い声で答えた。「殊《こと》に、一方の、白髪の老人の身の上話をでございますよ。」

「若い時分からのですか。」

私も、その晩は、何故か妙に調子はずれな物のいい方をした。

「ハイ、あれが二十五歳の時のお話でございますよ。」

「是非《ぜひ》うかがいたいものですね。」

私は、普通の生きた人間の身の上話をでも催促するように、ごく何でもないことのように、老人をうながしたのである。すると、老人は顔の皺を、さも嬉しそうにゆがめて、「アア、あなたは、やっぱり聞いて下さいますね」といいながら、さて、次のような、世にも不思議の物語を始めたのであった。

「それはもう、一生涯の大事件ですから、よく記憶しておりますが、明治二十八年の四月の、兄があんなに(といって彼は押絵の老人を指さした)なりましたのが、二十七日の夕方のことでござりました。当時、私も兄も、まだ部屋住みで、住居《すまい》は日本橋通《にほんばしどおり》三丁目でして、親爺《おやじ》が呉服商を営んでおりましたがね。何でも浅草の十二階が出来て、間もなくのことでございましたよ。だもんですから、兄なんぞは、毎日のようにあの凌雲閣《りょううんかく》へ昇って喜んでいたものです。と申しますのが、兄は妙に異国物《いこくもの》が好きで、新らしがり屋でござんしたからね。この遠眼鏡にしろ、やっぱりそれで、兄が外国船の船長の持物だったという奴を、横浜の支那人町《しなじんまち》の、変てこな道具屋の店先で、めっけて来ましてね、当時にしちゃあ、随分高いお金を払ったと申しておりましたっけ。」

老人は「兄が」というたびに、まるでそこにその人が座ってでもいるように、押絵の老人の方に目をやったり、指さしたりした。老人は彼の記憶にある本当の兄と、その押絵の白髪の老人とを、混同して、押絵が生きて彼の話を聞いてでもいるような、すぐ側に第三者を意識したような話し方をした。だが、不思議なことに、私はそれを少しもおかしいとは感じなかった。私たちはその瞬間、自然の法則を超越した、我々の世界とどこかで喰違っているところの、別の世界に住んでいたらしいのである。

「あなたは、十二階へお昇りなすったことがおありですか。アア、おありなさらない。それは残念ですね。あれは一体どこの魔法使が建てましたものか、実に途方もない、変てこれんな代物《しろもの》でございましたよ。表面は伊太利《イタリイ》の技師のバルトンと申すものが設計したことになっていましたがね。まあ考えて御覧なさい。その頃の浅草公園といえば、名物が先ず蜘蛛男《くもおとこ》の見世物、娘剣舞に、玉乗り、源水《げんすい》の独楽《こま》回しに、覗きからくりなどで、せいぜい変ったところが、お富士さまの作り物に、メーズといって、八陣隠れ杉の見世物ぐらいでございましたからね。そこへあなた、ニョキニョキと、まあとんでもない高い煉瓦造りの塔が出来ちまったんですから、驚くじゃございませんか。高さが三十六間と申しますから、半丁の余で、八角型の頂上が、唐人の帽子みたいに、とんがっていて、ちょっと高台へ昇りさえすれば、東京中どこからでも、その赤いお化《ばけ》が見られたものです。

今も申す通り、明治二十八年の春、兄がこの遠眼鏡を手に入れて間もない頃でした。

兄の身に妙なことが起って参りました。親爺なんぞ、兄め気でも違うのじゃないかって、ひどく心配しておりましたが、私もね、お察しでしょうが、馬鹿に兄思いでしてね。兄の変てこれんなそぶりが、心配で心配でたまらなかったものです。どんな風かと申しますと、兄はご飯もろくろくたべないで、家内の者とも口を利かず、家にいる時は一間《ひとま》にとじ籠《こも》って考え事ばかりしている。身体《からだ》は痩《や》せてしまい、顔は肺病やみのように、土気色で、目ばかりギョロギョロさせている。もっともふだんから顔色のいい方じゃあござんせんでしたがね。それが一倍青ざめて、沈んでいるのですから、本当に気の毒なようでした。その癖ね、そんなでいて、毎日欠かさず、まるで勤めにでも出るように、おひるっから、日暮れ時分まで、フラフラとどっかへ出掛けるんです。どこへ行くのかって、聞いてみても、ちっともいいません。母親が心配して、兄のふさいでいる訳を、手を変え品を変え尋ねても、少しも打開《うちあ》けません。そんなことが、一月ほども続いたのですよ。

あんまり心配だものだから、私はある日、兄が一体どこへ出掛《でかけ》るのかと、ソッとあとをつけました。そうするように、母親が私に頼むもんですからね。兄はその日も、ちょうど今日のようなどんよりとした、いやな日でござんしたが、おひる過《すぎ》から、その頃兄の工風で仕立てさせた当時としては飛び切りハイカラな、黒天鵞絨の洋服を着ましてね、この遠眼鏡を肩から下げ、ヒョロヒョロと、日本橋通りの、馬車鉄道の方へ歩いて行くのです。私は兄に気どられぬように、ついて行った訳ですよ。よござんすか。しますとね、兄は上野行きの馬車鉄道を待ち合わせて、ひょいとそれに乗り込んでしまったのです。当今の電車と違って、次の車に乗ってあとをつけるという訳には行きません。何しろ車台が少のござんすからね。私は仕方がないので母親に貰ったお小遣いをふんぱつして、人力車に乗りました。人力車だって、少し威勢のいい挽子《ひきこ》なれば馬車鉄道を見失わないように、あとをつけるなんぞ、訳なかったものでございますよ。

兄が馬車鉄道を降りると、私も人力車を降りて、またテクテクと跡をつける。そうして、行きついたところが、なんと浅草の観音様じゃございませんか。兄は仲店《なかみせ》から、お堂の前を素通りして、お堂裏の見世物小屋の間を、人波をかき分けるようにしてさっき申上げた十二階の前まで来ますと、石の門を這入《はい》って、お金を払って、「凌雲閣」という額の上った入口から、塔の中へ姿を消したじゃあございませんか。まさか兄がこんなところへ、毎日毎日通っていようとは、夢にも存じませんので、私はあきれてしまいましたよ。子供心にね、私はその時まだ二十《はたち》にもなってませんでしたので、兄はこの十二階の化物に魅入られたんじゃないかなんて、変なことを考えたものですよ。

私は十二階へは、父親につれられて、一度昇ったきりで、その後《のち》行ったことがありませんので、何だか気味が悪いように思いましたが、兄が昇って行くものですから、仕方がないので、私も、一階ぐらいおくれて、あの薄暗い石の段々を昇って行きました。窓も大きくございませんし、煉瓦の壁が厚うござんすので、穴蔵のように冷々《ひえびえ》と致しましてね。それに日清戦争の当時ですから、その頃は珍らしかった、戦争の油絵が、一方の壁にずっと懸け並べてあります。まるで狼みたいな、おっそろしい顔をして、吠えながら、突貫している日本兵や、剣つき鉄砲に脇腹をえぐられ、ふき出す血のりを両手で押えて、顔や唇を紫色にしてもがいている支那兵や、ちょんぎられた弁髪の頭が、風船玉のように空高く飛上《とびあが》っているところや、何ともいえない毒々しい、血みどろの油絵が、窓からの薄白い光線で、テラテラと光っているのでございますよ。その間を、陰気な石の段々が、蝸牛《かたつむり》の殻《から》みたいに、上へ上へと際限もなく続いております。本当に変てこれんな気持ちでしたよ。

頂上は八角形の欄干《らんかん》だけで、壁のない、見晴らしの廊下になっていましてね。そこへたどりつくと、俄《にわ》かにパッと明るくなって、今までの薄暗い道中が長うござんしただけに、びっくりしてしまいます。雲が手の届きそうな低い所にあって、見渡すと、東京中の屋根がごみみたいに、ゴチャゴチャしていて、品川の御台場が、盆石のように見えております。目まいがしそうなのを我慢して、下を覗きますと、観音様の御堂だってずっと低い所にありますし、小屋掛けの見世物が、おもちゃのようで、歩いている人間が、頭と足ばかりに見えるのです。

　頂上には、十人余りの見物が一かたまりになっておっかなそうな顔をして、ボソボソ小声で囁きながら、品川の海の方を眺めておりましたが、兄はと見ると、それとは離れた場所に、一人ぼっちで、遠眼鏡を目に当てて、しきりと浅草の境内を眺め回しておりました。それをうしろから見ますと、白っぽくどんよりとした雲ばかりの中に、兄の天鵞絨の洋服姿が、クッキリと浮上って、下の方のゴチャゴチャしたものが何も見えぬものですから、兄だということは分っていましても、何だか西洋の油絵の中の人物みたいな気持がして、神々しいようで、言葉をかけるのも憚《はばか》られたほどでございましたっけ。

　でも、母のいいつけを思い出しますと、そうもしていられませんので、私は兄のうしろに近づいて「兄さん何を見ていらっしゃいます」と声をかけたのでございます。兄はビクッとして、振向きましたが、気拙《きまず》い顔をして何もいいません。私は「兄さんのこの頃の御様子には、お父さんもお母さんも大変心配していらっしゃいます。毎日毎日どこへお出掛《でかけ》なさるのかと不思議に思っておりましたら、兄さんはこんなところへ来ていらしったのでございますね。どうかその訳をいって下さいまし。日頃仲よしの私にだけでも打開けて下さいまし」と、近くに人のいないのを幸《さいわい》に、その塔の上で、兄をかき口説《くど》いたものですよ。

仲々打開けませんでしたが、私が繰返し繰返し頼むものですから、兄も根負けをしたと見えまして、とうとう一カ月来の胸の秘密を私に話してくれました。ところが、その兄の煩悶《はんもん》の原因と申すものが、これがまた誠に変てこれんな事柄だったのでございますよ。兄が申しますには、一月ばかり前に、十二階へ昇りまして、この遠眼鏡で観音様の境内を眺めておりました時、人混みの間に、チラッと、一人の娘の顔を見たのだそうでございます。その娘が、それはもう何ともいえない、この世のものとも思えない、美しい人で、日頃女には一向冷淡であった兄も、その遠眼鏡の中の娘だけには、ゾッと寒気がしたほども、すっかり心を乱されてしまったと申しますよ。

その時兄は、一目見ただけで、びっくりして、遠眼鏡をはずしてしまったものですから、もう一度見ようと思って、同じ見当を夢中になって探したそうですが、眼鏡の先が、どうしてもその娘の顔にぶっつかりません。遠眼鏡では近くに見えても実際は遠方のことですし、沢山の人混みの中ですから、一度見えたからといって、二度目に探し出せると極《きま》ったものではございませんからね。

それからと申すもの、兄はこの眼鏡の中の美しい娘が忘れられず、極《ご》く極く内気なひとでしたから、古風な恋わずらいをわずらい始めたのでございます。今のお人はお笑いなさるかもしれませんが、その頃の人間は、誠におっとりしたものでして、行きずりに一目見た女を恋して、わずらいついた男なども多かった時代でございますからね。いうまでもなく、兄はそんなご飯もろくろくたべられないような、衰えた身体を引きずって、またその娘が観音様の境内を通りかかることもあろうかと悲しい空頼《そらだの》みから、毎日毎日、勤めのように、十二階に昇っては、眼鏡を覗いていた訳でございます。恋というものは、不思議なものでございますね。

兄は私に打開けてしまうと、また熱病やみのように眼鏡を覗き始めましたっけが、私は兄の気持にすっかり同情致しましてね、千に一つも望みのない、無駄な探し物ですけれど、お止《よ》しなさいと止《と》めだてする気も起らず、あまりのことに涙ぐんで、兄のうしろ姿をじっと眺めていたものですよ。するとその時……アア、私はあの怪しくも美しかった光景を、忘れることが出来ません。三十年以上も昔のことですけれど、こうして目をふさぎますと、その夢のような色どりが、まざまざと浮んで来るほどでございます。

さっきも申しました通り、兄のうしろに立っていますと、見えるものは、空ばかりで、モヤモヤとした、むら雲の中に、兄のほっそりとした洋服姿が、絵のように浮上って、むら雲の方で動いているのを、兄の身体が宙を漂うかと見誤るばかりでございました。がそこへ、突然、花火でも打上げたように、白っぽい大空の中を、赤や青や紫の無数の玉が、先を争って、フワリフワリと昇って行ったのでございます。お話したのでは分りますまいが、本当に絵のようで、また何かの前兆のようで、私は何ともいえない怪しい気持になったものでした。何であろうと、急いで下を覗いて見ますと、どうかしたはずみで、風船屋が粗相をして、ゴム風船を、一度に空へ飛ばしたものと分りましたが、その時分は、ゴム風船そのものが、今よりはずっと珍らしゅうござんしたから正体が分っても、私はまだ妙な気持がしておりましたものですよ。

妙なもので、それがきっかけになったという訳でもありますまいが、ちょうどその時、兄は非常に興奮した様子で、青白い顔をぽっと赤らめ、息をはずませて、私の方へやって参り、いきなり私の手をとって「さあ行こう。早く行かぬと間に合わぬ」と申して、グングン私を引張るのでございます。引張られて、塔の石段をかけ降りながら、訳を尋ねますと、いつかの娘さんが見つかったらしいので、青畳を敷いた広い座敷に座っていたから、これから行っても大丈夫元のところにいると申すのでございます。

兄が見当をつけた場所というのは、観音堂の裏手の、大きな松の木が目印で、そこに広い座敷があったと申すのですが、さて、二人でそこへ行って、探してみましても、松の木はちゃんとありますけれど、その近所には、家らしい家もなく、まるで狐《きつね》につままれたような塩梅《あんばい》なのですよ。兄の気の迷いだとは思いましたが、しおれ返っている様子が、あまり気の毒だものですから、気休めに、その辺の掛茶屋《かけぢゃや》などを尋ね回ってみましたけれども、そんな娘さんの影も形もありません。

探している間に、兄と分れ分れになってしまいましたが、掛茶屋を一巡して、暫《しば》くたって元の松の木の下へ戻って参りますとね。そこには色々な露店に並んで、一軒の覗きからくり屋が、ピシャンピシャンと鞭《むち》の音を立てて、商売をしておりましたが、見ますと、その覗きの眼鏡を、兄が中腰になって、一生懸命覗いていたじゃございませんか。「兄さん何をしていらっしゃる」といって、肩を叩きますと、ビックリして振向きましたが、その時の兄の顔を、私は今だに忘れることが出来ませんよ。何と申せばよろしいか。夢を見ているようなとでも申しますか、顔の筋がたるんでしまって、遠いところを見ている目つきになって、私に話す声さえも、変にうつろに聞えたのでございます。そして、「お前、私たちが探していた娘さんはこの中にいるよ」と申すのです。

そういわれたものですから、私は急いでおあしを払って、覗きの眼鏡を覗いてみますと、それは八百屋お七の覗きからくりでした。ちょうど吉祥寺の書院で、お七が吉三《きちざ》にしなだれかかっている絵が出ておりました。忘れもしません。からくり屋の夫婦者は、しわがれ声を合せて、鞭で拍子を取りながら、「膝でつつらついて、目で知らせ」と申す文句を歌っているところでした。アアあの「膝でつつらついて、目で知らせ」という変な節回しが、耳についているようでございます。

覗き絵の人物は押絵になっておりましたが、その道の名人の作であったのでしょうね、お七の顔の生々《いきいき》として綺麗であったこと。私の目にさえ本当に生きているように見えたのですから、兄があんなことを申したのも、全く無理はありません。兄が申しますには「たといこの娘さんが、拵《こしら》えものの押絵だと分っても、私はどうもあきらめられない。悲しいことだがあきらめられない。たった一度でいい、私もあの吉三のような、押絵の中の男になって、この娘さんと話がしてみたい」といって、ぼんやりと、そこに突立ったまま、動こうともしないのでございます。考えてみますとその覗きからくりの絵が、光線を取るために上の方が開けてあるので、それが斜めに十二階の頂上からも見えたものに違いありません。

その時分には、もう日が暮れかけて、人足《ひとあし》もまばらになり、覗きの前にも、二、三人のおかっぱの子供が、未練らしく立去り兼ねて、うろうろしているばかりでした。昼間からどんよりと曇っていたのが、日暮《ひぐれ》には、今にも一雨来そうに、雲が下って来て、一層圧《おさ》えつけられるような、気でも狂うのじゃないかと思うような、いやな天候になっておりました。そして、耳の底にドロドロと太鼓の鳴っているような音が聞えているのですよ。その中で、兄は、じっと遠くの方を見据えて、いつまでもいつまでも、立ちつくしておりました。その間が、たっぷり一時間はあったように思われます。

もうすっかり暮れ切って、遠くの玉乗りの花瓦斯《はなガス》が、チロチロと美しく輝き出した時分に、兄はハッと目が醒めたように、突然私の腕を掴《つか》んで「アア、いいことを思いついた。お前、お頼みだから、この遠眼鏡をさかさにして、大きなガラス玉の方を目に当てて、そこから私を見ておくれでないか」と、変なことをいい出しました。「何故です」って尋ねても、「まあいいから、そうしておくれな」と申して聞かないのでございます。一体私は生れつき眼鏡類を、あまり好みませんので、遠眼鏡にしろ、顕微鏡にしろ、遠いところの物が、目の前へ飛びついて来たり、小さな虫けらが、けだものみたいに大きくなる、お化《ばけ》じみた作用が薄気味悪いのですよ。で、兄の秘蔵の遠眼鏡も、あまり覗いたことがなく、覗いたことが少いだけに、余計それが魔性の器械に思われたものです。しかも、日が暮れて人顔もさだかに見えぬ、うすら淋しい観音堂の裏で、遠眼鏡をさかさにして、兄を覗くなんて、気違いじみてもいますれば、薄気味悪くもありましたが、兄がたって頼むものですから、仕方なくいわれた通りにして覗いたのですよ。さかさに覗くのですから、二、三間《げん》向うに立っている兄の姿が、二尺ぐらいに小さくなって、小さいだけに、ハッキリと、闇の中に浮出《うきだ》して見えるのです。外《ほか》の景色は何も映らないで、小さくなった兄の洋服姿だけが、眼鏡の真中に、チンと立っているのです。それが、多分兄があとじさりに歩いて行ったのでしょう。見る見る小さくなって、とうとう一尺ぐらいの、人形みたいな可愛らしい姿になってしまいました。そして、その姿が、ツーッと宙に浮いたかと見ると、アッと思う間に、闇の中へ溶け込んでしまったのでございます。

私は怖くなって、(こんなことを申すと、年甲斐もないと思召《おぼしめ》しましょうが、その時は、本当にゾッと、怖さが身にしみたものですよ)いきなり眼鏡を離して、「兄さん」と呼んで、兄の見えなくなった方へ走り出しました。ですが、どうした訳か、いくら探しても探しても兄の姿が見えません。時間から申しても、遠くへ行ったはずはないのに、どこを尋ねても分りません。なんと、あなた、こうして私の兄は、それっきり、この世から姿を消してしまったのでございますよ……それ以来というもの、私は一層遠眼鏡という魔性の器械を恐れるようになりました。殊《こと》にも、このどこの国の船長とも分らぬ、異人の持物であった遠眼鏡が、特別にいやでして、外の眼鏡は知らず、この眼鏡だけは、どんなことがあっても、さかさに見てはならぬ。さかさに覗けば凶事が起ると、固く信じているのでございます。あなたがさっき、これをさかさにお持ちなすった時、私が慌ててお止め申した訳がお分りでございましょう。

ところが、長い間探し疲れて、元の覗き屋の前へ戻って参った時でした。私はハタとある事に気がついたのです。と申すのは、兄は押絵の娘に恋いこがれたあまり、魔性の遠眼鏡の力を借りて、自分の身体を押絵の娘と同じくらいの大きさに、縮めてソッと押絵の世界へ忍込《しのびこ》んだのではあるまいかということでした。そこで、私はまだ店をかたづけないでいた覗き屋に頼みまして、吉祥寺の場を見せてもらいましたが、なんとあなた、案の定、兄は押絵になって、カンテラの光の中で、吉三の代りに、嬉しそうな顔をして、お七を抱きしめていたではございませんか。

でもね、私は悲しいとは思いませんで、そうして本望を達した、兄の仕合せが、涙の出るほど嬉しかったものですよ。私はその絵をどんなに高くてもよいから、必ず私に譲ってくれと、覗き屋に固い約束をして、（妙なことに、小姓の吉三の代りに洋服姿の兄が座っているのを、覗き屋は少しも気がつかない様子でした）家へ飛んで帰って、一伍《いちぶ》一什《しじゅう》を母に告げましたところ、父も母も、何をいうのだ、お前は気でも違ったのじゃないかと申して、何といっても取上げてくれません。おかしいじゃありませんか。ハハハハハ。」老人は、そこで、さもさも滑稽だといわぬばかりに笑い出した。そして、変なことには、私もまた、老人に同感して、一緒になって、ゲラゲラと笑ったのである。

「あの人たちは、人間は押絵なんぞになるものじゃないと思い込んでいたのですよ。でも押絵になった証拠には、その後兄の姿が、ふっつりと、この世から見えなくなってしまったじゃありませんか。それをも、あの人たちは、家出したのだなんぞと、まるで見当違いな当て推量をしているのですよ。おかしいですね。結局、私は何といわれても構わず、母にお金をねだって、とうとうその覗き絵を手に入れ、それを持って、箱根から鎌倉の方へ旅をしました。それはね、兄に新婚旅行がさせてやりたかったからですよ。こうして汽車に乗っておりますと、その時のことを思い出してなりません。やっぱり、今日のように、この絵を窓に立てかけて、兄や兄の恋人に、外の景色を見せてやったのですからね。兄はどんなにか仕合せでございましたろう。娘の方でも、兄のこれほどの真心を、どうしていやに思いましょう。二人は本当の新婚者のように、恥かしそうに顔を赤らめながら、お互の肌と肌とを触れ合って、さもむつまじく、尽きぬ睦言《むつごと》を語り合ったものでございますよ。

その後、父は東京の商売をたたみ、富山近くの故郷へ引込みましたので、それにつれて、私もずっとそこに住んでおりますが、あれからもう三十年の余になりますので、久々で兄にも変った東京が見せてやりたいと思いましてね、こうして兄と一緒に旅をしている訳でございますよ。

ところが、あなた、悲しいことには、娘の方は、いくら生きているとはいえ、元々人の拵えたものですから、年をとるということがありませんけれど、兄の方は、押絵になっても、それは無理やりに形を変えたまでで、根が寿命のある人間のことですから、私たちと同じように年をとって参ります。御覧下さいまし、二十五歳の美少年であった兄が、もうあのように白髪《しらが》になって、顔には醜い皺が寄ってしまいました。兄の身にとっては、どんなにか悲しいことでございましょう。相手の娘はいつまでも若くて美しいのに、自分ばかりが汚く老い込んで行くのですもの。恐ろしいことです。兄は悲しげな顔をしております。数年以前から、いつもあんな苦しそうな顔をしております。それを思うと、私は兄が気の毒でしようがないのでございますよ。」

老人は暗然として押絵の中の老人を見やっていたが、やがて、ふと気がついたように、

「アア、とんだ長話を致しました。しかし、あなたは分って下さいましたでしょうね。外《ほか》の人たちのように、私を気違いだとはおっしゃいませんでしょうね。アア、それで私もお話甲斐があったと申すものですよ。どれ、兄さんたちもくたびれたでしょう。それに、あなた方を前に置いて、あんな話をしましたので、さぞかし恥しがっておいででしょう。では、今やすませて上げますよ。」

といいながら、押絵の額を、ソッと黒い風呂敷に包むのであった。その刹那《せつな》、私の気のせいであったか、押絵の人形たちの顔が、少しくずれて、ちょっと恥しそうに、唇の隅で、私に挨拶の微笑を送ったように見えたのである。老人はそれきり黙り込んでしまった。私も黙っていた。汽車は相も変らず、ゴトンゴトンと鈍い音を立てて、闇の中を走

っていた。

十分ばかりそうしていると、車輪の音がのろくなって、窓の外にチラチラと、二つ三つ燈火《あかり》が見え、汽車は、どことも知れぬ山間の小駅に停車した。駅員がたった一人、ぽっつりと、プラットフォームに立っているのが見えた。

「ではお先へ、私は一晩ここの親戚へ泊りますので。」

老人は額の包みを抱《かか》えてヒョイと立上り、そんな挨拶を残して、車の外へ出て行ったが、窓から見ていると、細長い老人の後姿は(それが何と押絵の老人そのままの姿であったが)簡略な柵のところで、駅員に切符を渡したかと見ると、そのまま、背後の闇の中へ、溶け込むように消えて行ったのである。

(附記) 前号予告のものが出来なかった。だが、そうそう違約することは許されぬので、旧稿を書きついで責《せめ》をふさいだ。読者諒《りょう》せよ。

目羅博士の不思議な犯罪

猿

私は探偵小説の筋を考えるために、方々をぶらつくことがあるが、東京を離れない場合は、大抵行先が極《きま》っている。浅草公園、花やしき、上野の博物館、同じく動物園、隅田川の乗合蒸汽、両国の国技館。（あの丸屋根が往年のパノラマ館を連想させ、私をひきつける）今もその国技館の「お化け大会」という奴を見て帰ったところだ。久しぶりで「八幡《やわた》の藪不知《やぶしらず》」をくぐって、子供の時分の懐《なつか》しい思出に耽《ふけ》ることが出来た。

ところで、お話は、やっぱりその、原稿の催促がきびしくて、家にいたたまらず、一週間ばかり東京市内をぶらついていた時、ある日、上野の動物園で、ふと妙な人物に出合ったことから始まるのだ。

もう夕方で、閉館時間が迫って来て、見物たちは大抵帰ってしまい、館内はひっそり閑《かん》と静まり返っていた。

芝居や寄席なぞでもそうだが、最後の幕はろくろく見もしないで、下足場の混雑ばかり気にしている江戸っ子気質はどうも私の気風に合わぬ。

動物園でもその通りだ。東京の人は、なぜか帰りいそぎをする。まだ門が閉った訳でもないのに、場内はガランとして、人気《ひとけ》もない有様だ。

私は猿《さる》の檻《おり》の前に、ぼんやり佇《たたず》んで、つい今しがたまで雑沓《ざっとう》していた、園内の異様な静けさを楽しんでいた。

猿どもも、からかってくれる対手《あいて》がなくなったためか、ひっそりと、淋しそうにしている。

あたりがあまりに静かだったので、暫《しば》くして、ふと、うしろに人の気配を感じた時には、何かしらゾッとしたほどだ。

それは髪を長く延ばした、青白い顔の青年で、折目のつかぬ服を着た、いわゆる「ルンペン」という感じの人物であったが、顔付の割には快活に、檻の中の猿にからかったりし始めた。

よく動物園に来るものと見えて、猿をからかうのが手に入ったものだ。餌《えさ》を一つやるにも、思う存分芸当をやらせて、散々楽しんでから、やっと投げ与えるという風で、非常に面白いものだから、私はニヤニヤ笑いながら、いつまでもそれを見物していた。

「猿ってやつは、どうして、相手の真似をしたがるのでしょうね。」

男が、ふと私に話しかけた。彼はその時、蜜柑《みかん》の皮を上に投げては受取り、投げては受取りしていた。檻の中の一匹の猿も彼と全く同じやり方で、蜜柑の皮を投げたり受取ったりしていた。

私が笑って見せると、男はまたいった。

「真似っていうことは、考えてみると怖いですね。神様が、猿にああいう本能をお与えなすったことがですよ。」

私は、この男、哲学者ルンペンだなと思った。

「猿が真似するのはおかしいけど、人間が真似するのはおかしくありませんね。神様は人間にも、猿と同じ本能を、いくらかお与えなすった。それは考えてみると怖いですよ。あなた、山の中で大猿に出会った旅人の話をご存じですか。」

男は話ずきと見えて、段々口数が多くなる。私は、人見知りをする質《たち》で、他人から話しかけられるのはあまり好きでないが、この男には、妙な興味を感じた。青白い顔とモジャモジャした髪の毛が、私をひきつけたのかもしれない。あるいは、彼の哲学者風な話方《はなしかた》が気に入ったのかもしれない。

「知りません。大猿がどうかしたのですか。」

私は進んで相手の話を聞こうとした。

「人里離れた深山でね、一人旅の男が、大猿に出会ったのです。そして、脇ざしを猿に取られてしまったのですよ。猿はそれを抜いて、面白半分に振り回してかかって来る。旅人は町人なので、一本とられてしまったら、もう刀はないものだから、命さえ危《あやう》くなったのです。」

夕暮の猿の檻の前で、青白い男が妙な話を始めたという、一種の情景が私を喜ばせた。私は「フンフン」と合槌《あいづち》をうった。

「取戻そうとするけれど、相手は木昇りの上手な猿のことだから、手のつけようがないのです。だが、旅の男は、なかなか頓智《とんち》のある人で、うまい方法を考えついた。彼は、その辺に落ちていた木の枝を拾って、それを刀になぞらえ、色々な恰好《かっこう》をして見せた。猿の方では、神様から人真似の本能を授けられている悲しさに、旅人の仕草を一々真似始めたのです。そして、とうとう、自殺をしてしまったのです。なぜって、旅人が、猿の興に乗って来たところを見すまし、木の枝でしきりと自分の頸部をなぐって見せたからです。猿はそれを真似て抜身で自分の頸《くび》をなぐったから、たまりません、血を出して、血が出てもまだ我と我が頸をなぐりながら、絶命してしまったのです。旅人は刀を取返した上に、大猿一匹お土産《みやげ》が出来たというお話ですよ。ハハハ……。」

男は話し終って笑ったが、妙に陰気な笑声であった。

「ハハハ……、まさか。」

私が笑うと、男はふと真面目になって、

「イイエ、本当です。猿って奴は、そういう悲しい恐ろしい宿命を持っているのです。ためして見ましょうか。」

男はいいながら、その辺に落ちていた木切れを、一匹の猿に投げ与え、自分はついていたステッキで、頸を切る真似をして見せた。

すると、どうだ。この男よっぽど猿を扱い慣れていたと見え、猿奴《め》は木切れを拾って、いきなり自分の頸をキュウキュウこすり始めたではないか。

「ホラね、もしあの木切れが、本当の刀だったらどうです。あの小猿、とっくにお陀《だ》仏《ぶつ》ですよ。」

広い園内はガランとして、人っ子一人いなかった。茂った樹々の下蔭には、もう夜の闇が、陰気な隈《くま》を作っていた。私は何となく身内がゾクゾクして来た。私の前に立っている青白い青年が、普通の人間でなくて、魔法使かなんかのように思われて来た。

「真似というものの恐ろしさがお分りですか。人間だって同じですよ。人間だって、真似をしないではいられぬ、悲しい恐ろしい宿命を持って生れているのですよ。タルドという社会学者は、人間生活を「模倣」の二字でかたづけようとしたほどではありませんか。」

今はもう一々覚えていないけれど、青年はそれから、「模倣」の恐怖について色々と説を吐いた。彼はまた、鏡というものに、異常な恐れを抱いていた。

「鏡をじっと見つめていると、怖くなりゃしませんか。僕はあんな怖いものはないと思いますよ。なぜ怖いか。鏡の向側《むこうがわ》に、もう一人の自分がいて、猿のように人真似をするからです。」

そんなことをいったのも、覚えている。

動物園の閉門の時間が来て、係りの人に追い立てられて、私たちはそこを出たが、出てからも別れてしまわず、もう暮れきった上野の森を、話しながら、肩を並べて歩いた。

「僕知っているんです。あなた江戸川さんでしょう。探偵小説の。」

暗い木の下《こした》道《みち》を歩いていて、突然そういわれた時に、私はまたしてもギョッとした。相手がえたいの知れぬ、恐ろしい男に見えて来た。と同時に、彼に対する興味も一段と加わって来た。

「愛読しているんです。近頃のは正直にいうと面白くないけれど、以前のは、珍らしかったせいか、非常に愛読したものですよ。」

男はズケズケ物をいった。それも好もしかった。

「アア、月が出ましたね。」

青年の言葉は、ともすれば急激な飛躍をした。ふと、こいつ気違いではないかと、思われるくらいであった。

「今日は十四日でしたかしら。殆《ほと》ど満月ですね。降り注ぐような月光というのは、これでしょうね。月の光て、なんて変なものでしょう。月光が妖術を使うという言葉を、どっかで読みましたが、本当ですね。同じ景色が、昼間とはまるで違って見えるではありませんか。あなたの顔だって、そうですよ。さい前《ぜん》、猿の檻の前に立っていらしったあなたとは、すっかり別の人に見えますよ。」

そういって、ジロジロ顔を眺められると、私も変な気持になって、相手の顔の、隈《くま》になった両眼が、黒ずんだ唇が、何かしら妙な怖いものに見え出したものだ。

「月といえば、鏡に縁がありますね。水月という言葉や、「月が鏡となればよい」という文句が出来て来たのは、月と鏡と、どこか共通点がある証拠ですよ。ごらんなさい、この景色を。」

彼が指さす眼下には、いぶし銀のようにかすんだ、昼間の二倍の広さに見える不忍池《しのばずのいけ》が拡がっていた。

「昼間の景色が本当のもので、今月光に照らされているのは、その昼間の景色が鏡に写っている、鏡の中の影だとは思いませんか。」

青年は、彼自身もまた、鏡の中の影のように、薄ぼんやりした姿で、ほの白い顔で、いった。

「あなたは、小説の筋を探していらっしゃるのではありませんか。僕一つ、あなたにふさわしい筋を持っているのですが、僕自身の経験した事実談ですが、お話ししましょうか。聞いて下さいますか。」

事実私は小説の筋を探していた。しかし、そんなことは別にしても、この妙な男の経験談が聞いてみたいように思われた。今までの話しぶりから想像しても、それは決して、ありふれた、退屈な物語ではなさそうに感じられた。

「聞きましょう。どこかで、ご飯でもつき合って下さいませんか。静かな部屋で、ゆっくり聞かせて下さい。」

私がいうと、彼はかぶりを振って、

「ご馳走を辞退するのではありません。僕は遠慮なんかしません。しかし、僕のお話は、明るい電燈には不似合です。あなたさえお構いなければ、ここで、ここのベンチに腰かけて、妖術使いの月光をあびながら、巨大な鏡に映った不忍池を眺めながら、お話ししましょう。そんなに長い話ではないのです。」

私は青年の好みが気に入った。そこで、あの池を見はらす高台の、林の中の捨て石に、彼と並んで腰をおろし、青年の異様な物語を聞くことにした。

恐怖の谷

「ドイルの小説に「恐怖の谷」というのがありましたね。」

青年は唐突に始めた。

「あれは、どっかの嶮《けわ》しい山と山が作っている峡谷のことでしょう。だが、恐怖の谷は何も自然の峡谷ばかりではありませんよ。この東京の真中の、丸の内にだって恐ろしい谷間があるのです。

高いビルディングとビルディングとの間にはさまっている、細い道路。そこは自然の峡谷よりも、ずっと嶮しく、ずっと陰気です。文明の作った幽谷です。科学の作った谷底です。その谷底の道路から見た、両側の六階七階の殺風景なコンクリート建築は、自然の断崖のように、青葉もなく、季節季節の花もなく、目に面白いでこぼこもなく、文字通り斧《おの》でたち割った、巨大な鼠色《ねずみいろ》の裂目《さけめ》に過ぎません。見上げる空は帯のように細いのです。日も月も、一日の間にホンの数分間しか、まともには照らないのです。その底からは昼間でも星が見えるくらいです。不思議な冷《つめた》い風が、絶えず吹きまくっています。

そういう峡谷の一つに、大地震以前まで、僕は住んでいたのです。建物の正面は丸の内のS通りに面していました。正面は明るくて立派なのです。しかし、一度背面に回ったら、別のビルディングと背中合わせで、お互《たがい》に殺風景な、コンクリート丸出しの、窓のある断崖が、たった二間幅《にけんはば》ほどの通路を挟んで、向き合っています。都会の幽谷というのは、つまりその部分なのです。

ビルディングの部屋部屋は、たまには住宅兼用の人もありましたが、大抵は昼間だけのオフィスで、夜は皆帰ってしまいます。昼間賑《にぎや》かなだけに、夜の淋しさといったらありません。丸の内の真中で、ふくろが鳴くかと怪《あやし》まれるほど、本当に深山の感じです。例のうしろ側の峡谷も、夜こそ文字通り峡谷です。

僕は、昼間は玄関番を勤め、夜はそのビルディングの地下室に寝泊りしていました。四、五人泊り込みの仲間があったけれど、僕は絵が好きで、暇さえあれば、独《ひと》りぼっちで、カンヴァスを塗りつぶしていました。自然他《ほか》の連中とは口も利かないような日が多かったのです。

その事件が起ったのは、今いううしろ側の峡谷なのですから、そこの有様を少しお話ししておく必要があります。そこには建物そのものに、実に不思議な、気味の悪い暗合があったのです。暗合にしては、あんまりぴったり一致し過ぎているので、僕は、その建物を設計した技師の、気まぐれないたずらではないかと思ったものです。

というのは、その二つのビルディングは、同じぐらいの大きさで、両方とも五階でしたが、表側や、側面は、壁の色なり装飾なり、まるで違っている癖に、峡谷の側の背面だけは、どこからどこまで、寸分違わぬ作りになっていたのです。屋根の形から、鼠色の壁の色から、各階に四つずつ開《あ》いている窓の構造から、まるで写真に写したように、そっくりなのです。もしかしたら、コンクリートのひび割れまで、同じ形をしていたかもしれません。

その峡谷に面した部屋は、一日に数分間(というのはちと大袈裟《おおげさ》ですが)まあほんの瞬《また》くひましか日がささぬので、自然借り手がつかず、殊《こと》に一番不便な五階などは、いつも空部屋《あきべや》になっていましたので、僕は暇なときには、カンヴァスと絵筆を持って、よくその空き部屋へ入り込んだものです。そして、窓から覗《のぞ》く度《たび》ごとに、向うの建物が、まるでこちらの写真のように、よく似ていることを、不気味に思わないではいられませんでした。何か恐ろしい出来事の前兆みたいに感じられたのです。

そして、その僕の予感が、間もなく的中する時が来たではありませんか。五階の北の端の窓で、首くくりがあったのです。しかも、それが、少し時を隔てて、三度も繰返されたのです。

最初の自殺者は、中年の香料ブローカーでした。その人は初め事務所を借りに来た時から、何となく印象的な人物でした。商人の癖に、どこか商人らしくない、陰気な、いつも何か考えているような男でした。この人はひょっとしたら、裏側の峡谷に面した、日のささぬ部屋を借りるかもしれないと思っていると、案の定、そこの五階の北の端の、一番人里離れた(ビルディングの中で、人里はおかしいですが、如何《いか》にも人里離れたという感じの部屋でした)一番陰気な、随って室料も一番廉《やす》い二部屋続きの室を選んだのです。

そうですね、引越して来て、一週間もいましたかね。とにかく極《ご》く僅かの間でした。その香料ブローカーは、独身者だったので、一方の部屋を寝室にして、そこへ安物のベッドを置いて、夜は、例の幽谷を見おろす、陰気な断崖の、人里離れた岩窟のようなその部屋に、独りで寝泊りしていました。そして、ある月のよい晩のこと、窓の外に出っ張っている、電線引込用の小さな横木に細引をかけて、首を縊《くく》って、自殺をしてしまったのです。

朝になって、その辺一帯を受持っている、道路掃除の人夫が、遥か頭の上の、断崖のてっぺんに、ブランブラン揺れている縊死者《いしした》を発見して、大騒ぎになりました。

彼が何故自殺をしたのか、結局分らないままに終りました。色々調べてみても、別段事業が思わしくなかった訳でも、借金に悩まされていた訳でもなく、独身者のこと故、家庭的な煩悶があったというでもなく、そうかといって、痴情の自殺、例えば失恋というようなことでもなかったのです。

「魔がさしたんだ、どうも、最初来た時から、妙に沈み勝ちな、変な男だと思った。」

人々はそんな風にかたづけてしまいました。一度はそれで済んでしまったのです。ところが、間もなく、その同じ部屋に、次の借手がつき、その人は寝泊りしていた訳ではありませんが、ある晩徹夜の調べものをするのだといって、その部屋にとじこもっていたかと思うと、翌朝《よくあさ》は、またブランコ騒ぎです。全く同じ方法で、首を縊って自殺をとげたのです。

やっぱり、原因は少しも分りませんでした。今度の縊死者は、香料ブローカーと違って、極《ご》く快活な人物で、その陰気な部屋を選んだのも、ただ室料が低廉《ていれん》だからという単純な理由からでした。

恐怖の谷に開いた、呪いの窓。その部屋へ入ると、何の理由もなく、ひとりでに死にたくなって来るのだ。という怪談めいた噂が、ヒソヒソと囁《ささや》かれました。

三度目の犠牲者は、普通の部屋借り人ではありませんでした。そのビルディングの事務員に、一人の豪傑がいて、俺が一つためしてみるといい出したのです。化物屋敷を探険でもするような、意気込みだったのです。」

青年が、そこまで話し続けた時、私は少々彼の物語に退屈を感じて、口をはさんだ。

「で、その豪傑も同じように首を縊ったのですか。」

青年はちょっと驚いたように、私の顔を見たが、

「そうです。」

と不快らしく答えた。

「一人が首を縊ると、同じ場所で、何人も何人も首を縊る。つまりそれが、模倣の本能の恐ろしさだということになるのですか。」

「アア、それで、あなたは退屈なすったのですね。違います。違います。そんなつまらないお話ではないのです。」

青年はホッとした様子で、私の思い違いを訂正した。

「魔の踏切りで、いつも人死《ひとじに》があるというような、あの種類の、ありふれたお話ではないのです。」

「失敬しました。どうか先をお話し下さい。」

私は慇懃《いんぎん》に、私の誤解を詫《わ》びた。

黄色い顔

「事務員は、たった一人で、三晩というものその魔の部屋にあかしました。しかし何事もなかったのです。彼は悪魔払いでもした顔で、大威張《おおいば》りです。そこで、僕はいってやりました。

「あなたの寝た晩は、三晩とも、曇っていたじゃありませんか。月が出なかったじゃありませんか」とね。」

「ホホウ、その自殺と月とが、何か関係でもあったのですか。」

私はちょっと驚いて、聞き返した。

「エエ、あったのです。最初の香料ブローカーも、その次の部屋借り人も、月の冴えた晩に死んだことを、僕は気づいていました。月が出なければ、あの自殺は起らないのだ。それも、狭い峡谷に、ほんの数分間、白銀色《しろがねいろ》の妖光がさし込んでいる。その間に起るのだ。月光の妖術なのだ。と、僕は信じきっていたのです。」

青年はいいながら、おぼろに白い顔を上げて、月光に包まれた脚下の不忍池を眺めた。

そこには、青年のいわゆる巨大な鏡に写った、池の景色が、ほの白く、妖しげに横《よこた》わっていた。

「これです。この不思議な月光の魔力です。月光は、冷い火のような、陰気な激情を誘発します。人の心が燐《りん》のように燃え上るのです。その不可思議な激情が、例えば「月光の曲」を生むのです。詩人ならずとも、月に無常を教えられるのです。「芸術的狂気」という言葉が許されるならば、月は人を「芸術的狂気」に導くものではありますまいか。」

青年の話術が、少々ばかり私を辟易《へきえき》させた。

「で、つまり、月光が、その人たちを縊死させたとおっしゃるのですか。」

「そうです。半《なか》ばは月光の罪でした。しかし、月の光りが、直《ただ》ちに人を自殺させる訳はありません。もしそうだとすれば、今、こうして満身に月の光をあびている私たちは、もうそろそろ、首を縊らねばならぬ時分ではありますまいか。」

鏡に写ったように見える、青白い青年の顔が、ニヤニヤと笑った。私は、怪談を聞いている子供のような、おびえを感じないではいられなかった。

「その豪傑事務員は、四日目の晩も、魔の部屋で寝たのです。そして、不幸なことには、その晩は月が冴えていたのです。

私は真夜半《まよなか》に、地下室の蒲団《ふとん》の中で、ふと目を覚まし、高い窓からさし込む月の光を見て、何かしらハッとして、思わず起き上りました。そして、寝間着《ねまき》のまま、エレベーターの横の、狭い階段を、夢中で五階まで駆け昇ったのです。真夜半のビルディングが、昼間の賑かさに引きかえて、どんなに淋しく、物凄いものだか、ちょっとご想像もつきますまい。何百という小部屋を持った、大きな墓場です。話に聞く、ローマのカタコムです。全くの暗闇ではなく、廊下の要所要所には、電燈がついているのですが、そのほの暗い光が一層恐ろしいのです。

やっと五階の、例の部屋にたどりつくと、私は、夢遊病者のように、廃墟のビルディングを、さまよっている自分自身が怖くなって、狂気のようにドアを叩きました。その事務員の名を呼びました。

だが、中からは何の答えもないのです。私自身の声が、廊下にこだまして、淋しく消えて行く外には。

引手を回すと、ドアは難なく開きました。室内には、隅の大テーブルの上に、青い傘の卓上電燈が、しょんぼりとついていました。その光で見回しても、誰もいないのです。ベッドはからっぽなのです。そして、例の窓が、一杯に開かれていたのです。

窓の外には、向う側のビルディングが、五階の半ばから屋根にかけて、逃げ去ろうとする月光の、最後の光をあびて、おぼろ銀に光っていました。こちらの窓の真向うに、そっくり同じ形の窓が、やっぱりあけ放されて、ポッカリと黒い口を開いています。何もかも同じなのです。それが妖しい月光に照らされて、一層そっくりに見えるのです。

僕は恐ろしい予感に顫《ふる》えながら、それを確《たしか》めるために、窓の外へ首をさし出したのですが、直《す》ぐその方を見る勇気がないものだから、先ず遥かの谷底を眺めました。月光は向う側の建物のホンの上部を照らしているばかりで、建物と建物との作るはざまは、真暗に奥底も知れぬ深さに見えるのです。

それから、僕は、いうことを聞かぬ首を、無理に、ジリジリと、右の方へねじむけて行きました。建物の壁は、蔭《かげ》になっているけれど、向側《むこうがわ》の月あかりが反射して、物の形が見えぬほどではありません。ジリジリと眼界を転ずるにつれて、果して、予期していたものが、そこに現われて来ました。黒い洋服を着た男の足です。ダラリと垂れた手首です。伸び切った上半身です。深くくびれた頸《くび》です。二つに折れたように、ガックリと垂れた頭です。豪傑事務員は、やっぱり月光の妖術にかかって、そこの電線の横木に首を吊っていたのでした。

僕は大急ぎで、窓から首を引《ひっ》こめました。僕自身妖術にかかっては大変だと思ったのかもしれません。ところが、その時です。首を引こめようとして、ヒョイと向側を見ると、そこの、同じようにあけはなされた窓から、真黒な四角な穴から、人間の顔が覗《のぞ》いていたではありませんか。その顔だけが月光を受けて、クッキリと浮上っていたのです。

月の光の中でさえ、黄色く見える、しぼんだような、むしろ畸形な、いやないやな顔でした。そいつが、じっとこちらを見ていたではありませんか。

僕はギョッとして、一瞬間、立ちすくんでしまいました。あまり意外だったからです。なぜといって、まだお話しなかったかもしれませんが、その向側のビルディングは、所有者と担保《たんぽ》に取った銀行との間に、もつれた裁判事件が起っていて、その当時は、全く空家になっていたからです。人っ子一人住んでいなかったからです。

真夜半の空家に人がいる。しかも、問題の首吊りの窓の真正面の窓から、黄色い、物《もの》の怪《け》のような顔を覗かせている。ただ事ではありません。もしかしたら、僕は幻を見ているのではないかしら、そして、あの黄色い奴の妖術で、今にも首が吊りたくなるのではないかしら。……

ゾーッと、背中に水をあびたような恐怖を感じながらも、僕は向側の黄色い奴から目を離しませんでした。よく見ると、そいつは瘦せ細った、小柄の、五十ぐらいの爺《じい》さんなのです。爺さんはじっと僕の方を見ていましたが、やがて、さも意味ありげに、ニヤリと大きく笑ったかと思うと、ふっと窓の闇の中へ見えなくなってしまいました。その笑い顔のいやらしかったこと。まるで相好が変って、顔中が皺《しわ》くちゃになって、口だけが、裂けるほど、左右に、キューッと伸びたのです。

博士の部屋

翌日、同僚や、別のオフィスの小使爺さんなどに尋ねてみましたが、あの向側のビルディングが空家で、夜は番人さえいないことが明《あきら》かになりました。やっぱり僕は幻を見たのでしょうか。

三度も続いた、全く理由のない、奇怪千万な自殺事件については、警察でも、一応は取調べましたけれど、自殺ということは、一点の疑いもないのですから、ついそのままになってしまいました。しかし僕は理外の理を信じる気にはなれません。あの部屋で寝るものが、揃いも揃って、気違いになったというような荒唐無稽《こうとうむけい》な解釈では満足が出来ません。あの黄色い奴が曲者《くせもの》だ。あいつが三人の者を殺したのだ。ちょうど首吊りのあった晩、同じ真向うの窓から、あいつが覗いていた。そして、意味ありげにニヤニヤ笑っていた。そこに何かしら恐ろしい秘密が伏在しているのだ。僕はそう思い込んでしまったのです。

ところが、それから一週間ほどたって、僕は驚くべき発見をしました。

ある日の事、使いに出た帰りがけ、例の空きビルディングの表側の大通りを歩いていますと、そのビルディングのすぐ隣に、三菱何号館とかいう、古風な煉瓦作りの、小型の、長屋風の貸事務所が並んでいるのですが、そのとある一軒の石段をピョイピョイと飛ぶように昇って行く、一人の紳士が、僕の注意を惹《ひ》いたのです。

それはモーニングを着た、小柄の、少々猫背の、老紳士でしたが、横顔にどこか見覚えがあるような気がしたので、立止って、じっと見ていますと、紳士は事務所の入口で、靴を拭きながら、ヒョイと、僕の方を振り向いたのです。僕はハッとばかり、息が止まるような驚きを感じました。なぜって、その立派な老紳士が、いつかの晩、空ビルディングの窓から覗いていた、黄色い顔の怪物と、そっくりそのままだったからです。

紳士が事務所の中へ消えてしまってから、そこの金看板を見ると、目羅《めら》眼科、医学博士目羅聊斎《りょうさい》と記してありました。僕はその辺にいた車夫を捉えて、今入って行ったのが目羅博士その人であることを確《たしか》めました。

医学博士ともあろう人が、真夜中、空《あき》ビルディングに入り込んで、しかも首吊り男を見て、ニヤニヤ笑っていたという、この不可思議な事実を、どう解釈したらよいのでしょう。僕は烈《はげ》しい好奇心を起さないではいられませんでした。それからというもの、僕はそれとなく、出来るだけ多くの人から、目羅聊斎の経歴なり、日常生活なりを聞き出そうと力《つと》めました。

目羅氏は古い博士の癖に、あまり世にも知られず、お金儲けも上手でなかったと見え、老年になっても、そんな貸事務所などで開業していたくらいですが、非常な変り者で、患者の取扱いなども、いやに不愛想で、時としては気違いめいて見えることさえあるということでした。奥さんも子供もなく、ずっと独身を通して、今も、その事務所を住いに兼用して、そこに寝泊りしているということも分りました。また、彼は非常な読書家で、専門以外の、古めかしい哲学書だとか、心理学や犯罪学などの書物を、沢山持っているという噂も聞き込みました。

「あすこの診察室の奥の部屋にはね、ガラス箱の中に、ありとあらゆる形の義眼が、ズラリと並べてあって、その何百というガラスの目玉が、じっとこちらを睨《にら》んでいるのだよ。義眼もあれだけ並ぶと、実に気味の悪いものだね。それから、眼科にあんなものがどうして必要なのか、骸骨《がいこつ》だとか、等身大の蠟《ろう》人形などが、二つも三つも、ニョキニョキと立っているのだよ。」

僕のビルディングのある商人が、目羅氏の診察を受けた時の奇妙な経験を聞かせてくれました。

僕はそれから、暇さえあれば、博士の動静に注意を怠りませんでした。一方、空ビルディングの、例の五階の窓も、時々こちらから覗いてみましたが、別段変ったこともありません。黄色い顔は一度も現われなかったのです。

どうしても目羅博士が怪しい。あの晩向側の窓から覗いていた黄色い顔は、博士に違いない。だが、どう怪しいのだ。もしあの三度の首吊りが自殺でなくて、目羅博士の企《たく》らんだ殺人事件であったと仮定しても、では、なぜ、如何《いか》なる手段によって、と考えてみると、パッタリ行詰まってしまうのです。それでいて、やっぱり目羅博士が、あの事件の加害者のように思われて仕方がないのです。

毎日毎日僕はそのことばかり考えていました。ある時は、博士の事務所の裏の煉瓦塀《れんがべい》によじ昇って、窓越しに、博士の私室を覗いたこともあります。その私室に、例の骸骨だとか、蠟人形だとか、義眼のガラス箱などが置いてあったのです。

でもどうしても分りません。峡谷を隔てた、向側のビルディングから、どうしてこちらの部屋の人間を、自由にすることが出来るのか、分りようがないのです。催眠術？イヤ、それは駄目です。死というような重大な暗示は、全く無効だと聞いています。

ところが、最後の首吊りがあってから、半年ほどたって、やっと僕の疑いを確める機会がやって来ました。例の魔の部屋に借り手がついたのです。借り手は大阪から来た人で、怪しい噂を少しも知りませんでしたし、ビルディングの事務所にしては、少しでも室料の稼ぎになることですから、何もいわないで、貸してしまったのです。まさか、半年もたった今頃、また同じことが繰返されようとは、考えもしなかったのでしょう。

しかし、少くも僕だけは、この借手も、きっと首を吊るに違いないと信じきっていました。そして、どうかして、僕の力で、それを未然に防ぎたいと思ったのです。

その日から、仕事はそっちのけにして、目羅博士の動静ばかりうかがっていました。そして、僕はとうとう、それを嗅《か》ぎつけたのです。博士の秘密を探り出したのです。

蠟人形

大阪の人が引越して来てから、三日目の夕方のこと、博士の事務所を見張っていた僕は、彼が何か人目を忍ぶようにして、往診の鞄《かばん》も持たず、徒歩で外出するのを見逃がしませんでした。無論尾行したのです。すると、博士は意外にも、近くの大ビルディングの中にある、有名な洋服店に入って、沢山の既製品の中から、一着の背広服を選んで買求め、そのまま事務所へ引返しました。

いくらはやらぬ医者だからといって、博士自身がレディメードを着るはずはありません。といって、書生に着せる服なれば、何も主人の博士が、人目を忍んで買いに行くことはないのです。こいつは変だぞ。一体あの洋服を何に使うのだろう。僕は博士の消えた事務所の入口を、うらめしそうに見守りながら、暫《しばら》く佇《たたず》んでいましたが、ふと気がついたのは、さっきお話した、裏の塀に昇って、博士の私室を隙見《すきみ》することです。ひょっとしたら、あの部屋で、何かしているのが見られるかもしれない。と思うと、僕はもう、事務所の裏側へ駆け出していました。

塀にのぼって、そっと覗いてみると、やっぱり博士はその部屋にいたのです。しかも、実に異様な事をやっているのが、ありありと見えたのです。

黄色い顔のお医者さんが、そこで、何をしていたと思います。蠟人形にね、ホラさっきお話した等身大の蠟人形ですよ。あれに、今買って来た洋服を着せていたのです。それを何百というガラスの目玉が、じっと見つめていたのです。

探偵小説家のあなたには、ここまでいえば、何もかもお分りになったことでしょうね。僕もその時、ハッと気がついたのです。そして、その老医学者のあまりにも奇怪な着想に、驚嘆してしまったのです。

蠟人形に着せられた既製洋服は、なんと、あなた、色合から縞柄《しまがら》まで、例の魔の部屋の新しい借手の洋服と、寸分違わなかったではありませんか。博士はそれを、沢山の既製品の中から探し出して、買って来たのです。

もうぐずぐずしてはいられません。ちょうど月夜の時分でしたから、今夜にも、あの恐ろしい椿事《ちんじ》が起るかも知れません。何とかしなければ、何とかしなければ、僕は地だんだを踏むようにして、頭の中を探し回りました。そして、ハッと、我ながら驚くほどの、すばらしい手段を思いついたのです。あなたもきっと、それをお話ししたら、手を打って感心して下さるでしょうと思います。

僕はすっかり準備をととのえて夜になるのを待ち、大きな風呂敷包みを抱えて、魔の部屋へと上って行きました。新来の借手は、夕方には自宅へ帰ってしまうので、ドアに鍵がかかっていましたが、用意の合鍵でそれを開けて、部屋に入り、机によって、夜の仕事に取りかかる風を装いました。例の青い傘の卓上電燈が、その部屋の借手になりすました私の姿を照らしています。服は、その人のものとよく似た縞柄のを、同僚の一人が持っていましたので僕はそれを借りて着込んでいたのです。髪の分け方なども、その人に見えるように注意したことはいうまでもありません。そして、例の窓に背中を向けてじっとしていました。

いうまでもなく、それは、向うの窓の黄色い顔の奴に、僕がそこにいることを知らせるためですが、僕の方からは、決してうしろを振向かぬようにして、相手に存分隙を与える工夫をしました。

三時間もそうしていたでしょうか。果して僕の想像が的中するかしら。そして、こちらの計画がうまく奏効するだろうか。実に待遠しい、ドキドキする三時間でした。もう振向こうか、もう振向こうかと、辛抱がしきれなくなって、幾度頸《くび》を回しかけたかしれません。が、とうとうその時機が来たのです。

腕時計が十時十分を指していました。ホウ、ホウと二声、梟《ふくろう》の鳴声が聞えたのです。ハハア、これが合図だな、梟の鳴声で、窓の外を覗かせる工夫だな。丸の内の真中で梟の声がすれば、誰しもちょっと覗いてみたくなるだろうからな。と悟ると、僕はもう躊《ちゅう》躇《ちょ》せず、椅子を立って、窓際へ近寄りガラス戸を開きました。

向側の建物は、一杯に月の光をあびて、銀鼠色《ぎんねずみいろ》に輝いていました。前にお話しした通り、それがこちらの建物と、そっくりそのままの構造なのです。何という変な気持でしょう。こうしてお話ししたのでは、とても、あの気違いめいた気持は分りません。突然、眼界一杯の、べら棒に大きな、鏡の壁が出来た感じです。その鏡に、こちらの建物が、そのまま写っている感じです。構造の相似の上に、月光の妖術が加わって、そんな風に見せるのです。

僕の立っている窓は、真正面に見えています。ガラス戸の開いているのも同じです。それから、僕自身は……オヤ、この鏡は変だぞ。僕の姿だけ、のけものにして、写してくれないのかしら。……ふとそんな気持になるのです。ならないではいられぬのです。そこに身の毛もよだつ陥穽《かんせい》があるのです。

ハテナ、俺はどこに行ったのかしら。確かにこうして、窓際に立っているはずだが。

キョロキョロと向うの窓を探します。探さないではいられぬのです。

すると、僕は、ハッと、僕自身の影を発見します。しかし、窓の中ではありません。外の壁の上にです。電線用の横木から、細引でぶら下《さが》った自分自身をです。

「アア、そうだったか。俺はあすこにいたのだった。」

こんな風に話すと、滑稽《こっけい》に聞えるかもしれませんね。あの気持は口ではいえません。悪夢です。そうです。悪夢の中で、そうするつもりはないのに、ついそうなってしまう、あの気持です。鏡を見ていて、自分は目を開いているのに、鏡の中の自分が、目をとじていたとしたら、どうでしょう。自分も同じように目をとじないではいられなくなるのではありませんか。

で、つまり鏡の影と一致させるために、僕は首を吊らずにはいられなくなるのです。向側では自分自身が首を吊っている。それに、本当の自分が、安閑《あんかん》と立ってなぞいられないのです。

首吊りの姿が、少しも怖《おそろし》くも醜くも見えないのです。ただ美しいのです。絵なのです。自分もその美しい絵になりたい衝動を感じるのです。

もし月光の妖術の助けがなかったら、目羅博士の、この幻怪なトリックは、全く無力であったかもしれません。

無論お分りのことと思いますが、博士のトリックというのは、例の蠟人形に、こちらの部屋の住人と同じ洋服を着せて、こちらの電線横木と同じ場所に木切れをとりつけ、そこへ細引でブランコをさせてみせるという、簡単な事柄に過ぎなかったのです。

全く同じ構造の建物と、妖しい月光とが、それにすばらしい効果を与えたのです。このトリックの恐ろしさは、予《あらかじ》めそれを知っていた僕でさえ、うっかり窓枠へ片足をかけて、ハッと気がついたほどでした。

僕は麻酔から醒《さ》める時と同じ、あの恐ろしい苦悶と戦いながら、用意の風呂敷包みを開いて、じっと向うの窓を見つめてました。

何と待遠しい数秒間――だが、僕の予想は的中しました。僕の様子を見るために、向うの窓から、例の黄色い顔が、即ち目羅博士が、ヒョイと覗いたのです。

待ち構えていた僕です。その一刹那《せつな》を捉えないでどうするものですか。

風呂敷の中の物体を、両手で抱き上げて、窓枠の上へ、チョコンと腰かけさせました。

それが何であったか、ご存じですか。やっぱり蠟人形なのですよ。僕は、例の洋服屋からマネキン人形を借り出して来たのです。

それに、モーニングを着せておいたのです。目羅博士が常用しているのと、同じような奴をね。

その時月光は谷底近くまでさし込んでいましたので、その反射で、こちらの窓も、ほの白く、物の姿はハッキリ見えたのです。

僕は果し合いのような気持で、向うの窓の怪物を見つめていました。畜生、これでもか、これでもかと、心の中でりきみながら。

するとどうでしょう。人間はやっぱり、猿と同じ宿命を、神様から授かっていたのです。

目羅博士は、彼自身考え出したトリックと、同じ手にかかってしまったのです。小柄の老人は、みじめにも、ヨチヨチと窓枠をまたいで、こちらのマネキンと同じように、そこへ腰かけたではありませんか。

僕は人形使いでした。

マネキンのうしろに立って、手を上げれば、向うの博士も手を上げました。

足を振れば、博士も振りました。

そして、次に、僕が何をしたと思います。

ハハハ……、人殺しをしたのですよ。

窓枠に腰かけているマネキンを、うしろから、力一杯つきとばしたのです。人形はカランと音を立てて、窓の外へ消えました。

と殆ど同時に、向側の窓からも、こちらの影のように、モーニング姿の老人が、スーッと風を切って、遥かの遥かの谷底へと、墜落して行ったのです。

そして、グシャッという、物をつぶすような音が、幽《かす》かに聞えて来ました。

……………目羅老博士は死んだのです。

僕は、嘗《か》つての夜、黄色い顔が笑ったような、あの醜い笑いを笑いながら、右手に握っていた紐《ひも》を、たぐりよせました。スルスルと、紐について、借り物のマネキン人形が、窓枠を越して、部屋の中へ帰って来ました。

それを下へ落してしまって、殺人の嫌疑をかけられては大変ですからね。」

語り終って、青年は、その黄色い顔の博士のように、ゾッとする微笑を浮べて、私をジロジロと眺めた。

「目羅博士の殺人の動機ですか。それは探偵小説家のあなたには、申上げるまでもないことです。何の動機がなくても、人は殺人のために殺人を犯すものだということを、知り抜いていらっしゃるあなたにはね。」

青年はそういいながら、立上って、私の引留める声も聞えぬ顔に、サッサと向うへ歩いて行ってしまった。

私は、もやの中へ消えて行く、彼のうしろ姿を見送りながら、さんさんと降りそそぐ月光をあびて、ボンヤリと捨石に腰かけたまま動かなかった。

青年と出会ったことも、彼の物語も、はては青年その人さえも、彼のいわゆる「月光の妖術」が生み出した、あやしき幻ではなかったのかと、あやしみながら。

［解説］

乱歩登場

千葉俊二

大学の教員をしていてうれしいことのひとつは、教室で読むテキストを自己の好みにあわせて自由に選択できることである。いま私は、四年生の授業で森鷗外の「渋江抽斎」を読み、三年生の授業では江戸川乱歩の作品を読んでいる。両者のリアリティはまったく異質で、その文学性は対極的といってもよく、これを同じ近代文学というカテゴリーにくくっていいものだろうかと戸惑っている。大正五年に書かれた鷗外の「渋江抽斎」と大正十二年に登場した江戸川乱歩とのあいだには何やら一線が画されており、作品を存立させる文学的な基盤そのものが変化したのではないかとさえ感じさせられる。

「渋江抽斎」を読みながら、私はそこに記された渋江抽斎という人物の伝記にはさほど関心が向かわず、こうしたかたちで江戸期に生きたひとりの儒学者の生涯を丹念に書きとめるデーモンに憑かれた森鷗外という作家への関心に引きずられながら読みすすめている。それに引き換え、江戸川乱歩の作品を読むときには、乱歩という作家にはあまり関心が向かわず、その作品がどのような趣向を凝らしているか、そこで使われるトリックがいかに効果的であるか、あるいは作品に描かれる事象が当時の時代的な動向とどのような関連をもつかといった、どちらかといえば作品の表層的なレベルに関心を集中させて読んでいる。

探偵小説の創始が一八四一年のエドガー・アラン・ポーの「モルグ街の殺人」であることはいうまでもないが、鷗外はこれを大正二年（一九一三）六月の「新小説」に独訳から「病院横町の殺人犯」のタイトルで翻訳し、『諸国物語』（大正四年、国民文庫刊行会）に収録している。『諸国物語』にはこの外に「うづしほ」（原題「メエルシュトレエムに呑まれて」）「十三時」（原題「鐘楼の悪魔」）の二篇のポー作品も紹介されているが、「モルグ街の殺人」に関していえば、すでに明治二十年（一八八七）に竹《たけ》の舎《や》主人（饗庭《あえば》篁村《こうそん》）意訳「ルーモルグの人殺し」が「読売新聞」の付録に掲載され（『明治翻訳文学集』所収、昭和四十七年、筑摩書房）、明治三十二年には長田《おさだ》秋濤《しゅうとう》訳「猩々怪」が「文藝倶楽部」に発表されていた。

この時期に鷗外があえて「モルグ街の殺人」を紹介し直したのはなぜだろうか。鷗外はその末尾のあとがきに、原作の冒頭にある「分析的精神作用」についての議論を省略してしまったという断り書きを記しているが、「高等探偵小説」の紹介を通して、ほかならず鷗外は小説におけるこの「分析的精神作用」の重要性を当時の文壇に知らしめようとしたのではなかったろうか。実際、「渋江抽斎」の書き出しは探偵小説的である。「ふと渋江氏と抽斎とが同人ではないかと思つた」という謎解きからはじまり、抽斎の子息渋江保に出会って詳しい資料を入手して、抽斎の伝記をジェネアロジックに記してゆくまでの過程は、さながら探偵小説的な手法が駆使されている。

江戸川乱歩がそのペンネームからしてもエドガー・アラン・ポーの圧倒的な影響下に作品を書き出したことはいうまでもない。たとえば、乱歩以前にも暗号を使った小説として谷崎潤一郎の「白昼鬼語」といった作品もあるけれど、それはポーの「黄金虫」で使われた暗号をそのまま流用しているにすぎない。が、乱歩が最初に世に問うた「二銭銅貨」においては、ポーの「黄金虫」にもひけをとらない暗号が独力で、南無阿弥陀仏の六文字を使って作りだされて、物語を推進する力として有効に機能している。乱歩の並はずれた分析的知力に驚嘆せざるを得ない。が、その「分析的精神作用」の向かう方向性において森鷗外と、制度としての近代文学が確立したあとに登場してきた江戸川乱歩では百八十度異なっているのだ。

明治維新この方、富国強兵、殖産興業の道をひた走り、鷗外も身を挺して建設に邁進した明治の近代国家づくりは、日露戦後においてまがりなりにも近代国家としての体制がととのえられ、一等国をもって任ずるようになった。明治期に興隆した近代文学も

『小説神髄』が刊行された明治十八年ころからすれば、内田魯庵がいうように「道楽であつた文学が今日では職業とな」るほどの驚くべき進展をとげた（「二十五年間の文人の社会的地位の進歩」）。大正五年の時点で鷗外が、江戸期に生きたひとりの儒学者の生涯を「自然科学の余勢」（「なかじきり」）をかりてジェネアロジックに記してゆくことは、こうした日露戦後の社会体制、および近代文学へのシニカルな批評がこめられており、近代社会において希求される個我の確立、また近代文学が追求してやまないところの近代的自我における自己実現や自己完成といったテーマに対する鷗外なりの問題提示だったといえる。

が、デビュー作の「二銭銅貨」を見ても分かるとおり、乱歩にはこうした近代社会において要請されたところの個我の確立や、近代の文学がその使命としてきたところの自己とは何かと問う自己探究のテーマは無縁である。その犀利《さいり》な「分析的精神作用」も、その作品の結末で「御冗談」というように、すべては語り手の「私」によって仕組まれた、場末の下宿屋にゴロゴロしていた相棒の松村武をかつぐための「悪戯《いたずら》」だったと明かされる。ここではその分析的な知的能力も、これまで近代文学に強迫観念のようにつきまとってきた内面の深化だとか、この世界の裏に隠された真実を顕在化させ、人生の意義を問うといったような重厚深遠なテーマを支えるものとしては機能せず、単なる退屈しのぎのための推理ゲームとなっている。

乱歩作品を特徴づけるのは、まず暇をもてあまして、人生に心底から退屈しきった主人公の登場である。「屋根裏の散歩者」の郷田三良《さぶろう》(のちに三郎に改められ、一般的には郷田三郎で知られている)は、「どんな遊びも、どんな職業も、何をやってみても、一向この世が面白くな」く、それは「一種の精神病」だったと語られる。が、それは郷田三良ひとりの病ではなかったろう。明治四十二年(一九〇九)の夏目漱石の「それから」には、すでに高等遊民たる長井代助が「倦怠《アンニュイ》」に悩まされる姿が描かれていた。明治四十年代の多くの青年層を魅了した高等遊民の典型たる代助は、国家や社会に背を向けて、学業をおえても職に就くこともせず、自己の趣味的生活を尊びながら、内面の欲求の命ずるままに生きてゆこうとする。が、そうした代助もアンニュイを感ずるときには、みずから「自分の活力の充実してゐない事」に気づかされ、行為と目的とのあいだに「論理の迷乱」が引きおこされる。この内面の空虚感と「論理の迷乱」によって特色づけられるアンニュイこそ探偵小説を生み出す母胎であるが、その後の漱石は「彼岸過迄」においても「異常に対する嗜欲《しよく》」が強烈な、「遺伝的に平凡を忌む浪漫趣味《ロマンチック》の青年」敬太郎の探偵物語を描きだしている。

「それから」の代助への信奉者のひとりであった谷崎潤一郎も、その二年後に「秘密」

で「惰力の為めに面白くもない懶惰《らんだ》な生活」を毎日繰り返している主人公が、自己の生活を「ミステリアスな、ロマンチックな色彩」で彩るべく女装して夜な夜な浅草公園を徘徊する姿を描いた。「変装をして、町から町をさ迷い」、「女装をすることが、最も彼の病癖を喜ばせ」たという郷田三良は、間違いなく「秘密」の主人公の直系の後裔である。「探偵小説の根源的な社会的内容は、大都会の群集のなかでは個人の痕跡が消えることである」(「ボードレールにおける第二帝政期のパリ」)というベンヤミンの指摘は、探偵小説の誕生を語る卓抜な洞察であるが、明治末から大正期へかけての都市化による遊民の出現と「退屈」という精神病の瀰漫《びまん》こそが、わが国での探偵小説成立のための根拠だったといえよう。

ところでジョージ・スタイナーは『青鬚の城にて』(一九七三年、みすず書房)において、ワーテルローの戦いがあり、あらゆる革命的な希望が崩壊した後の一八一五年から第一次世界大戦におけるソンムの戦いの前年一九一五年までの百年の間に、ヨーロッパには価値と知覚に巨大な変質がおこったと指摘している。そして大きな戦争もなく比較的安定し、経済的にも繁栄をみたこの百年を「大いなる倦怠《アンニュイ》」という視点からとらえ、「いわば陰湿な沼地から湧きあがるガスは濃く深く立ちこめてきて、社会の、また知的生活の中枢神経の末端を冒しはじめた」という。「美しく良き時代」はたしかにその表層において燦然《さんぜん》と輝き、のどやかな晴朗さをたたえてはいたが、人々は「飽くことのない欲望」と「耐えがたい倦怠《アンニュイ》」にせめさいなまれ、その爛熟《らんじゅく》の底には危機がはらまれていたというのだ。

ポーや『レ・ミゼラブル』からヘンリー・ジェイムズの『カサマシマ公爵夫人』に至るまでの文学的な想像力のなかに「予言的な地下の危険のイメージ、下水溝や地下室から今にも立ち上ろうと構えている破壊的な力」が表現されており、「楽園と見える表相の下で、無政府的な衝動はその限界点に達していた」という。「全て高度文明というものがその発達の極に達すれば、そこに文明の内部破裂を起すような緊張が生じ、またその文明には自己破壊へむかう衝動が生まれる」のだろうかとスタイナーは問うているが、この一八一五年から一九一五年までのヨーロッパの百年を日本に当てはめてみれば、第一次世界大戦の惨劇を対岸の火事とみていたわが国においては、一九〇五年の日露戦後から日中戦争の勃発する一九三七年までの約三十年間に相当するといってもいいのではないだろうか。

日露戦後には、それまでの精神的緊張が一気に弛緩し、一種のエア・ポケットに落ち込んだように、青年層のあいだには個人主義的な風潮がひろがった。明治の近代国家体制を編成してゆく過程で生じた新たな階層は固定化し、明治四十三年の大逆事件によって自由な言論は封じられた。「それから」にはすでに代助の言葉として「日本国中何所《どこ》を見渡したつて、輝いてる断面は一寸四方も無いぢやないか」と語られていたが、石川啄木が「時代閉塞の現状」で指摘した閉塞感が日本国中を覆って、時代の空気は流動することもなくなった。倦怠《アンニュイ》――「退屈」という精神病によって、その安定性は地底から無力感と空虚感とに蝕《むしば》まれていった。

佐藤春夫の「憂鬱」という言葉が大正文学に底流するこうした気分をよく表している。また「殺人事件」「干からびた犯罪」などの詩に「探偵」を点描した萩原朔太郎は、『青猫』(大正十二年、新潮社)において「なんといふ退屈な人生だらう」(「かなしい囚人」)と、「かなしい憂鬱をつつんで」「都会のにぎやかな群集の中に居ることをもとめ」(「群集の中を求めて歩く」)、「感覚的鬱憂性」に染めあげられた「恐ろしく憂鬱なる」数々の詩篇を書いた。芥川竜之介も宇野浩二も「世紀末の悪鬼」(「或阿呆の一生」)にさいなまれた。乱歩を育んだのは、そうした時代だった。大正十一年に鷗外が亡くなると、それに入れ替わるように翌十二年に乱歩が文壇へ登場したことは、何やらひとつの時代の転換を象徴するようにもみられるが、それは単なる私の思い過ごしであろうか。

*

「心理試験」について乱歩は、「大分前からフロイドの精神分析というものに注目して、これは何とか物になり相だと思っていた所へ」、ミュンスターベルヒの『心理学と犯罪』を読んで面白いと思い、「何とかこれで一篇作り上げようと」考えて書いたものという（「楽屋噺」）。探偵小説の構造と精神分析のそれとがよく似ていることは、たびたび指摘されるところである。精神分析家は患者の夢や妄想を分析するところから、それと意識されることもない患者の意識下に抑圧、隠蔽《いんぺい》された過去の心的外傷を顕在化させながら、そうした夢や妄想をつくりだすに至った患者の思考や欲望のかたちを明らかにしようとする。精神分析家のこうした手法は、探偵小説において探偵が過去に起こった事件のバラバラに散らばった不分明な痕跡を跡づけ、読解することによって、ひとつのまとまりをもった事件として犯人の隠蔽工作や動機を明らかにしてゆく過程と似ている。

フロイドの本格的な受容は昭和四年（一九二九）十月に『世界大思想全集』（春秋社）に中村古峡訳の「精神分析学」が紹介され、同年末に春陽堂とアルスからほとんど同時にふたつのフロイド全集が刊行されてからだが、乱歩は双方とも購入して愛読したといい、昭和八年には大槻憲二がはじめた精神分析研究会にも参加している。が、フロイドの精神分析そのものがわが国に紹介されたのは明治末年以来で、大正期には「心理研究」や「変態心理」といった雑誌を通してある程度は知られていた。そして面白いことには、精神分析学が科学的、合理的な分析を通して不合理きわまりない無意識の世界を発見したように、探偵小説も事件を科学的、合理的に推理することによって、犯罪というものが必然的にはらむ人間の残忍で、グロテスクな不合理きわまりない側面を冷徹無惨に抉《えぐ》りだしてしまったのである。文化や教養による精神の教化といった十九世紀的な芸術への信仰を根底からくつがえし、人間の生にひそむ残虐と破壊へのノスタルジーを語りだすようになっていった。乱歩はエッセイ「郷愁としてのグロテスク」(昭和十年八月十八日「読売新聞」)「残虐への郷愁」(昭和十一年九月「新青年」)において次のように語っている。

グロテスクは、人類にとっては太古のトーテム芸術への郷愁であり、個人にとっては幼年時代の鬼や獅子頭《ししがしら》への甘き郷愁ではないであろうか。いずれにもせよ、グロテスクの美は「今」と現実とからは全くかけ離れた夢と詩の世界のものである。

(中略)

郷愁としてのグロテスクは、国宝の宗教美術から地獄極楽の見世物に至るまでのあらゆる等級の内に、そして又、ダンテの「神曲」や「ファウスト」や「マクベス」などの歴史的作品から現代怪奇小説に至るまでのあらゆる等級の内に、人類の遥かなるトーテム時代への夢をそそっている。パン神にも、サテュールにも、西洋中世の宗教画の悪魔にも、東洋の地獄絵にもムンクの怪奇画にも、写楽や暁斎《きょうさい》の版画にも、初期人形芝居にも、大南北の恐怖劇にも、馬琴、京伝の怪奇物語にも、泉目吉の生人形にも、下っては場末の覗きカラクリの押絵看板にさえも、我々はグロテスクの甘き郷愁を感じることが出来るであろう。（「郷愁としてのグロテスク」）

神は残虐である。人間の生存そのものが残虐である。そして又本来の人類が如何に残虐を愛したか。神や王侯の祝祭には、いつも残虐と犠牲とがつきものであった。社会生活の便宜主義が宗教の力添えによって、残虐への嫌悪と羞恥を生み出してから何千年、残虐はもうゆるぎないタブーとなっているけれど、戦争と芸術だけが、夫々《それぞれ》全く違ったやり方で、あからさまに残虐への郷愁を満たすのである。芸術は常にあらゆるタブーの水底をこそ航海する。そして、この世のものならぬ真赤な巨大な花を開く。（「残虐への郷愁」）

乱歩が事件を犯人の視点から描いてゆく、いわゆる〈倒叙法〉と呼ばれる手法を好んで多用したことはよく知られている。「二銭銅貨」も松村を欺《だま》す「私」が語り手であるところから、大きな括りからすれば、これも一種の倒叙法といっても差し支えない。明らかにドストエフスキーの「罪と罰」を下敷きに書かれた「心理試験」や「屋根裏の散歩者」などは、「倒叙探偵小説」の代表作といっていい。たとえば、明智小五郎が最初に活躍する「D坂の殺人事件」では、サディストとマゾヒストの殺人事件がとりあげられるが、探偵サイドからの叙述では、この乱歩好みのテーマも末尾でわずかに触れられるだけで、そのモチーフを掘り下げて語ることはできない。犯罪の動機を解釈することが禁じられ、事物の痕跡が形成する記号の配列を読解するだけに終わっては、往々にして探偵小説もひとつの形式化におちいらざるを得ない。

通俗的な長篇小説をものするようになってからの乱歩は、エロ・グロ・ナンセンスのレッテルを貼られることになるが、乱歩にとっての関心は、犯罪をとおして、「退屈」で飽き果てた現実とは別な「今一つの世界」の構築、――「紙の上に文字を以て、私の夢見ているパノラマ館を、本当の「今一つの世界」をうち建てたい」という願いにあった(「今一つの世界」)。したがって、乱歩の作品には倒叙探偵小説が多いことになるのだけれど、これと純文学作家によっても書かれる犯罪小説との違いはどこにあるのだろうか。乱歩は「二つの比較論　探偵小説の範囲とその本質」(昭和二十五年四月「改造」)においてその点を、両者とも小説のはじめから犯罪者の心理を描いてゆくことでは一致するが、「倒叙探偵小説となると、そこに作意が加わって来る。犯人は単に激情のために罪を犯すだけではなく、その犯罪が容易に発覚しないような欺瞞を案出しなければならない」と説明する。そして探偵の側がそのトリックの発見に機智と推理を働かせるところに探偵小説的な興味が加わり、単なる犯罪小説と区別されるというが、乱歩の初期短篇においても探偵小説か犯罪小説か判然としないものもある。

　デビューして四年後の昭和二年に刊行された『現代大衆文学全集３　江戸川乱歩集』（平凡社）はそれまでに書いた作品を網羅的に収録したものだが、その「はしがき」で「内容を三部に分けて見ました。第一部は純粋の探偵小説、第二部は私の妙な趣味が書かせた謂はゞ変格的な探偵小説、第三部は新聞雑誌に連載した長篇物」といっている。本書収録作品で第一部の「純粋の探偵小説」とされたものは、「二銭銅貨」「Ｄ坂の殺人事件」「心理試験」で、第二部の「変格的な探偵小説」とされたものは、「白昼夢」「屋根裏の散歩者」「人間椅子」「鏡地獄」である。乱歩は機智と推理によって組み立てられた「純粋の探偵小説」から出発しながら、次第に変態心理に彩られた「変格的な探偵小説」の方へと移行してゆく。「私の妙な趣味が書かせた謂はゞ変格的な探偵小説」には、乱歩の夢みる「今一つの世界」の特徴が色濃く反映せられて、乱歩ワールドに独自の綺想と神秘と驚異に満ちた世界が展開されることになる。

　「火星の運河」には、そうした乱歩の夢みた「今一つの世界」の原初的なかたちをみることができる。「探偵小説十年」によれば、「新青年」に何か書かねばならず、材料がないのに窮して、大正六年ころに書きなぐった散文詩みたいなものを書きなおしたものという。どことも知れず、いまだ意識も未分化な混沌とした、神秘的で、陰鬱な、両性具有のナルシスティックなひとつの悪夢を描くが、それは長篇「パノラマ島綺譚」にも通じるものである。「水の代りに赤い血のりが流れている」という火星の運河に触発されたこのイメージは、天体望遠鏡の普及にともなう天体への知識の広がりによってはじめて可能となったものだろう。天体望遠鏡にしても顕微鏡にしてもレンズを通して覗き見ることのできる世界は、肉眼によって見る世界とはまるで異なっている。ちょうど「鏡地獄」において顕微鏡で覗いた半殺しの蚤《のみ》が「ドス黒い血の海の中」で、「断末魔の物凄い形相を示して」いたように。

また「火星の運河」は高速度撮影によるサイレント映画のワンシーンを見ているような錯覚にとらわれないだろうか。ベンヤミンは「カメラに語りかける自然は、肉眼に語りかける自然とは違う。何より異なる点は、人間の意識によって浸透された空間に代わって、無意識に浸透された空間が現出することである」(「複製技術の時代における芸術作品」)というが、大正から昭和にかけての時期は、一般大衆の娯楽として活動写真が急速に普及しはじめた時代であった。乱歩にも「映画の恐怖」(大正十四年十月「婦人公論」)というエッセイがあるが、乱歩は活動写真を「阿片喫煙者の夢」といっている。乱歩が登場したこの時代は、精神分析学と映画の洗礼によって日常へ浸透する無意識の領域が拡大され、人々の感性に大きな変化が生じたのだといえる。

窃視症、パノラマ館、蠟人形、人形愛、見世物小屋、覗きカラクリ、浅草趣味、洞窟、胎内願望、変身願望、変装癖、一人二役、夢魔的感覚、少女誘拐、バラバラ殺人……。乱歩作品にはこうした猟奇的なモチーフが何度も繰り返されるが、レンズや鏡に対する偏愛もそのひとつである。「レンズ嗜好症」（昭和十一年七月「ホーム・ライフ」）というエッセイには、少年時代に拡大レンズによって現実が大きく変容されて写し出されることを知って、「物の考え方が変ってしまったほどの驚き」をもった体験が語られる。そしてレンズの魔術というものがもつ恐怖と魅力について述べられるが、「鏡地獄」「押絵と旅する男」「目羅博士の不思議な犯罪」はいずれも鏡やレンズといった光学魔術によって、現実が現実にはあり得ない幻影の世界に変換されるトリックを扱っている。レンズを通して屈折された世界は、あたかもロールシャッハの得体の知れない図形によって無意識があぶり出されてしまうように、私たちにとっては未知の、無意識に浸透された世界を現出せしめるのである。

「押絵と旅する男」を乱歩の最高傑作とする評者は多いが、遠眼鏡《とおめがね》を逆に覗くことで縮小された小宇宙に封じられ、永遠の愛そのもののなかに生きるこの物語は、たしかに読むものに不思議な懐かしさと同時に戦慄するような恐怖感をよびおこさせる傑作である。浅草趣味、覗きカラクリ、人形愛など乱歩の趣味が、この一篇に凝縮されてみごとな出来映えを示している。月光の妖術と鏡像の幻惑によって引きおこされる奇妙な幻想的殺人を描いた「目羅博士の不思議な犯罪」は、月遊病的ファンタジーとも呼びうる一篇である。のちにこの作品は乱歩自身によって「目羅博士」と改題されるが、中井英夫が『日本探偵小説全集2 江戸川乱歩集』(一九八四年、創元推理文庫)「解説――乱歩変幻」で指摘するように、旧題の方が作品世界の雰囲気とマッチしていて断然いい。両作品はともに探偵小説というよりも、読者を不思議な異次元の空間へ導く乱歩の怪奇、幻想小説の代表作といっていいだろう。

「お勢登場」は、「ここで登場した女主人公が、更らに色々と悪事を働く、その一代の犯罪史を書きつぐつもり」(「探偵小説十年」)だったが、結局その序曲だけで終わってしまった作品という。これが書きつがれたならば、悪女一代記として、乱歩作品には珍しい特殊な位置をしめるものとなったろうが、しかしこの序曲だけでも短篇として十分に堪能し得る佳作である。お勢が生まれながらの悪女だとしても、みずから意識もせずに日常のふとしたきっかけから一瞬に悪女へ転落してゆくリアリティには怖ろしいまでの迫真力がある。乱歩が好んで描く非現実的、猟奇的な犯罪の世界も、実はこうした日常性と壁一重へだてるだけに過ぎないのかも知れない。乱歩の浅草趣味を反映した「木馬は廻る」も日常のなかに隠された犯罪を描いた好短篇だが、先の定義にしたがうならば、これらは探偵小説というより犯罪小説といった方がふさわしいかも知れない。

＊

乱歩が亡くなってから四年後の昭和四十四年（一九六九）に講談社から『江戸川乱歩全集』全十五巻が刊行されはじめるが、当時はいまだ一般的に江戸川乱歩の作品が文学研究のための対象になるような〈文学〉とは見なされていなかった。乱歩が文学研究の視野に入るようになったのは、やはり一九八〇年代になって文学研究の分野に本格的にテクスト論が導入された以降であろう。乱歩再評価にあたって一九八四年に刊行された松山巌の『乱歩と東京』(PARCO出版)の存在が何といっても大きかった。「二銭銅貨」における暗号のように意味不明な言葉もひとつのコードにしたがって解読すれば、たちどころに整然と意味をもった言葉が立ちあらわれるように、都市だとか、東京だとかのコードによって解読することで、一見、荒唐無稽にみえる乱歩の通俗長篇小説も文化論的意味を帯びるようになる。

文学研究におけるテクスト論の出現は、さながら近代文学での探偵小説の出現にも似たものである。一九二〇年代に小説世界における感性のレベルで現象した事態が、一九八〇年代の人文社会科学のあらゆる学問分野で知のパラダイムチェンジ、地殻変動として現出したのだといってもいいだろう。文学研究では「作者の死」が宣告され、作品はテクストとして織りなおされ、暗号を読み解くように、テクストのなかに散らばった記号を解読するためのコード探しがおこなわれて、そこに従来の研究とはまったく位相を異にした新たな物語が生みだされていった。これまで文学研究の基盤をなしていた作家における個我や主体の確立や、作品をとおして作者の自己意識のあり方を追尋するといったことは見向きもされず、作家の生涯と作品をとおして、いかに生きるべきかと問うことも野暮臭いこととして遠ざけられた。

こうしたパラダイムチェンジはあらゆる文化現象に対応するものであって、人間活動のあらゆる局面に反映され、犯罪のありようにも大きな変化があらわれたといわざるを得ない。一九八八年から八九年にかけて宮崎勤による幼女連続殺人事件が起こったが、その後の酒鬼薔薇聖斗事件をはじめ、近年、頻繁に繰り返されるバラバラ殺人事件や無差別通り魔事件などは、さながら乱歩の想像世界だけにあったものが現実へ溢れだしてきたかのような感がある。映画からビデオへ、さらにはテレビゲーム、インターネットへといったメディア環境の激変が、いっそうの拍車をかけているようにみえるけれど、乱歩の時代の一九二〇年代には活字メディアの小説という形式によってのみ可能であったことが、今日では映像メディアをとおして現実そのものがヴァーチャルな存在へと変化してしまったかのようである。

　ジョージ・スタイナーは先の著書で、十九世紀の文化機構のなかで古典に基盤をおいた人文主義には、「個人の感情と知性を教化すれば、そこには自然の進歩に従って、その個人が関係する社会のなかに、またその社会によって理性的な善行が行なわれるに至る」（傍点原文）という信念があったという。ヴォルテールにしろマシュー・アーノルドにしろ「人文学《ヒューマニティーズ》は人間を人間らしくする《ヒューマナイズ》という決定的な定理は確固として変らない」ものと考えたというが、両次の世界大戦がその欺瞞性をあばき、そうした信念も単なる幻想にすぎないことを誰の目にも明らかにしてしまった。文学的伝統もこうした十九世紀的文化機構を背景として発展を遂げてきたことはいうまでもないが、人間の残虐性を露呈する野蛮行為に対してはまったく無力であった。文学に親しむことがその人物の人間性を涵養《かんよう》し、人格を陶冶《とうや》して、その人間形成に寄与するといった神話は、もう誰も信じなくなった。

　乱歩は「戦争と芸術だけが、夫々《それぞれ》全く違ったやり方で、あからさまに残虐への郷愁を満たす」ことが許されているといっていたが、現在、パンドラの函が開けられてしまったかのように、乱歩が想像したような猟奇的犯罪が現実に溢れだしてきた。そうした時代状況を反映して、現代小説にもこれでもかというばかりに暴力が氾濫しているが、こうした「残虐への郷愁」をフィクションにとどめ、日常への逆流を歯止めすると考えられてきた人間の理性や知性、そしてそれらによって構築された文化への信頼が今日ほど薄らいでいる時代もない。乱歩作品はすでに古典となったが、乱歩的犯罪が現実に溢れている現在、「目羅博士の不思議な犯罪」の最後に記された言葉をもう一度嚙み締めてみる必要があるのではないだろうか。「目羅博士の殺人の動機ですか。それは探偵小説家のあなたには、申上げるまでもないことです。何の動機がなくても、人は殺人のために殺人を犯すものだということを、知り抜いていらっしゃるあなたにはね」。

二〇〇八年七月

〔編集付記〕

一、本書は雑誌初出の本文を底本とし、平凡社版『江戸川乱歩全集』第一巻―第八巻(昭和六―七年)と校合した。初出は次の通りである。

「二銭銅貨」　大正十二年四月号「新青年」
「D坂の殺人事件」　大正十四年一月増刊号「新青年」
「心理試験」　大正十四年二月号「新青年」
「白昼夢」　大正十四年七月号「新青年」
「屋根裏の散歩者」　大正十四年八月増刊号「新青年」
「人間椅子」　大正十四年十一月号「苦楽」
「火星の運河」　大正十五年四月号「新青年」
「お勢登場」　大正十五年七月号「大衆文藝」
「鏡地獄」　大正十五年十月号「大衆文藝」
「木馬は廻る」　大正十五年十月号「探偵趣味」
「押絵と旅する男」　昭和四年六月号「新青年」
「目羅博士の不思議な犯罪」　昭和六年四月増刊号「文藝倶楽部」

一、本書中に、精神障害等にかかわる不適切な表現があるが、原文の歴史性を考慮して、そのままとした。

一、次頁の要項にしたがって表記を改めた。

岩波文庫（緑帯）の表記について

近代日本文学の鑑賞が若い読者にとって少しでも容易となるよう、旧字・旧仮名で書かれた作品の表記の現代化をはかった。そのさい、原文の趣をできるだけ損なうことがないように配慮しながら、次の方針にのっとって表記がえをおこなった。

(一) 旧仮名づかいを現代仮名づかいに改める。ただし、原文が文語文であるときは旧仮名づかいのままとする。
(二) 「常用漢字表」に掲げられている漢字は新字体に改める。
(三) 漢字語のうち代名詞・副詞・接続詞など、使用頻度の高いものを一定の枠内で平仮名に改める。
(四) 平仮名を漢字に、あるいは漢字を別の漢字にかえることは、原則としておこなわない。
(五) 振り仮名を次のように使用する。
(イ) 読みにくい語、読み誤りやすい語には現代仮名づかいで振り仮名を付す。
(ロ) 送り仮名は原文どおりとし、その過不足は振り仮名によって処理する。
例、明に→明《あきらか》に

（岩波文庫編集部）

江戸川乱歩《えどがわらんぽ》 短篇集《たんぺんしゅう》

2008 年 8 月 19 日　第 1 刷発行
2013 年 4 月 5 日　第 6 刷発行

編　者　千葉俊二《ちばしゅんじ》

発行者　山口昭男

発行所　株式会社 岩波書店
〒101-8002 東京都千代田区一ツ橋 2-5-5
案内 03-5210-4000　販売部 03-5210-4111
文庫編集部 03-5210-4051
http://www.iwanami.co.jp/

印刷・三陽社　カバー・精興社　製本・中永製本

ISBN 978-4-00-311811-5　Printed in Japan

読書子に寄す

──岩波文庫発刊に際して──

岩波茂雄

真理は万人によって求められることを自ら欲し、芸術は万人によって愛されることを自ら望む。かつては民を愚昧ならしめるために学芸が最も狭き堂宇に閉鎖されたことがあった。今や知識と美とを特権階級の独占より奪い返すことはつねに進取的なる民衆の切実なる要求である。岩波文庫はこの要求に応じそれに励まされて生まれた。それは生命ある不朽の書を少数者の書斎と研究室とより解放して街頭にくまなく立たしめ民衆に伍せしめるであろう。近時大量生産予約出版の流行を見る。その広告宣伝の狂態はしばらくおくも、後代にのこすと誇称する全集がその編集に万全の用意をなしたるか。千古の典籍の翻訳企図に敬虔の態度を欠かざりしか。さらに分売を許さず読者を繫縛して数十冊を強うるがごとき、はたしてその揚言する学芸解放のゆえんなりや。吾人は天下の名士の声に和してこれを推挙するに躊躇するものである。このときにあたって、岩波書店は自己の責務のいよいよ重大なるを思い、従来の方針の徹底を期するため、すでに十数年以前より志して来た計画を慎重審議この際断然実行することにした。吾人は範をかのレクラム文庫にとり、古今東西にわたって文芸・哲学・社会科学・自然科学等種類のいかんを問わず、いやしくも万人の必読すべき真に古典的価値ある書をきわめて簡易なる形式において逐次刊行し、あらゆる人間に須要なる生活向上の資料、生活批判の原理を提供せんと欲する。この文庫は予約出版の方法を排したるがゆえに、読者は自己の欲する時に自己の欲する書物を各個に自由に選択することができる。携帯に便にして価格の低きを最主とするがゆえに、外観を顧みざるも内容に至っては厳選最も力を尽くし、従来の岩波出版物の特色をますます発揮せしめようとする。この計画たるや世間の一時の投機的なるものと異なり、永遠の事業として吾人は微力を傾倒し、あらゆる犠牲を忍んで今後永久に継続発展せしめ、もって文庫の使命を遺憾なく果たさしめることを期する。芸術を愛し知識を求むる士の自ら進んでこの挙に参加し、希望と忠言とを寄せられることは吾人の熱望するところである。その性質上経済的には最も困難多きこの事業にあえて当たらんとする吾人の志を諒として、その達成のため世の読書子とのうるわしき共同を期待する。

昭和二年七月

《現代日本文学》

- 怪談 牡丹燈籠 — 三遊亭円朝
- 真景累ヶ淵 — 三遊亭円朝
- 小説神髄 — 坪内逍遥
- 当世書生気質 — 坪内逍遥
- 桐一葉・沓手鳥孤城落月 — 坪内逍遥
- アンデルセン 即興詩人 全二冊 — 森鷗外訳
- 雁 — 森鷗外
- 阿部一族 他二篇 — 森鷗外
- 山椒大夫・高瀬舟 他四篇 — 森鷗外
- 渋江抽斎 — 森鷗外
- 舞姫・うたかたの記 他三篇 — 森鷗外
- 浮雲 — 二葉亭四迷 十川信介校注
- 其面影 — 二葉亭四迷
- 野菊の墓 他四篇 — 伊藤左千夫
- 吾輩は猫である — 夏目漱石
- 坊っちゃん — 夏目漱石

- 草枕 — 夏目漱石
- 虞美人草 — 夏目漱石
- 三四郎 — 夏目漱石
- それから — 夏目漱石
- 門 — 夏目漱石
- 彼岸過迄 — 夏目漱石
- 行人 — 夏目漱石
- こころ — 夏目漱石
- 硝子戸の中 — 夏目漱石
- 道草 — 夏目漱石
- 明暗 — 夏目漱石
- 思い出す事など 他七篇 — 夏目漱石
- 文学評論 全二冊 — 夏目漱石
- 夢十夜 他二篇 — 夏目漱石
- 漱石文明論集 — 三好行雄編
- 倫敦塔・幻影の盾 他五篇 — 夏目漱石
- 漱石日記 — 平岡敏夫編

- 漱石書簡集 — 三好行雄編
- 漱石俳句集 — 坪内稔典編
- 漱石・子規往復書簡集 — 和田茂樹編
- 文学論 全二冊 — 夏目漱石
- 五重塔 — 幸田露伴
- 努力論 — 幸田露伴
- 幻談・観画談 他三篇 — 幸田露伴
- 露伴随筆集 全二冊 — 寺田透編
- 一国の首都 他一篇 — 幸田露伴
- 飯待つ間 —正岡子規随筆選 — 阿部昭編
- 子規句集 — 高浜虚子選
- 病牀六尺 — 正岡子規
- 子規歌集 — 土屋文明編
- 墨汁一滴 — 正岡子規
- 仰臥漫録 — 正岡子規
- 歌よみに与ふる書 — 正岡子規
- 俳諧大要 — 正岡子規

松蘿玉液	正岡子規
金色夜叉 全二冊	尾崎紅葉
自然と人生	徳冨蘆花
みみずのたはこと 全二冊	徳冨健次郎
謀叛論 他六篇・日記	徳冨健次郎 中野好夫編
北村透谷選集	勝本清一郎校訂
武蔵野	国木田独歩
号外・少年の悲哀 他六篇	国木田独歩
愛弟通信	国木田独歩
蒲団・一兵卒	田山花袋
東京の三十年	田山花袋
時は過ぎゆく	田山花袋
温泉めぐり	田山花袋
黴	徳田秋声
新世帯・足袋の底 他二篇	徳田秋声
藤村詩抄	島崎藤村自選
破戒	島崎藤村

千曲川のスケッチ	島崎藤村
夜明け前 全四冊	島崎藤村
藤村文明論集	十川信介編
藤村随筆集	十川信介編
にごりえ・たけくらべ	樋口一葉
大つごもり・十三夜 他五篇	樋口一葉
明治劇談 ランプの下にて	岡本綺堂
岡本綺堂随筆集	千葉俊二編
高野聖・眉かくしの霊	泉鏡花
夜叉ケ池・天守物語	泉鏡花
草迷宮	泉鏡花
春昼・春昼後刻	泉鏡花
鏡花短篇集	川村二郎編
日本橋	泉鏡花
婦系図 全二冊	泉鏡花
鴛鴦帳	泉鏡花
外科室・海城発電 他五篇	泉鏡花

海神別荘 他二篇	泉鏡花
湯島詣 他一篇	泉鏡花
俳句はかく解しかく味う	高浜虚子
俳諧師・続俳諧師	高浜虚子
虚子五句集 —付 慶弔贈答句抄 全二冊	高浜虚子
俳句への道	高浜虚子
回想 子規・漱石	高浜虚子
有明詩抄	蒲原有明
上田敏全訳詩集	山内義雄 矢野峰人編
カインの末裔・クララの出家	有島武郎
小さき者へ・生れ出ずる悩み	有島武郎 三上秀吉 亀井俊介解説
一房の葡萄 他四篇	有島武郎
寺田寅彦随筆集 全五冊	小宮豊隆編
柿の種	寺田寅彦
与謝野晶子歌集	与謝野晶子自選
新編 作家論	正宗白鳥 高橋英夫編
腕くらべ	永井荷風

岩波文庫の最新刊

バルザック／石井晴一訳
艶笑滑稽譚 第三輯
―結婚せし美しきイムペリア 他―

「お読みに為《な》って、お笑い為《な》さっては如何《いかが》?」いつの世も変わらぬ大胆にして滑稽な愛の諸相。文豪が腕によりをかけて綴った、艶笑譚の第三輯。(全三冊)

〔赤五三〇-一四〕 **定価九八七円**

ウンベルト・エーコ
和田忠彦訳
小説の森散策

読者は小説をいかに読むべきか、作者は読者にどう読んでほしいと願っているのか。フィクションとは一体何なのか? ハーヴァード大学ノートン詩学講義の記録。

〔赤七一八-一〕 **定価八八二円**

紅野敏郎・紅野謙介・千葉俊二・宗像和重・山田俊治編
日本近代短篇小説選 明治篇2

何を視、どう伝えるか――新時代の模索をへて、豊饒な相克が結ぶ物語。明治三八―四四年に発表された、漱石・荷風らの一六篇を収録。(注・解説＝宗像和重)(全六冊)

〔緑一九一-二〕 **定価九四五円**

佐竹謙一
スペイン文学案内

手に取りやすい文庫版文学史。「Iスペイン文学の動向」と「II主要な作家と作品」の二部構成とし、スペイン文学ならではの特色と魅力をわかりやすく伝える。

〔別冊二三〕 **定価一〇七一円**

……今月の重版再開……

上島建吉編
対訳コウルリッジ詩集
―イギリス詩人選(7)―

定価七九八円 〔赤二二一-三〕

吉田健一
英国の文学

定価七五六円 〔青一九四-一〕

アリストテレス
村川堅太郎訳
アテナイ人の国制

定価九四五円 〔青六〇四-七〕

マルクス／伊藤新一・北条元一訳
ルイ・ボナパルトのブリュメール十八日

定価六九三円 〔白一二四-七〕

定価は消費税5%込です

2013.2.

岩波文庫の最新刊

イーヴリン・ウォー／中村健二、出淵博訳

愛されたもの

高度な遺体修復術に、どんな死に方でもお任せください――葬儀場より愛をこめて、ウォー(一九〇三―六六)が贈る「死を忘れることなかれ《メメント・モリ》」。鋭い諷刺の奥に深い余韻を残す。

〔赤二七七‐四〕　**定価六三〇円**

ソログープ／中山省三郎、昇曙夢訳

かくれんぼ・毒の園 他五篇

ロシア前期象徴主義を代表する詩人・作家ソログープ(一八六三―一九二七)。夢と現実の交錯、美と醜、生と死の対立を描いて、妖しくも不思議な輝きを放つ七篇を収録。

〔赤六四一‐二〕　**定価六九三円**

東野治之校注

上宮聖徳法王帝説

聖徳太子についての現存最古の伝記。太子とその一族にまつわる事績、関係系譜、「天寿国繡帳」の銘文など、古代史の第一級の史料に詳注を付す。(改版)

〔青三四‐一〕　**定価五六七円**

同志社編

新島襄自伝
―手記・紀行文・日記―

同志社英学校の創立者で、教育とキリスト教伝道を通じて日本の近代化に挺身した新島襄(一八四三―九〇)の波瀾に富んだ生涯を、残された自筆の記録にたどる。

〔青一〇六‐三〕　**定価一〇七一円**

平田清明、井上泰夫訳

ケネー 経済表

ケネー(一六九四―一七七四)は、一国の諸階級間の所得の流通と収入の源泉を簡潔な線と数字で図式化して、社会的富の再生産過程を解明した。経済学の不朽の古典。(改版)

〔白一〇二‐一〕　**定価八八二円**

……今月の重版再開……

清沢冽／山本義彦編

暗黒日記
―一九四二―一九四五―

定価九八七円
〔青一七八‐一〕

高津春繁

比較言語学入門

定価八一九円
〔青六七六‐一〕

吉田健一

英国の近代文学

定価七三五円
〔青一九四‐三〕

モーパッサン／杉捷夫訳

ベラミ (上)(下)

定価各七五六円
〔赤五五〇‐三・四〕